BLAUE REIHE

Von A. B. S. sind
als Heyne-Taschenbücher erschienen:

Double Feature · Band 02/2199
Ole, Dole, Doff · Band 02/2213
Déjà vu · Band 02/2240

A. B. S.

IM UMFELD DER SYMPATHIE

Kriminalroman

WILHELM HEYNE VERLAG
MÜNCHEN

HEYNE BLAUE REIHE
Nr. 02/2294

Herausgegeben
von Bernhard Matt

Printed in Germany 1990
Umschlagzeichnung: Crisp/Luserke
Umschlaggestaltung: Atelier Ingrid Schütz, München
Satz: Wolfgang Taschner, München
Druck und Bindung: Elsnerdruck, Berlin

ISBN 3-453-03843-6

1

Nico Kroon war nicht unerwartet gestorben. Die zunächst haselnußgroße Geschwulst auf der linken Halsseite hatte zu schnell an Größe zugenommen, als daß man sich über ihren Charakter Illusionen hätte hingeben können. Die nächtlichen Schweißausbrüche und plötzlichen Fieberanfälle, die ihn schwächten, waren nur Vorboten gewesen. Erstaunt nahm er zur Kenntnis, daß sich keine Auflehnung, keine Panik in ihm regte, nicht einmal Trauer, so als hätte die karge Landschaft um ihn herum auf seinen Gemütszustand abgefärbt.

Solange es ging, erledigte er seine täglichen Pflichten, machte Spaziergänge ins Dorf, trank mit den Männern süßen Kaffee und Wein. Krankheit und Tod gehörten zum Leben, waren kein Gesprächsthema, und niemand fragte ihn nach seinem Befinden.

Als es kälter wurde, verließ er das Haus nicht mehr, saß in Decken eingewickelt vor dem Feuer im Kamin und lauschte der heiseren Stimme, die stockend und manchmal leise fluchend, wenn ein Satz zu verschachtelt geriet, Übersetzungen von Zeitungsartikeln vortrug. Er lauschte auch noch, als sein Gehirn sich nicht mehr auf den Inhalt zu konzentrieren vermochte.

In der ersten Dezemberwoche starb er, nicht sanft und leicht. Die Organe widersetzten sich seinem Befehl, kämpften, wo er nur noch loslassen wollte. Bei der Beerdigung weinten Männer und Frauen, die nicht viel mehr von ihm wußten, als daß er sanft und schweigsam gewesen war und es nie geschafft hatte, ihre Sprache richtig zu lernen.

Als die Nachricht von seinem Tod sechs Wochen später in Amsterdam Nord eintraf, mischte sich in den Kummer der Eltern Erleichterung, nun endlich offiziell und für jeden sichtbar Trauer um den längst totgeglaubten Sohn zeigen zu dürfen. Hanneke Kroon kaufte ein schwarzes Jackenkleid, das man später mit farbigen Blusen auch zu anderen Gelegenheiten würde tragen können. Guus Kroon mußte sich mit einem Trauerflor an seinem grauen Anzug begnügen, da zu dieser Jahreszeit keine Pauschalreisen angeboten wurden und der Preis für den Linienflug und die anschließende mühselige Fahrt mit Bahn und Bus zum Grabe des Sohnes ihre Ersparnisse fast restlos aufbrauchte.

Auch John Rainer Harenberg wurde nicht vom Tod überrascht. Es blieb ihm genügend Zeit, schwebende Geschäfte abzuschließen, sein schon vor Jahren verfaßtes Testament zu überdenken und alle seine Obliegenheiten in die Hände des ältesten Sohnes zu legen. Die Unterbringung in einer Spezialklinik lehnte er ab, und seine Frau akzeptierte erst im Finalstadium der Krankheit die Hilfe eines Pflegers.

Der Winter war mild gewesen in diesem Jahr und sang- und klanglos in einen trüben Frühling übergegangen. Am Tag der Beerdigung blühten im Park rund um das Haus erste Krokusse und die Kornellkirschen. Die Fenster des großen Salons, in dem Kaffee, Tee, Kanapees, auch Cognac und Sherry gereicht wurden, boten einen weiten Ausblick auf das Anwesen. John Rainer hatte den Besitz der Familie erhalten und vermehrt. Es war ihm gelungen, mit den meisten Mitgliedern seiner Verwandtschaft in Frieden zu leben, und er hatte viele Freunde um sich scharen können. Die Gäste, die sich so zahlreich eingefunden hatten, gehörten wirklich zum engsten Kreis. Die Namen ihrer Vorväter benannten Straßenzüge in der Innenstadt, Brücken über Fleete oder kennzeichneten Kaianlagen, der Reichtum ihrer Familien basierte auf dem Handel mit Sklaven, Tee und anderen Gütern, deren Beschaffung im Laufe der Jahrhunderte immer wieder mit Bürgermeisterwürden, Senatorensitzen und Ehrendoktorhüten der Universität belohnt worden war. Mit dem Verstorbenen verband sie viel mehr als nur Freundschaft.

Die Tränen der Witwe waren längst getrocknet. Ihr blasses Gesicht zeigte seit Stunden nur noch den Ausdruck völliger Erschöpfung. Eine im scharfen Flüsterton vorgebrachte Zurechtweisung ließ sekundenlang alle Gespräche verstummen.

»Ich hatte doch ausdrücklich angeordnet, keine Telefongespräche!«

Die Gäste wandten sich diskret ab. Auseinandersetzungen mit Dienstboten belauschte man nicht. Aber die Hausdame ließ sich nicht beirren, sprach dringlich und erregt auf die Witwe ein, bis diese sich erhob und den Salon verließ.

Niemand bemerkte ihre Rückkehr. Erst, als sie mit lautem Klirrgeräusch einem vorbeieilenden Lohnkellner ein Glas vom Tablett nahm, drehten sich alle Köpfe zur Tür. Sie leerte das Glas zur Hälfte und ließ dann ihren Arm einfach sinken, so daß der Rest des Cognacs über ihr Kostüm und auf den Teppich floß. Zwei lange, hellgraue Strähnen hatten sich aus der Rolle gelöst, zu der ihr Haar um den Kopf festgesteckt gewesen war.

»Das war Resi«, sagte sie.

2

Der Kellner benahm sich, als mache er uns persönlich dafür verantwortlich, hier Forelle blau und gebratenen Aal servieren zu müssen, statt seine Fähigkeiten dem englischen Hochadel zukommen lassen zu können. Ich machte eine Bemerkung über ihn; Ralf lachte leise und schenkte mir Wein nach.

»Wenn ich das noch trinke, bin ich endgültig blau!«

»Na und? Du mußt doch nicht mehr fahren!« Ralf zeigte sein Flirtgesicht mit schmalen Augen und einer hochgezogenen Augenbraue. Er faßte meine Hand und drückte sie einmal kurz und kräftig. Manchmal hatte ich den Verdacht, er ließ mich nur trinken, weil ich dann nicht mehr so anspruchsvoll war. Besonders, wenn er müde aussah wie heute abend. Aber das war jetzt auch egal.

Ich kannte das Restaurant schon. Im Herbst waren wir hier gewesen, Wild essen. Ein schöner Abend. Heute saßen außer uns nur noch zwei alte Damen am Fenster. Die hatten Irish Coffee zum Nachtisch bestellt. Jetzt kicherten sie. Den See mit dem hohen Schilfgras am Ufer konnte man nur ahnen. Mußte hübsch aussehen am Tag. Na, unwichtig! Ralf besuchte sowieso nie häufiger als zweimal das gleiche Lokal. Wo wir schon überall gegessen hatten! Ich hätte einen perfekten Restaurantführer über Hamburgs Umgebung herausgeben können.

»Du bist so abwesend! Schon müde?« Ralf drückte wieder meine Hand. Seinen Ehering nahm er immer ab, wenn wir uns trafen. Eine rasche Bewegung, der Griff zur Brieftasche. Wahrscheinlich dachte er, ich sähe es nicht. Seine Form der Rücksichtnahme. Mir wäre es lieber gewesen, er hätte seine Heiratsurkunde gegen die Nachttischlampe gelehnt. Wahrscheinlich.

»Es geht heute nicht.«

»Was geht nicht?«

»Wir können nicht zu mir gehen.«

Jetzt lächelte er. »Migräne?«

»Herrgott, nein, ich hab' nie Migräne, das weißt du! Es hat nichts mit mir zu tun! Wenn ich keine Lust hätte, würde ich das sagen. So weit sind wir doch wohl. Wir können bloß nicht in meine Wohnung! Ich hab' Besuch!«

»Hat deine Schwester plötzlich moralische Skrupel gekriegt?«

»Meine Schwester? Nee, die bestimmt nicht! Es ist nicht meine Schwester. Kannst du dir nicht vorstellen, daß mich auch andere Leute besuchen?«

Er ließ meine Hand los. »Doch, selbstverständlich. Was regst du dich so auf? Wir sind keine Zwanzig mehr. Also, wo ist das Problem? Es kommt nur ziemlich überraschend.«

»Ja, das kann man wohl sagen«, murmelte ich. »Können wir nicht hier ...? Das haben wir doch schon früher gemacht. Wenn wir morgen rechtzeitig losfahren?«

Ralf nahm wieder meine Hand. »Wirf mir keinen Knochen hin, Angelika! Was versuchst du, mir zu sagen? Daß du einen Liebhaber bei dir versteckt hast?«

So machte er es mir leicht, den Abend zu beenden.

3

Schon auf der Treppe konnte ich es riechen: Sie hatte wieder Kaffee gekocht. Bis spät in die Nacht Kaffee. Wie sollte man da auch schlafen können?

Sie stand, den Becher in der Hand, am Küchenfenster und sah hinaus.

»Is' da was?« fragte ich.

Langsam drehte sie sich um. »Nee, was soll da sein? Dich hab' ich ankommen sehen. Schöner Wagen. Wieso bist du denn schon wieder zurück?« Ich ließ mich auf einen Stuhl fallen. »Ich hab's kurz gemacht heute.«

»Sauer?«

»Ach wo! Ja, vielleicht. Is' doch unwichtig.«

Sie goß sich neuen Kaffee ein, schüttete Zucker aus der Tüte dazu. Ich hörte sie lachen. »So unwichtig kann er wohl nicht sein, wenn man sieht, wie du dich für ihn ausstaffierst.«

»O Teddy, wir waren essen. Da kann ich doch nicht in Jeanskluft auftauchen. Mach' nicht solche Affäre daraus!«

Sie sah mich nachdenklich an. »Geli, die Hübsche.« Langsam kam sie auf mich zu. »Ich bringe alles ganz schön durcheinander, was?«

»Ich bin nicht hübsch, bloß nicht so schrecklich dünn wie du. Wenn du mal was anderes zu dir nehmen würdest als Kaffee, könntest du auch besser aussehen.«

Sie stellte den Becher auf den Tisch und umarmte mich. »Meinst du?« fragte sie sanft.

Ihre Arme lagen schwer um meinen Hals. Sie roch verschwitzt. »Na klar«, bekräftigte ich. »Und durcheinander bringst du auch nichts. Das ist doch selbstverständlich. Ich hab' doch immer zu dir gehalten.«

Sie löste ihre Arme, stützte sich mit den Händen auf meine Schultern.

»Ich weiß«, sagte sie freundlich. »Gut, ich werde essen. Ich koch' uns was.«

Ich mußte laut loslachen. »Teddy, ich komme vom Essen! Hast du das vergessen? Du bist wirklich verrückt. Weißt du, wie spät es ist? Aber gut, phantastisch, koch' dir was. Ich helf' dir. Bloß runterkriegen kann ich jetzt nichts mehr. Was hältst du von Spaghetti?«

»Spaghetti sind immer gut.« Sie richtete sich auf, holte den großen Topf aus dem Schrank und ließ Wasser einlaufen. »Wenn du müde bist, geh' ruhig ins Bett. Ich verspreche, ich esse eine Riesenportion.«

»Unsinn!« Ich stand auf und sammelte meine Schuhe ein. »Gib mir was von deinem verdammten Kaffee, dann halt' ich schon noch durch. Ich zieh' mich bloß eben aus. So kann ich nachher ins Bett fallen, und du mußt mich nicht in diesem aufgemotzten Zustand ertragen.« Ich wartete, ob sie etwas sagen würde, aber sie schnitt Zwiebeln klein.

Im Schlafzimmer machte ich kein Licht, ging erst ans Fenster und sah auf die Straße hinaus. Es nieselte. Scheißsommer! Meinen Wagen hatten sie total eingeklemmt. Der Golf sah aus, als klebte er direkt an meiner Stoßstange. Wie sollte ich da bloß morgen früh rauskommen?

Als ich aus der Dusche kam, stand sie in der Badezimmertür, eine Tasse in der Hand. Der Kaffee war nur noch lauwarm. Sie mußte schon länger auf mich gewartet haben. Ich rubbelte meine Haare trocken. »Wie meinst du?«

»Was du ihm denn gesagt hast, hab' ich gefragt.«

Ich wickelte mir das Handtuch zu einem Turban. »Daß ich Besuch hab' eben. Das ist kein Problem, Teddy, er ist sehr rücksichtsvoll.«

»Wie schön für dich«, sagte sie und ging in die Küche.

4

Eigentlich mußte ich arbeiten. Auf meinem Schreibtisch stapelte es sich schon. Aber mit ihr im Zimmer war mir das unmöglich. Sie strich an meinen Bücherregalen entlang. Barfuß, geräuschlos. Hin und wieder hielt sie den Kopf schräg, um einen Titel lesen zu können. Ihr Hals war dünn wie der eines Vogels, im Nacken ledrige Haut. Die dunkle Haarfarbe stand ihr nicht. Arme Teddy!

»Hast du die alle gelesen?« fragte sie unvermittelt und sah mich über die Schulter an.

»Natürlich!«

»Warum?«

»Warum? Na, hör' mal, das hat mich doch interessiert, das hab' ich doch verfolgt, verfolgen müssen, war schließlich unsere ..., eben die entscheidenden Jahre, was wir gedacht haben, erhofft. Alle die Ansätze, die Aktionen, die ... Ich verstehe überhaupt deine Frage nicht!«

Sie wandte sich wieder ab. »Ein Leben für den Kampf ... in Büchern!«

»Es war auch dein Leben!« Mir brannten plötzlich die Augen. »Und meins.«

Sie ließ mich einfach sitzen. Sah mich nicht an, antwortete nicht, schlenderte weiter zum nächsten Bord. Zog ein Buch heraus und blätterte darin. Das konnte sie schon immer, mich so hängen lassen.

Dann stellte sie das Buch zurück, richtete es pedantisch aus, bis es mit den anderen Bänden in einer Linie stand. »Ich hab' überlegt, es wär' vielleicht besser, wenn du deinen Freund ab und zu wieder herkommen lassen würdest.«

»Wie stellst du dir das vor?« Ich war entgeistert. »Und du? Willst du dich solange in deinem Zimmer einschließen?«

Sie hockte sich auf den Fußboden, den Rücken ans Regal gelehnt, und lachte. Richtig laut und herzlich. »Komm, er wird doch wohl nicht erst alle Räume inspizieren!«

Ich konnte nicht mitlachen. »Selbstverständlich nicht!« Wieso nahm sie das eigentlich so leicht? So witzig war die Situation, in die sie mich gebracht hatte, wirklich nicht. Und mit ihr im Nebenzimmer? Ich würde es nicht bringen, niemals.

»Ich kann ja auch weggehen, für die paar Stunden, meine ich«, sagte sie, immer noch lachend.

»Verdammt, Teddy, wohin willst du denn gehen?«

»Ins Kino beispielsweise. Mal so zum Antesten.«

Sie meinte es ernst, sie meinte es wirklich ernst! Mir wurde ganz flattrig im Magen. Zwischen meinen Unterlagen suchte ich nach Zigaretten. Sie griff in ihre Hosentasche und warf mir die Packung zu. Es waren nur noch zwei Zigaretten darin.

»Was soll das eigentlich? Warum sorgst du dich so um meine Liebesaffäre? Als hätten wir keine anderen Probleme. Das ist eine stinknormale Beziehung, wenig Herz und viel Hormone. Wenn er es nicht ist, find' ich schon einen anderen. Keine Komplikationen, so hab' ich das immer gehalten.«

»Und warum suchst du dir dafür ausgerechnet 'nen verheirateten Mann?«

»Das geht dich einen Scheißdreck an. Ich hatte eben nicht dein Glück!«

Sie war unglaublich schnell auf den Beinen.

»Es tut mir leid«, sagte ich hastig.

Sie kam zu mir, setzte sich auf den Schreibtisch, genau vor mich auf den ganzen Papierkram. »Geli«, sagte sie leise und eindringlich, »du hast recht, es geht mich gar nichts an, mit wem du schläfst. Aber egal, ob dir nun was an dem Typ liegt oder nicht, verstehst du denn nicht, daß es idiotisch ist, deine Angewohnheiten von heute auf morgen zu ändern. Wenn er nicht ganz schafsköpfig ist, und das nehme ich zu deinen Gunsten mal an, läßt er das auf die Dauer doch nicht mit sich machen ohne stichhaltige Erklärung.«

»Dann schick' ich ihn eben zum Teufel«, antwortete ich.

Sie schnappte sich die letzte Zigarette, knüllte die Pakkung zusammen und warf sie mir in den Schoß. »Geh' lieber sparsam um mit den Opfern, die du bringen willst«, sagte sie spöttisch. »Aber wie auch immer, sieh zu, daß du - so oder so - bald eine Entscheidung triffst!«

5

Vier Tage später teilte ich ihr meinen Entschluß mit.

»Gut«, sagte sie, ohne den Blick vom Fernsehschirm zu wenden. »Sag' mir nur Bescheid, und ich verzieh' mich.«

Wir sprachen nicht mehr darüber.

Sie fing an, meine Bücher zu lesen. Ich glaube, sie begann mit dem ersten Band in der Ecke, las die Reihe durch und ging dann zum nächsten Bord über. Wenn sie nicht las, sah sie fern. Alles, von den Kindersendungen bis zu den *Nachtgedanken*. Mich machte das ganz kribblig.

»Wirst du nicht langsam verrückt von dem Zeug?« fragte ich sie eines Abends. Sie verfolgte irgendein Schlagerfestival, und ich konnte es nicht mehr ertragen.

»Doch«, antwortete sie ruhig. »Ich lebe mich ein.«

»Da gibt es doch wohl andere Wege für dich!«

Sie sah mich mit großen Augen an. »Ja, welche?«

Mir war plötzlich zum Heulen zumute. Ich umarmte sie heftig. »Entschuldige, Teddy, es tut mir leid! Ich will dir so gern helfen. Aber da ist so wenig, was ich machen kann. Und dann nörgele ich auch noch dauernd rum. Alles, was du durchgemacht hast! Wenn ich bloß etwas tun könnte!«

»Was willst du denn für mich tun?« Sie legte ihre Hände leicht auf meine Arme.

»Ich hab' immer zu dir gestanden, Teddy. Und das werde ich auch weiterhin tun!«

»Na, das ist doch schon was.« Sie streichelte mich und schob dann meine Arme zurück.

Eines Nachts hörte ich sie weinen. Es war das erste Mal. Wir hatten wieder sehr spät gegessen, und ich konnte nicht einschlafen. Ich stand auf, unschlüssig, ob ich zu ihr gehen sollte. Sie hatte mich mal getröstet. Aber das war lange her. Und es war auch nur Teenagerkummer gewesen. »Du denkst bloß, daß du unglücklich bist«, hatte sie gesagt,

»weil du das von dir erwartest. Warum bist du nicht ehrlich und gibst zu, daß es dir eigentlich ganz egal ist?«

Ich ging nicht zu ihr.

Nach zehn Tagen rief Ralf an und fragte, ob ich immer noch böse sei. Es ging alles ganz glatt. Ich sagte ihm, daß mein Besuch abgereist sei, und er meinte nur: »Fein, dann war die ganze Aufregung ja völlig umsonst«, und wir verabredeten uns für den Abend.

»Er kommt nicht vor halb acht, acht«, erklärte ich ihr. »Wenn du so gegen sieben gehst, kann gar nichts passieren. Ich laß das Licht in der Küche brennen, solange er da ist. Wenn das Fenster dunkel ist, heißt das, du kannst kommen.«

Sie stand mit verschränkten Armen in der Küchentür und sah mir bei der Arbeit zu. »Toll, so 'ne Verschwörung, nicht?« sagte sie. »Und du kochst für ihn? Wie niedlich!«

»Es läuft doch jetzt alles so, wie du es wolltest, Teddy! Oder ist irgendwas falsch?«

»Nein, nein, du machst das schon gut.« Sie zog ihr T-Shirt über den Kopf und stand mit nacktem Oberkörper da. Sie hatte zugenommen. »Ich brauch' was zum Anziehen«, sagte sie.

»Nimm dir, was du willst.« Ich war erleichtert.

Seltsamerweise war der Abend ganz toll. Ich hatte mich so davor gefürchtet, hatte angenommen, ich würde die ganze Zeit bloß an sie denken. Das tat ich auch, aber es war ganz anders, so, als hätte ich mir ein paar Stunden gestohlen, und alles würde deutlicher, intensiver. »Mir scheint, so eine kleine Verstimmung tut dir gut«, lachte Ralf. »Ich hab' dich schon lange nicht mehr so aufgekratzt erlebt.« Später hielt er meine Hände fest. »He, wo das herkommt, gibt's noch mehr davon. Laß dir Zeit, du mußt nicht das ganze Lager auf einmal leerräumen!«

Er ging relativ früh. Ich sah ihm nach. Dann stellte ich den Plattenspieler laut und begann, die Küche aufzuräumen, bis mir einfiel, daß ich ja das Licht ausmachen wollte, wenn die Luft rein war. Ich wartete, aber sie kam nicht. Ich wechselte die Platte, stand am Küchenfenster, und meine ganze gute Stimmung war hin. Mein Magen begann zu hüpfen, meine Handflächen klebten feucht auf der Fensterbank. Aus der Reihe der parkenden Autos vor dem gegenüberliegenden Haus löste sich ein Golf und fuhr langsam weg. Erst an der Kreuzung gingen die Scheinwerfer an. Panik überfiel mich. Ich rannte ins Badezimmer und erbrach die Reste von dem schönen Abendessen. Der Golf! Ich hatte ihn schon vorher gesehen, mehrmals. Ich versuchte mich zu erinnern, wann genau, aber bei uns stand die ganze Straße voll mit Autos. Wann machte man sich da schon Gedanken über einen einzelnen Wagen? Trotzdem glaubte ich plötzlich, alle anderen zu kennen. Und welcher normale Mensch fuhr ohne Licht?

Im Kühlschrank stand noch Wein. Ich entkorkte die Flasche im Dunkeln und versuchte vorsichtig einen Schluck. Zuerst erwartete ich, das viel zu kalte Zeug würde gleich wieder herauskommen, aber es ging. Ich setzte mich an den Küchentisch und trank in langsamen, stetigen Zügen direkt aus der Flasche. Die Wirkung trat natürlich sofort ein. Ich dachte noch, daß ich mich wirklich lausig benahm beim ersten Anzeichen einer Gefahr. Dann mußte ich eingeschlafen sein.

Als Teddy mich wachrüttelte, wurde es draußen schon hell. Sie hielt die leere Weinflasche zwischen Daumen und Zeigefinger und ließ sie hin und her pendeln. Sie sah frisch und munter aus. »Kummer ertränkt?«

»Wo bist du gewesen?« fuhr ich sie an. Aber dann vergaß ich meinen Ärger. Mir war nur noch kalt vor Angst, und ich erzählte ihr von meiner Beobachtung.

Sie hörte zu, ohne mich zu unterbrechen. Ich hatte Kopfschmerzen, und es war mir peinlich, daß ich so hysterisch reagiert hatte, aber die Tatsache blieb bestehen.

»Du brauchst 'nen Kaffee«, sagte sie schließlich. »Wann mußt du zur Arbeit?«

»Ich kann unmöglich gehen. So fertig wie ich bin!«

»Aber natürlich wirst du gehen«, sagte sie gleichmütig. »Nimm 'ne heiße Dusche, du siehst furchtbar aus. Ich mach' dir inzwischen Frühstück.«

Ich blieb mutlos am Tisch sitzen. »Du denkst, ich spinne, nicht? Warum kannst du mich nicht einmal ernst nehmen, Teddy?«

Sie strich mir über die Haare. »Ich nehme dich ja ernst, Geli. Immer!« sagte sie weich. Ihre heisere Stimme schmeichelte und beruhigte. »Ich bin spazierengegangen, fast die ganze Nacht. Keine dunklen Gestalten, die mich verfolgt hätten. Bloß zwei Punkies, die 'nen Heiermann erbetteln wollten. Aber wir werden deinen weißen Volkswagen im Auge behalten. Es ist lieb, daß du dich so um mich sorgst, aber jetzt geh' duschen!«

»Es war kein VW, es war ein Golf«, sagte ich trotzig. »Du hättest mir ja auch sagen können, daß du bis zum Morgengrauen durch die Gegend laufen willst!«

Sie griff fest in meine Haare und bog meinen Kopf langsam nach hinten.

»Du kannst mich nicht bis ans Ende deiner Tage bemuttern, Angelika. Das ist nicht die Lösung. Für keinen von uns!« Dann beugte sie sich herunter und küßte mich leicht auf die Stirn.

6

Schließlich mußte sie zugeben, daß ich keine Halluzinationen hatte. Der Golf war da. Manchmal sahen wir ihn tagelang nicht, dann stand er plötzlich wieder vor der Tür.

»Vielleicht 'n Spanner«, sagte sie.

»Guck dir doch mal die Häuser an, Teddy! Wie soll denn da 'n Spanner auf seine Kosten kommen?«

Aber auch, wenn sie so leichtfertig darüber hinwegging, sah ich, daß sie beunruhigt war. Sie notierte die Zeiten, in denen der Wagen auftauchte. »Anfänger«, hörte ich sie einmal flüstern.

Mit der Zeit beruhigte ich mich, geriet nicht mehr in helle Aufregung, wenn ich bloß irgendeinen weißen Golf sah. Ich schrieb die Nummer auf, aber bei der Polizei wollten sie mir keine Auskunft geben, wenn ich nicht meinen Namen nennen würde. Teddy wurde immer schweigsamer, beobachtete mich aber genau. Manchmal kam ich mir vor wie eine Maus.

Einmal sahen wir eine Zigarette in dem Wagen aufglühen, und das Seitenfenster wurde runtergekurbelt. Ich hatte von dem Sekt, den Ralf mitgebracht hatte, wie immer den Löwenanteil getrunken. »Jetzt geh' ich runter und guck mir den Kerl an!« Teddy hielt mich am Arm fest. »Das wirst du nicht tun!« sagte sie in scharfem Ton. »Dies hier ist kein Spiel!«

Sie ging jetzt häufiger abends aus, auch dann, wenn gar keine Notwendigkeit dazu bestand. Ich machte ihr keine Vorwürfe, erwähnte auch den Wagen nie wieder und zwang mich, nicht aus dem Fenster zu blicken, wenn sie es sehen konnte. Und nie wieder wartete ich in der Küche auf ihre Rückkehr! Meistens ging ich in ihr Zimmer, starrte auf den Koffer, den sie immer noch nicht ausgepackt hatte, und dachte nach. Sie hatte stets gewußt, was getan werden mußte, war immer direkt auf das Ziel losgegangen. Jetzt, sofort, nicht irgendwann später! Ich konnte sie noch hören. Keine Umwege, keine Kompromisse! Als hätte sie ihre ganze Energie in den wenigen Jahren verbraucht?

»Weißt du«, sagte ich beim Frühstück zu ihr, »ich glaube, ich sollte dich Antoinette nennen. Damit wir uns daran gewöhnen, meine ich.«

Sie sah mich über den Kaffeebecher hinweg an. »Ist immer gut, 'ne zweite Chance zu kriegen, was?«

7

Erst als haushohe Flammen den Abendhimmel rötlich färbten, sah man in Arcachon, daß es auf der anderen Seite der Bucht in den Pinienwäldern brannte, daß der leichte Dunst, der über dem Wasser lag, nicht die übliche Bewölkung ankündigte, die mit steigender Flut aufzog. Der Tag war heiß gewesen, und auch jetzt zeigte das Thermometer noch 32 Grad an.

Der Mann, der sich diesmal Mevius nannte, hatte einen Augenblick auf der Promenade verweilt, direkt vor dem Anleger, von dem aus die Touristen mit den zahlreichen Ausflugsbooten zu den Austernbänken, zur Sanddüne von Pilat oder nach Cap Ferret fuhren, bevor er eines der vielen Strandrestaurants ansteuerte. Vor dem Casino im Stil eines Walt-Disney-Dornröschen-Schlosses waren unter blauen Markisen Tische gedeckt.

Von einem jungen Franzosen im folkloristischen Fischeroutfit wurden ihm vor dem Lokal frische Austern zum Probieren angeboten. Der Geruch von Fisch und Seetang lag in der Luft. Der Mann betrat das Restaurant, nahm unmittelbar an der Uferstraße Platz, und während er auf die Bedienung wartete, betrachtete er das Panorama. Postkartenansicht. Segel- und Motorboote auf dem Wasser dümpelnd, letzte Sonnenschirme und Zelte am Strand, im ferneren Hintergrund die Villen, deren Grundstücke bis ans Ufer reichten. Sommerhäuser Bordeauxer Bürger und seit Generationen im Familienbesitz. In der Mitte des Strandabschnittes: Hotels aus der Jahrhundertwende, der helle Anstrich vom rauhen Seeklima angegriffen. Rechts und links davon moderne Apartmentanlagen in Terrassenbauweise, die den Blick auf die kleinen, einstöckigen Häuser der Einheimischen mit ihren verwilderten, blühenden Gärten verstellten.

Mevius wählte Fruits de Mer und einen weißen St. Emilion.

Der Strand leerte sich. Die Klettergerüste und das Trampolin wurden nur noch von wenigen Kindern mit Beschlag belegt. Dafür machten die Karussellbesitzer und der Eigner der Minigolfbahn jetzt ihr Geschäft. Eine Gruppe Jugendlicher stand vor Spielautomaten und Tischfußballgeräten, die mitten auf dem Bürgersteig aufgestellt waren. Andere begrüßten sich mit Küßchen hier, Küßchen da in der benachbarten Bar Tabac. Mevius wußte, was ihn gleich erwartete: Motorräder und Cabrios würden langsam die Uferstraße entlangfahren, vor der Brasserie fast zum Stehen kommen, dann mit aufheulendem Motor und quietschenden Reifen um die nächste Ecke verschwinden und als Teil einer Schlange, die sich selbst in den Schwanz biß, nach einer Viertelstunde vor seinen Augen wieder auftauchen.

Mit einer kleinen Nadel polkte er die Schnecken aus ihren Gehäusen, nahm sich dann die Austern vor. Darauf achtend, daß kein Zitronensaft sein Seidenhemd befleckte, beträufelte Mevius die Meeresfrüchte, kratzte die glibbrige Masse aus den Muscheln und schlürfte das salzig-saure Wasser aus den rauhen Schalen. Er genoß, ließ sich nicht durch das laute Geplapper an den Nachbartischen stören und bestellte die zweite Flasche Wein. Ein wohliges Gefühl machte sich in ihm breit. Die Anspannung fiel von ihm ab.

Eine kühle Brise wehte vom Meer und ließ die Papiertischtücher flattern. Für die Löscharbeiten der Feuerwehr hatte der aufkommende Wind fatale Folgen. Die mit Motorsägen und Bulldozern angelegten Schneisen in den Pinienwäldern erwiesen sich als wirkungslos. Das Feuer sprang über, fraß sich immer weiter in Richtung der Campingplätze an der Atlantikküste.

Mevius bestellte einen Café noir, petit.

Eine halbe Stunde später betrat Mevius gegenüber dem Postamt die Telefonzelle mit einem der wenigen Münzapparate des Ortes. Obwohl es für ihn bequemer gewesen wäre, vermied er grundsätzlich, Gespräche vom Hotelzimmer oder von Kartenautomaten aus zu führen. Er wählte die Auslands- und Inlandsvorwahl und dann seine Rufnummer, legte die Fernabfrage seines Anrufbeantworters auf die Sprechmuschel und gab den Kennungscode durch.

»Kahl am Apparat, AGORA-Versicherungen. Bitte rufen Sie mich umgehend an, oder kommen Sie in mein Büro. Wir müssen noch mal die Sache Holzner besprechen. Es haben sich da unerwartet einige Schwierigkeiten ergeben.«

»Herr Gadd, Hartmann hier. Ich würde eine Umschichtung Ihrer Depots empfehlen. Aktuelle Entwicklungen auf dem Aktienmarkt lassen es angebracht erscheinen, daß wir grundsätzlich eine andere Strategie verfolgen. Bitte nehmen Sie Kontakt mit mir auf.«

Das nächste Gespräch: »Alex, du Bandit, wo steckst du? Ich hab' 'ne kleine Ewigkeit nichts mehr von dir gehört. Hast du dich verdünnisiert? Eine klitzekleine Nachricht hättest du mir schon hinterlassen können. Einfach so abhauen! Das ist nicht die feine englische Art.« Die Stimme der Frau klang gespielt empört.

Alexander Gadd warf eine Handvoll Münzen nach.

»Sozietät Neuhaus und Niemann. Neuhaus. Herr Gadd, Sie sind mir empfohlen worden. Würden Sie sich bitte persönlich mit mir in Verbindung setzen. Ich möchte die Angelegenheit nicht weiter am Telefon erörtern. Ich hoffe, Sie haben einen Termin frei. Mir würde auch der Sonntag passen.«

Gadd ließ das Band zurückspulen und hörte die letzte Nachricht noch einmal ab, um dann die Aufnahme zu löschen.

Anschließend tätigte er noch zwei kurze Inlandsgespräche. Eines als Mevius aus Dortmund. Der zweite Gesprächspartner in Bordeaux redete ihn mit Monsieur Decker an.

Die knallroten, hellblauen oder giftgrünen Fensterläden der verwinkelten Altstadthäuser waren geschlossen und vermittelten den Eindruck einer schlafenden Ortschaft.

Doch hinter den hohen Mauern war aus den winzigen Innenhöfen Stimmengewirr zu vernehmen. Gadd schlenderte durch die engen Gassen. Kein Touristenrummel. Nur streunende Katzen. Ihr Revier. Ganz anders in der Nähe der Promenade: Hier spielte sich das Leben auf der Straße ab. Die Cafés waren bis auf den letzten Platz besetzt, vor den Waffelständen standen die Leute in Schlangen. Gedränge auf den Gehwegen.

Bevor Gadd seinen nächtlichen Schlummertrunk nehmen wollte, ging er ins Hotel, um erneut zu duschen und sich abermals umzuziehen. »Du mit deinem Kleider- und Duschtick.« Barbara. Gadd hatte nicht erwartet, daß sie so schnell wieder anrufen würde. Und Neuhaus. Dr. Neuhaus? Es konnte nur der Neuhaus sein! Und die Sache mit Holzner mußte er gleich am Montag klären. Holzner, im Grunde ein Allerweltsauftrag und bereits Schnee von gestern. Kahl würde den Vorstand im Nacken haben.

Auf der Galerie des LOUISIANA ließ sich Gadd in einen riesigen, weißen Rattansessel fallen. Von hier aus hatte er den besten Blick auf die kleine Bühne. Auch heute abend spielte die brasilianische Combo. Ein alter Stan Getz-Titel. Desafinado. Der Tenorsaxophonist verstand sein Handwerk. Aber es war die Sängerin, die Gadd Kunstpalmen, tropische Pflanzen, Früchte und Plastik-Paradiesvögel aus der Requisite einer Südstaaten-Seifenoper sowie den Dekkenventilator in den Ausmaßen eines Flugzeugpropellers ertragen ließ. Fast bedauerte er, daß er morgen abreisen mußte. Den Toyota würde er in Bordeaux bei der Autovermietung abgeben, ein Taxi zur Porsche-Werkstatt nehmen und mit seinem Wagen über die Autobahn in Richtung Norden fahren. So war seine Planung gewesen, und die Barsängerin konnte ihn nicht davon abbringen. Diesmal nicht. Überhaupt nicht.

Der hawaiibehemdete Barmixer zog seine Show ab,

schüttelte mit beiden Händen wie ein Wahnsinniger den Shaker und hoffte inständig, daß wenigstens einer aus dem Publikum ihn zum Dank für seine Anstrengungen mit Beifall auf offener Szene überschütten würde. Vergeblich. Auch die kunstvollen Dekorationen der Drinks wurden nicht gebührend beachtet. Gadd steckte den rosaroten Panther, der sich an den Strohhalm klammerte, nachlässig in die Brusttasche seines Jacketts.

Als Gadd am nächsten Tag Senlis, ein Städtchen nördlich von Paris, erreichte, gab der Sprecher von TV AQUITAINE gerade bekannt, daß die Feuersbrunst von Le Porge mit hoher Wahrscheinlichkeit auf Brandstiftung zurückzuführen sei.

8

»Wußten Sie eigentlich, daß es noch gar nicht so lange her ist, da haben sich die Dienstmädchen bei ihren Herrschaften ernsthaft beschwert: Sie wollten nicht mehr als dreimal pro Woche Lachs zum Mittag vorgesetzt kriegen.« Kahl wies aus dem Fenster. »Den konnte man hier reichlich aus der Außenalster fischen.«

»...und in Pöseldorf haben sie in ihren kleinen Kemenaten gewohnt; jetzt haust dort die ganze Schickimicki-Blase, und die schöne Zeit ist hin«, ergänzte Gadd. Kahl wandte sich abrupt um und steuerte schwerleibig seinen Schreibtischsessel an. Mit kleinen, braunen Knopfaugen sah er Gadd verunsichert an. »Hab' ich Ihnen wohl schon mal erzählt? Aber nicht in diesen Worten? Oder? Tut mir leid, aber mein Vater war Lehrer. Immer nur Parallelklassen. Ich hab' seine Geschichten auch immer ein paarmal hören müssen. Wortwörtlich.«

»Jeder hat sein Kreuz zu tragen, Herr Kahl. Meiner war bei der U-Bahn. Das hat mich geprägt.«

Es dauerte lange, bis Kahl begriff. Dann lachte er dröhnend. »Das ist gut, muß ich mir merken. U-Bahn. Das ist gut, Herr Gadd.«

Den Weg zur AGORA-Versicherung hatte Gadd zu Fuß zurückgelegt. Keine zehn Minuten von seiner Wohnung entfernt war die Zentrale der Gesellschaft in einem flachen Gebäudekomplex aus Stahl, Marmor und Glas in unmittelbarer Nachbarschaft der zahlreichen Konsulate der Hansestadt, die diese Adresse gegenüber einem Standort in der nahen City bevorzugten, untergebracht. Hohe Bäume auf weiten, gepflegten Rasenflächen versprachen immer das richtige Ambiente. Die Versicherungsnehmer konnten wirklich dankbar sein, daß die AGORA ihr Geld so vorteilhaft und krisensicher angelegt hatte. Im Zweiten Weltkrieg war Harvestehude von der Bombardierung durch die

Engländer ausgespart worden, um später hier im Nobel-Stadtteil der Militärverwaltung den richtigen Rahmen für Schwarzmarktgeschäfte zur Verfügung stellen zu können.

»Aber wir wollten uns doch gewiß nicht über Dienstbotenprobleme aus längst vergangenen Tagen unterhalten, Herr Kahl.«

»Nein, nein. Sicher nicht. Ich hätte die Angelegenheit mit Ihnen auch am Telefon erörtern können. Ich meine, Sie hätten sich nicht extra herbemühen müssen. Es sind nur ein paar Unklarheiten, die ich, die wir klären müssen.«

»Sie sprachen von Schwierigkeiten.«

»Nicht direkt Schwierigkeiten. Nur die Sache ist so, wie soll ich sagen ...«

Kahl wand sich, rutschte, soweit seine Figur es ihm erlaubte, auf seinem Schreibtischsessel hin und her. Er war noch fetter geworden; ein Stück Quarktorte in praller Sonne hätte besser die Form bewahrt, fand Gadd.

»Kommen Sie!«

»Also Holzner. Holzner bestreitet alles bei der Staatsanwaltschaft. Einfach alles!«

Gadd lächelte, lümmelte sich mit ausgebreiteten Armen in die Ecke der Ledercouch, die an der Stirnwand des geräumigen Zimmers direkt gegenüber von Kahls Schreibtisch stand. Er ließ seinen Blick über eine Ansammlung moderner japanischer Tuschezeichnungen schweifen, früher Hemstege, bevor er ruhig und bestimmt antwortete: »Haben Sie erwartet, daß er ein Geständnis ablegt, alle seine Sünden beichtet? Das kann doch nicht Ihr Ernst sein, Herr Kahl. Beim besten Willen nicht. Natürlich wird er alles abstreiten. Das war doch vorauszusehen.«

»Nein, nein. Nicht gerade ein Geständnis. Aber die Beweise waren doch so erdrückend, daß...«

»Beweise, die ich Ihnen beschafft habe«, unterbrach Gadd ihn schnell.

»Ja, sicher. Sicher doch.«

»Und den Schmuck haben Sie auch.«

»Ja. Herrgottnochmal! Das weiß ich, aber...« Kahl fing an zu schwitzen. Kleine Tropfen bildeten sich auf seiner Stirn. Bestimmt hatte er jetzt auch feuchte Finger, mutmaßte Gadd, und würde auf der Schreibtischunterlage Abdrücke von seinen Patschhändchen hinterlassen.

Gadd stieß nach: »Der Überfall war eindeutig fingiert. Alle Fakten sprechen dafür. Klarer Fall von Versicherungsbetrug! Oder etwa nicht? Was wollen Sie noch mehr? Die zwei Millionen muß die AGORA nicht herausrücken. Ihre Kritiker können nicht schreien: *Beim Kassieren sind sie groß, nur wenn sie was zahlen sollen, dann zieren sie sich wie die Jungfrau vor dem ersten Kind*. Die Sache ist durch die Presse gelaufen. Kein Schwein wird Holzner glauben. Ein Teil der Klunker lag in seinem Wochenendhaus. Schön versteckt.«

»Aber als das Haus am Anfang des Falles durchsucht worden ist, waren sie nicht dort«, wandte Kahl ein. »Das ist der Punkt, der uns zu schaffen macht. Schwer zu schaffen.« Kahl blätterte nervös in seinen Unterlagen, überflog Textpassagen, blickte kurz auf und schaute dabei Gadd mit einer Mischung aus Mißtrauen und banger Erwartung an. Nahm sich den nächsten Hefter vor, in der Hoffnung, daß er doch noch den langersehnten Gegenbeweis zu seiner Beruhigung ans Tageslicht zerren könnte.

Gadd blieb gelassen. »Warum denn so zimperlich? Man hat eben beim ersten Mal nicht gründlich genug gesucht. So was kommt vor. Unsere Polizei ist auch nicht mehr das, was sie mal war. Dafür sind wir doch da, Herr Kahl. Wir finden, was andere vergeblich suchen. Spezialisten. Das reine Fundbüro, wenn Sie so wollen. Zufrieden? Was sagt denn der Vorstand?«

Kahl schnaufte, klappte den Hefter zu. »Der Vorstand meint: Die Sache muß wasserdicht sein. Nicht der Hauch eines Zweifels darf bestehen bleiben. Wir können uns keine zweite Affäre....«

»Das wäre nicht mein Stil gewesen«, fiel ihm Gadd ins

Wort, »so hätte ich nicht gearbeitet. Solche Fehler könnte ich mir nicht erlauben. Dann kann ich einpacken. So was spräche sich auch sehr schnell bei meinen Auftraggebern rum. Sie können also ganz beruhigt sein. Da gibt es nichts nachzubessern. Absolut nichts. Die Sache ist astrein. Bestellen Sie dem Vorstand einen schönen Gruß.«

Gadd schaute sein Gegenüber treuherzig an. Mit diesem Blick hätte er einem eingefleischten Junggesellen Babywäsche verkaufen können. Kahl schluckte, rang sich zu einem schiefen Lächeln durch. »Wenn das so ist. Da fällt mir aber ein Stein vom Herzen. Haben Sie ihn plumpsen hören? Wenn Sie mir Ihr Wort geben.« Das Lächeln wich einer Miene sorgenvoller Anteilnahme. »Ja, ja, ich weiß ja, daß man sich auf Sie verlassen kann. Ihnen vertrauen kann ... Ihrer Arbeit«, verbesserte er sich und fuhr fort: »Darum haben wir ja auch Sie und nicht unsere Hausdetektive beauftragt, Herr Gadd.«

Gadd glaubte, ihn vorläufig im Sack zu haben. Kahls Zweifel würden für eine Weile ausgeräumt sein, bis der Vorstand ihn zur Schnecke machen, ihn wieder vorschikken würde. Er würde sich erneut ans Telefon hängen, um andere Ungereimheiten des Falles hervorzukramen. Da war sich Gadd sicher. Aber für heute war die Angelegenheit ausgestanden. »Apropos Detektive, Herr Kahl. Hab' ich Ihnen erzählt, warum Versicherungsdetektive sich untereinander mit Handzeichen begrüßen? Also, der eine hebt drei Finger hoch, der andere vier. Na?«

»Nein! Wirklich?«

»Sie zeigen die Anzahl ihrer Zahnprothesen an.«

Kahl prustete befreit los. »Der ist gut, Herr Gadd. Der ist gut. War 'n Witz? Muß ich mir merken. Für unsere Vertreterversammlung. Ja, ja, der Außendienst ist schwer. Zahnprothesen! Und das nach der Gesundheitsreform!«

»Das war's? Oder gibt es noch was zu besprechen?«

»Ja, das war's. Ich glaub', jetzt haben wir uns einen Drink verdient. Cognac, Whisky? War 'ne schwere Geburt, was?

Aber wenn es nichts nachzubessern gilt, dann ist ja alles in Butter, wie man so schön sagt.«

Gadd schüttelte den Kopf. »Lieber Kaffee, ich trink' nie vor elf.«

»Wir haben halb zwölf.«

»Sag' ich doch.«

»Ich brauch' 'nen Kleinen, wo wir das jetzt überstanden haben.« Kahl watschelte zum Sideboard und schenkte sich einen doppelten Cognac ein. Über die Gegensprechanlage bestellte er für Gadd Kaffee. Durch die Längslamellen der Jalousie fiel die Vormittagssonne auf den Veloursteppichboden und hinterließ ein Muster breiter heller Streifen. Wie die Gitterstäbe im Knast auf den Witzzeichnungen, assoziierte Gadd. Fehlt nur noch, daß Kahl seine zusammengeknoteten Bettlaken aus dem Fenster hängt. Was für ein Bild: Der fette Kahl am Bettlaken baumelnd, mit den Füßen strampelnd, das rettende Erdreich noch etliche Meter unter ihm, und der Vorstand am geöffneten Fenster: »Haltet ihn! Laßt ihn nicht entkommen!« Würde Kahl den Absprung schaffen? Gadd verdrängte seine Fantasien.

»Übrigens, kennen Sie einen Dr. Neuhaus?«

»Den Strafverteidiger?«

»Kann sein.«

»Hängt der im Fall Holzner drin?« Kahl fing wieder an zu schwitzen. »Auch das noch!« stöhnte er.

»Keine Panik. Das hab' ich doch nicht gesagt. War nur 'ne Frage. Mehr nicht.«

»Gut, dann haben wir ja keine Probleme.«

»Doch, ein kleines Problem haben wir noch.«

Kahl zog die buschigen Augenbrauen hoch.

»Mein Scheck. Nur mein Scheck, mit einer Zwei und ein paar netten Nullen drauf.«

9

Als Gadd eine Stunde später zu Hause ankam, hatte er keinen Scheck der AGORA in der Tasche. »Es ist mir furchtbar peinlich, Herr Gadd, aber Herr Keutner ist noch im Urlaub, und solche Summen, die müssen direkt über seinen Schreibtisch laufen«, hatte Kahl gestottert. »Da gibt es Anweisungen vom Vorstand.«

»Ist es die Summe oder der, ich möchte mich vorsichtig ausdrücken, etwas heikle Auftrag?«

»Nein, nein, so können Sie das nicht sehen. Wir haben doch alles geklärt. Sie können ganz beruhigt sein. Ihre Prämie steht. Das geht in Ordnung. Sie kennen uns doch.«

Mit seinen Histörchen aus Justiz und Gesellschaft, die er charmant plaudernd dem Publikum darbot, war Dr. Neuhaus in Talk-Shows der Dritten Programme oder bei Privatsendern ein gerngesehener Gast. Sein markantes Profil war häufig genug über die Bildschirme in bundesrepublikanische Wohnstuben geflimmert, so daß Gadd ihn auf Anhieb erkannte. Und Gadd erinnerte sich jetzt auch an seinen Ruf. Neuhaus genoß nicht nur Anerkennung bei Richtern, Staatsanwälten und Kollegen für seinen zugegebenermaßen scharfen Verstand, sondern erntete ebenso eine gute Portion Neid, wenn von einem *typischen Neuhaus-Prozeß* die Rede war. Mit sicherem Gespür für Publicity pickte er sich nur solche Fälle heraus, die gut in den Printmedien zu vermarkten waren. Selbstjustiz: der Kindesmörder, der im Gerichtssaal gelyncht worden war; Geiselgangster, die einen gekaperten Vorortszug drei Tage unter den Augen der Öffentlichkeit in ihrer Gewalt gehalten hatten; Entführungsfälle Prominenter mit Lösegeldforderungen in Millionenhöhe. Insider behaupteten, Neuhaus' gepfefferte Honorare könnten seine Klienten, die zumeist arme Schlucker waren, nur deshalb aufbringen, weil sie der Boulevardpresse ihre Exclusiv-Stories verscherbelten.

Vorauskasse und direkt auf Neuhaus' Konto. Ein Geschäftsprinzip, für das Gadd Verständnis aufbrachte.

»Sie werden mich nicht verfehlen«, hatte Neuhaus am Telefon gesagt, »oder soll ich mir eine rote Nelke anstekken?«

»Sind Sie Sozialdemokrat?« war Gadds Gegenfrage gewesen.

»Gott behüte, ich komme aus einer alten Hamburger Familie. Ist Ihnen das FÄHRHAUS recht?«

Das Gespräch mit Hartmann war schnell erledigt gewesen. »Raus aus den Rüstungsaktien, rein in Automobilwerte. Fahrzeugbau wird anziehen. Auch Versorgungsunternehmen, nach dem Ausstieg aus Wackersdorf, sind wieder interessant.« Hartmanns Prognose und Empfehlung. »Und was machen wir mit Daimler?«

»Die werden fusionieren. Abstoßen.«

»Das Termingeschäft?«

»Auf fallenden Dollar setzen. Zehntausender Tranchen. Vielleicht in der Größenordnung von Fünfzigtausend.«

Den Porsche wollte Gadd auf dem Weg zum FÄHRHAUS waschen und gründlich säubern lassen.

»Ich dachte, Sie würden Ihr Monokel tragen«, begrüßte Gadd Neuhaus am Tisch und reichte ihm die Hand. »Gadd.«

»So wie Charles Laughton in *Zeugin der Anklage*? Nein, nein, das mach' ich nur manchmal im Gerichtssaal oder wenn die Presse auftaucht«, lachte Neuhaus. »Ärgert meine lieben Kollegen und bestätigt mein Image. Setzen Sie sich.«

Sie bestellten Hamburger Aalsuppe, Matjestopf mit neuen Kartoffeln und zum Nachtisch Rote Grütze mit Schlagsahne. Fritz, der Ober, der seit bestimmt fünfunddreißig Jahren so gut wie zum Inventar gehörte, entfernte sich diskret. Neuhaus zündete sich eine Zigarette an.

»Aber immerhin Ihre Zigarettenspitze«, bemerkte Gadd.

»Nur in ganz schweren Fällen.«

»Haben wir einen schweren Fall?«

»Nein, bis jetzt haben wir noch gar keinen Fall.«

»Sie wollten mich nur zum Essen einladen?«

»Man ißt hier sehr gut. Sie werden sehen.«

Neuhaus strich vorsichtig die Asche ab, lehnte sich zurück. Das Licht aus der Tischlampe mit gelbem Pergamentschirm fiel auf seine Hände, ließ den kleinen Brillantring funkeln. Sein Gesicht lag im Halbschatten. Nußknackerkinn. Schmale Lippen. Eine auffallend große, fleischige Nase. Er setzt sich in Szene, dachte Gadd. Immer auch Schauspieler.

»Früher war Rote Grütze nichts Besonderes ...«

»... und Matjes ein Arbeiteressen, machte satt und war billig. Ich hatte heute schon mal ein ähnliches Gesprächsthema. Vor gut zwei Stunden.«

»Interessant. Richtige Rote Grütze bekommt man heute nur noch selten. Oft nur an versteckten, verschwiegenen Orten. Man muß lange suchen. Sie sollen ja Spezialist im Suchen sein, hat man mir berichtet.«

»Gut informierte Kreise?« erkundigte sich Gadd.

»Ja, auch gut informierte Kreise. Man hört so hier etwas und da etwas.«

»Und was hört man?«

»Daß Sie der richtige Mann sein könnten.«

»Aha!«

»Sie sollen ein Mann fürs Grobe sein. Und fürs Feine. Das findet man heute selten. Eine überaus glückliche Kombination. Sie haben Erfahrung, die richtigen Kontakte, kennen sich aus und sollen unkonventionell arbeiten.«

»Also der Musterschüler?«

»Nein, so würde ich Sie nicht gerade charakterisieren. Da ist noch Ihre Vergangenheit.«

»Jugendsünden«, warf Gadd ein und lächelte frech.

Neuhaus verzog keine Miene.

Die Aalsuppe wurde gebracht. Der Rechtsanwalt drückte die halb aufgerauchte Zigarette aus. Beim Essen legte er die rechte Hand in seinen Schoß.

Internat oder England, rätselte Gadd, oder Internat und England?

»Haben Sie Zeit? Unter Umständen viel Zeit?« fragte Neuhaus unvermittelt, nachdem sie schweigend ihre Suppe gegessen hatten, und schob den Teller zur Seite.

»Es kommt darauf an. Aber das würde nicht ganz billig werden.«

»Geld wird nicht das Problem sein.«

»Und wo liegt das Problem, Herr Dr. Neuhaus?«

Neuhaus räusperte sich. »Ich überlege, ob ich Sie in einer sehr diffizilen Angelegenheit, die äußerst sensibel behandelt werden muß, zu Rate ziehen kann.«

»Haben Sie nicht immer mit, wie Sie es nennen, sehr diffizilen Angelegenheiten zu tun?«

»Nein, nicht immer. Wo denken Sie hin?« Neuhaus schüttelte kurz den Kopf. »Nein, nein. Obwohl leicht der Eindruck entstehen könnte. Aber der ist falsch, grundfalsch. Wie viele sogenannte Sensationsprozesse gibt es schon? Und auf allen Hochzeiten möchte ich nun auch nicht tanzen.«

Gadd zog die Stirn kraus.

Der Starverteidiger legte eine Kunstpause ein, fuhr dann ohne Betonung fort: »Nein, diesmal liegt der Fall anders. Er fällt aus dem üblichen Rahmen. Er hat mehr privaten Charakter.« Zur Bekräftigung seiner Worte rückte Neuhaus vor, setzte sich kerzengerade hin und legte die Fingerspitzen gespreizt aneinander, die beiden Ellenbogen aufgestützt.

Alles andere hatte Gadd erwartet: Neue Zeugen oder zusätzliches Beweismaterial für einen Strafprozeß auftreiben, versteckte Leichen aus dem Keller ans Tageslicht zerren, einem aktuellen Verfahren oder einer Revision zum Erfolg verhelfen. »Einen privaten Charakter?«

»Ja.« Neuhaus lehnte sich wieder zurück, verharrte in

der Position, bis der Ober die leeren Teller abgeräumt hatte. Erst als der Kellner gegangen war, nahm Gadd das Gespräch wieder auf. Mit leiser Stimme fragte er: »Und wie würde mein Auftrag lauten?«

»Sie sollen die kleine Schwester eines Freundes der Familie suchen«, sagte Neuhaus.

»Und wie alt ist die kleine Schwester?«

»Einundvierzig.«

»Und seit wann ist sie verschwunden?«

»Seit zwölf Jahren.«

»Wo ist der Haken?« wollte Gadd wissen.

»Ihr Foto auf den Fahndungsplakaten ist noch nicht durchgestrichen.«

10

Alexander Gadd legte sich auf die Liege im Wohnzimmer, verschränkte die Arme unter dem Kopf und starrte an die Decke, die hellgraue Stuckrosette im Blick. Leise Musikberieselung und der volle Magen machten ihn schläfrig. Er hatte Schwierigkeiten, einen klaren Gedanken zu fassen.

Noch kein Tag war vergangen, seit er aus Frankreich zurückgekehrt war. Die Fahrt hatte fünfzehn Stunden gedauert und war für ihn anstrengender gewesen, als er wahrhaben wollte. Vorgestern morgen hatte er noch bei Café crème und Croissants die SUD OUEST zum Frühstück gelesen. Dreißigtausend Hektar Waldfläche waren durch das Feuer zerstört worden. Zehntausend Urlauber hatten evakuiert werden müssen.

Und heute morgen der knopfäugige, fette Kahl. Gadd war sich nicht sicher, was Kahl von ihm wollte. Die Prämie drücken? Oder hatte er ernste Befürchtungen, daß der Fall Holzner nicht glatt über die Bühne gehen würde? Sein Auftrag war erledigt. Der Rest war Kahls Bier. Weiter würde er sich für die AGORA jedenfalls nicht aus dem Fenster hängen. Nein, weiter nicht. Gadd raffte sich auf, nahm eine neue Platte aus dem Ständer und legte sie auf. Dave Brubeck. Take Five. Eines seiner Lieblingsstücke. Paul Desmond am Saxophon.

Gadd streckte sich, versuchte die Mattigkeit abzuschütteln. Klimaumstellung? Unter seinem linken Schulterblatt verspürte er ein unangenehmes, schmerzhaftes Gefühl. Immer noch total verkrampft, trotz der Schalensitze. »Mistauto«, war Barbaras Kommentar gewesen, als Gadd sie das erste Mal mitgenommen hatte. »Der ist so verdammt eng. Hier kommt man weder rein noch raus. Darin kann man ja nicht mal bumsen.« Gadd machte einige Lockerungsübungen. Aber sie halfen nicht, das Ziehen und die Müdigkeit blieben.

»Rufen Sie mich an«, hatte Neuhaus gesagt, »wenn Sie sich entschieden haben, ob Sie den Auftrag annehmen. Dann würde ich ein zweites Treffen vorschlagen. Hier oder wo Sie wünschen. Ich möchte zunächst noch keine Namen nennen. Das müssen Sie verstehen.«

»Ich muß wissen, worauf ich mich einlasse«, hatte Gadd eingewandt. »Auf blauen Dunst werde ich keine Zusagen machen. Ich brauche schon Details, Anhaltspunkte. Man kann schnell unter die Räder kommen, wenn man nicht weiß, wohin der Zug fährt.«

»Ich werde Sie schon ausreichend informieren. Das ist ja auch in unserem Interesse. Später. Mein Mandat lautet, zu eruieren, ob Sie grundsätzlich bereit wären.«

»Können wir nicht folgenden Fall hypothetisch durchspielen, rein hypothetisch? Eine junge Frau verschwindet vor zwölf Jahren - da war sie so um die dreißig - von der Bildfläche. Sie verschwindet, und auf den Fahndungsplakaten erscheint ihr Foto. Dort kam man bekanntlich nicht drauf, wenn man einer alten Frau vor dem Postamt die Tasche geplündert hatte. Erste Vermutung: Sie war an einem terroristischen Anschlag beteiligt. Da ihr Foto immer noch auf dem Plakat ist, gehe ich davon aus, daß sie keine unbedeutende Rolle gespielt hat, und sie muß seitdem untergetaucht sein. Sie hatten mich vorhin als Spezialisten für die Suche nach der richtigen Roten Grütze apostrophiert. Ich hab' das als Hinweis verstanden.«

Neuhaus hatte genickt. »Ihr hypothetischer Fall gefällt mir.«

»Gut, soweit sind wir also einig. Das war nicht weiter schwer. Ich spekuliere weiter: Sie war also die ganze Zeit abgetaucht. Wo war sie? Sie muß irgendwo gewesen sein, wo der Repressionsapparat - Sie merken, ich versuche mich einzudenken -, wo Generalbundesanwaltschaft und Bundeskriminalamt sie nicht vermutet haben, oder wo sie sie nicht zu fassen kriegen konnten. Wo kann das gewesen sein? Überall und nirgends. Sie kann irgendwo zwischen

Nordlibanon und Südjemen abgetaucht sein, als Kämpferin. Da wäre sie für die deutschen Behörden außer Schußweite. Sie kann aber auch sonstwo mit einer neuen Identität gelebt haben. Unerkannt. Wie soll ich sie finden, wenn die anderen mit ihrem riesigen Apparat es nicht geschafft haben? Erste Frage.«

»Nicht schlecht.«

»Ihr Interesse an der Frau, Ihr Hinweis, daß sie die kleine Schwester eines Freundes Ihrer Familie sei, läßt mich zur zweiten Vermutung kommen. Sie ist kein armes Hascherl, das als Arbeiterkind die Waffe im antiimperialistischen Befreiungskampf in die Hand genommen hat, sondern sie gehört zu einer bekannten Hamburger Familie. Zu einer *der* Familien.«

»Im Fernsehen hätten Sie jetzt wieder einen Fünfer im Schweinderl gehabt.«

»Zweite Frage: Warum jetzt das plötzliche Interesse? Nein, nicht nur Interesse, Sie wollen ja auch Geld ausgeben, viel Geld. Sie wollen mich engagieren, Herr Dr. Neuhaus. Was steckt dahinter? Späte Geschwisterliebe? Das nehme ich Ihnen nicht ab. Dritte Vermutung: Die rührende Familiengeschichte ist vielleicht Mumpitz, Tarnung für das eigentliche Ding, für die Sache hinter der Sache. Wer sagt mir, daß ich nicht für einen ganz anderen Auftraggeber arbeite?«

»Ich.«

»Das ist mir zuwenig, Herr Dr. Neuhaus. Da brauch' ich schon was Handfesteres. Es gibt eine weitere Möglichkeit: Sie kann und soll nicht gefunden werden, weil sie von staatlicher Seite eine perfekte neue Identität verpaßt bekommen hat. Mit allen Schikanen. Neuer Paß, neue Legende, verändertes Äußeres und einen Haufen Geld. Und zur Beruhigung der Bevölkerung, und weil man ihre Tarnung nicht auffliegen lassen kann, lassen will, lächelt sie uns weiterhin von den Fahndungsplakaten an. Wie finden Sie diese Geschichte?«

»Nicht gut. Warum sollte ich sie suchen lassen? Das gibt keinen Sinn.«

»O doch! Ich bin das Versuchskaninchen, das feststellen soll, ob die Sache funktioniert, ob der Laden dicht ist. Oder besser, ich bin der Klempner, der das Loch stopft, wenn eins vorhanden ist, und alles im Fluß hält.«

»Jetzt nach zwölf Jahren?«

Gadd erhob sich. Miles Davis oder Lester Young? Miles Davis. Er öffnete die Terrassentür und atmete die kühle Nachmittagsluft ein. Der Blick in den Garten versprach Arbeit. Der Rasen mußte gemäht und die Buchsbaumhecke geschnitten werden. Alles war vollkommen zugewuchert, total verwildert, kein Durchkommen. Gadd ging über die Freitreppe in den Garten, Miles Davis' Trompete verklang.

Er konnte sich keinen Reim machen. Neuhaus, ein renommierter Strafverteidiger. Neuhaus in einem Terroristenprozeß, Neuhaus als Linksanwalt? Nein, absurd, nicht mal als Pflichtverteidiger!

»Könnte es sein, daß Ihr Freund der Familie über seine Schwester an jemand anderen rankommen möchte? Auch so ein Gedanke.«

»Sie sollten nicht so komplizert denken. Der Fall ist im Grunde ganz einfach. Rufen Sie mich an. Sie werden dann sehen.«

»Und wenn ich feststelle, angenommen, wenn ich feststelle, daß die kleine Schwester tot ist, wenn es schon lange gar nichts mehr zu suchen gibt? Tot und begraben. Was dann?«

»Das wäre doch auch ein Ergebnis, Herr Gadd. Aber noch lebt sie.«

»Woher wissen Sie das?«

»Sie hat angerufen.«

11

»Welchem Umstand verdanken wir eigentlich deine strahlende Laune?«

»Wie kommst du denn darauf?«

»Seit heute morgen singst und pfeifst du wie ein Vogel.«

»Stört dich das?«

Sie drückte ihre Zigarette im Aschenbecher aus. Glühende Tabakkrümel stoben auf meine Hose. »Wir werden nicht sehr weit kommen, Geli, wenn du jede Frage mit 'ner Gegenfrage beantwortest.«

Ich schaltete runter und fuhr langsamer. »O Gott, Teddy, warum mußt du immer so schrecklich ernst sein? Es ist tolles Wetter, wir fahren raus. Guck dir doch bloß mal den Himmel an! Und alles ist so frisch, so grün nach dem Regen.«

Sie lehnte sich zurück, verschränkte die Arme hinter dem Kopf. »Ich wußte gar nicht, daß du so ein Naturliebhaber bist.«

»Hauptsächlich machen wir den Ausflug ja wohl deinetwegen. Damit du mal rauskommst.«

Merkte sie denn nicht, wie sehr ich mich in allem, was ich tat, nach ihr richtete? In meiner eigenen Wohnung konnte ich mich nicht mehr bewegen, ohne von ihr beobachtet zu werden. Was ich auch sagte, immer folgten ihre beißenden Kommentare. Ich ertrug ihre Launen, die plötzlichen Phasen der Depression, wenn sie tagelang vor sich hinstarrte und kaum ein Wort herausbrachte. Ich putzte das Badezimmer, wenn sie alles mit ihrem Haarfärbemittel eingesaut hatte. Und nichts war vor ihr sicher. Neulich, als ich nach Hause kam, saß sie an meinem Schreibtisch und las in dem Manuskript, das ich gerade bearbeitete.

»Wollt ihr die rausbringen?« fragte sie.

Ich schob ihren Arm beiseite und sah auf den Text. »Tolle Frau, nicht? Bei keinem anderen Verlag hätte sie 'ne Chance gekriegt. Aber wir haben sie aufgetan. Diese Sprache, diese Unabhängigkeit.«

»Hm«, machte sie. »Ihre Unabhängigkeit beweist sie hauptsächlich, indem sie das Wort Möse schon auf den ersten Seiten mindestens zehnmal benutzt. Und hat keine Ahnung von Rechtschreibung!«

»Aber, Teddy, das sind doch nun wirklich spießige Argumente. Nicht jeder hat eben deine Schulbildung. Es kommt doch darauf an, was man zu sagen hat!«

Sie sah mich mit dem Blick an, der schon damals unsere Lehrer immer zur Weißglut gebracht hatte. »Ja. Was hat sie zu sagen?«

Ich fuhr noch langsamer. Das Auto hinter uns überholte. Aus dem Rückfenster winkten uns zwei Kinder zu. Ich winkte zurück. Da streckte der Junge die Zunge heraus.

»Mach's wie der da«, sagte sie. »Und hör' mir einfach nicht zu!«

Ich bremste und ließ den Wagen auf dem Seitenstreifen ausrollen. »Ich will dir aber zuhören! Ich will mit dir reden. Ich will teilhaben an dem, was du denkst, an deinen Sorgen, deinen Plänen. Aber du läßt mich ja gar nicht an dich rankommen. Das hast du nie getan. Du hast mir immer bloß das Gefühl gegeben, daß ich ... 'ne dumme Gans bin.«

»Nun werd' mal nicht weinerlich, Kleine«, antwortete sie mit harter Stimme. »Nie hast du dies, immer hast du das! Bester Ehekrachstil! Und nie hast du mir das kleinste Blümchen mitgebracht! Das ist nicht dein Ernst, daß du dich auf dieser Ebene mit mir auseinandersetzen willst.«

»Ich will mich überhaupt nicht mit dir auseinandersetzen.« Ich umklammerte das Steuerrad. »Mach' mich nicht so klein, Teddy, ich halte das nicht aus!«

Sie zündete eine Zigarette an und steckte sie mir zwischen die Lippen.

Der Rauch stieg mir in die Augen. »Was willst du von mir, Geli?« fragte sie leise.

Ich zuckte mit den Achseln. Wenn sie das nicht wußte! »Wir können über alles diskutieren, meine ich.«

»Diskutieren? Nein danke!« Als lehne sie ein Stück Brot ab. »Diskutiert hab' ich bis an mein Lebensende genug.«

Ich sah sie nicht an, aber ich spürte, daß sie mich von der Seite beobachtete. Draußen zwitscherten die Vögel. Es wurde warm im Auto. Ich war verzagt, und ich kam mir blöde vor. »Was ich wissen möchte«, begann ich unsicher, »warum bist du zu mir gekommen? Es sieht doch so aus, daß ich dich nerve, meistens jedenfalls. Ich meine, ich weiß, warum ich dir helfe. Aber warum gerade ich?«

»Bist du sicher, daß du das weißt?«

»Natürlich bin ich das! Wir haben uns immer gut verstanden, trotz allem!«

Sie löste ihren Sicherheitsgurt. »Na, da hast du die Antwort!«

Ich ergriff ihre Hand. »Laß uns reden, Teddy! Ich möchte so viel von dir wissen. Und auch von mir erzählen. Die ganzen Jahre ...« Ich brach ab. Mir fielen die richtigen Worte nicht ein.

Einen Augenblick sah sie mich an, müde, traurig. »Ist gut, Geli, wir werden reden.« Dann lachte sie. »Aber nicht jetzt. Komm, joggen wir uns die Gedanken aus dem Kopf. Darum sind wir schließlich hier.«

Sie sprang aus dem Auto und rannte schon los, während ich noch die Türen abschließen mußte. Als ich sie endlich einholte, grinste sie mich mit rotem Gesicht an. »Ich dachte ja bloß«, keuchte sie, »daß du so fröhlich bist, weil dein Verfolger in dem Golf nicht wieder aufgetaucht ist.«

12

»Weißt du noch, wer das is'?«

Ich kniete neben ihr, lehnte mich an ihre Schulter.

»Mein Gott, das war Heidelberg, nich', oder Würzburg? Wir sind so 'nen Wanderweg gegangen, in den Weinbergen. Damit wir einen richtigen Blick auf die Stadt kriegten.«

Ich mit toupierten Haaren und Minikleid. Jörg, der Klassenkasper, zieht eine Fratze. Nach dem Studium ging er zu UNILEVER, machte Werbung, erst für Rahmspinat, dann für Eiskrem. *Flutschi-Finger* soll sein Einfall gewesen sein. Der dicke Henning ist Berufsoffizier geworden. Ingeborg hat bestimmt gleich geheiratet. Sie war damals bereits verlobt mit 'nem Typen vom Katasteramt Lüneburg. Wir sehen alle verschwitzt aus, abgekämpft. Ich erinnere mich, daß es tierisch heiß gewesen ist. Abends waren wir dann auf einem Weinfest und sind morgens durchs Kellerfenster in die Jugendherberge eingebrochen. Hatten furchtbare Angst vor dem Köter des Herbergsvaters. Das war die Klassenreise, bei der wir aus dem Dom in Speyer rausgeworfen wurden, weil Uwe sich ins Taufbecken gelegt hatte, und wo Susanne uns allen auf den Wecker ging, weil sie noch ihr Referat über den Zauberberg schreiben mußte.

»Das ist Theissen«, sagte sie. »Der war ganz toll in dich verliebt, weißt du noch?«

Ach ja, Theissen, der Referendar! Geografie und Geschichte. »Hier in der Seitenkapelle sehen Sie schon die beginnende Auflösung des Rundbogens. Beachten Sie die Leichtigkeit, die Hinwendung zur zierlicheren Säule, weg vom Erdgebundenen, in sich Ruhenden, hin zu luftigeren Höhen.« Er trug immer blaue Anzughosen mit blankem Hintern, und wenn es heiß wurde, machte er den obersten Knopf seines Hemdes auf. »Ich hab' ihn gevögelt.«

»Teddy, du spinnst! Wann soll das wohl gewesen sein?«

Sie klappte das Fotoalbum zu. »Denk' mal daran, daß du damals mindestens 'ne Stunde brauchtest, um deine Haare in die richtige Form zu legen. Die Zeit konnt' ich immerhin anders nutzen.«

Es tat weh, und das ärgerte mich. »Laß das blöde Spiel! Theissen mit seinen feuchten Händen!«

»Na, sieh mal an! Woher weißt du denn, daß er feuchte Hände hatte?« Sie kicherte. Und plötzlich mußte ich auch lachen. Richtig albern. Es kitzelte in der Kehle, ich konnte nicht aufhören. Wir prosteten uns zu.

»Weißt du, er war gar nicht so schlecht.«

Mir liefen schon Lachtränen über das Gesicht. »Du und Theissen, Teddy? Wenn ich mir das vorstelle. Wie hast du ihn denn aus seiner Unterwäsche gekriegt? Schiesser doppelripp wahrscheinlich. Oh, ich werd' nich' wieder.«

Sie prustete und spuckte dabei etwas Wein über mich. »Die Unterwäsche war nicht das Problem.« Sie hielt sich die Hände vor den Mund, schluckte. »Aber die Socken, er wollte unbedingt die Socken anbehalten!«

Plötzlich wußte ich, daß sie log. Ich hätte es gleich wissen müssen. Sie war nie so gewesen. So? Solche Spiele trieb sie nicht. Damals nicht. »Warum erzählst du mir so was, Teddy? Es ist doch gar nicht wahr!«

Sie zwinkerte mir zu, schlug das Fotoalbum wieder auf. Sie hatte die ganze Zeit den Finger zwischen den richtigen Seiten gehabt. »Guck uns an, Geli, aber sieh mal richtig hin. Das bist du, und das bin ich.«

Ein schmales Gesicht, lange, glatte Haare, riesige Augen. »Du bist schön, Teddy.«

»Ich hab' gesagt, sieh richtig hin!«

Es war ein Schulfoto, und ich fühlte mich wie in der Schule. Oder falsch, viel hilfloser. Damals konnte man eine patzige Bemerkung machen, wurde zurechtgewiesen, aber dann in Ruhe gelassen. »Ich weiß nicht, was ich sehen soll, Teddy«, sagte ich zaghaft. »Du siehst toll aus, zehnmal interessanter als all' die anderen Mädchen, als ich. Natürlich hättest du ihn rumkriegen können. Das war doch klar.«

»Ja, das hätte ich.« Sie deckte mit einer Hand das Foto zu. »Aber kleine Siege haben mich nicht gereizt. Er war gar nichts. Es lohnte nicht mal den Versuch.« Sie schloß das Album, kein Finger mehr zwischen den Seiten, und warf es auf den Teppich. »Vielleicht ein Fehler«, setzte sie kaum hörbar hinzu.

»Und was sollte dann diese ... Szene eben?«

»Keine Szene, nur eine kleine Lüge. Und die hab' ich ja auch gleich gestanden. Ich wollte sehen, wie du reagierst. Vielleicht hätt' ich es wirklich tun sollen.«

»Oh, verdammt, Teddy, das ist schon so lange her. Und dann Theissen! Ausgerechnet! Warum denn bloß? Um mir eins auszuwischen? Ich war doch nie in den verknallt.«

»Kindchen«, sagte sie und reichte mir mein Glas. »Ich wollte dir nie eins auswischen. Eben deshalb hab' ich's doch nicht gemacht.«

»Danke, aber das wäre nicht nötig gewesen«, sagte ich steif. »Mit oder ohne Socken, den hättest du haben können!« Und dann mußten wir wieder lachen, und später kroch ich sogar auf allen vieren über den Teppich, holte das Album, und wir sahen alle Fotos an, überlegten, was aus den einzelnen wohl geworden sein mochte, gedachten kurz und fast ernst unseres verstorbenen Klassenlehrers und machten uns morgens um halb vier Spiegeleier mit Mettwurst.

13

Ich schlief tief und traumlos. Das Surren meines Weckers hatte mich nicht wachgekriegt, aber jetzt schreckte ich durch ein Klirren in der Küche hoch. Verbiestert starrte ich auf die Uhr, bis mir klar wurde, daß ich um diese Zeit längst im Auto sitzen sollte. Durch die Jalousien drang trübes Licht. Eigentlich hatte ich im Juli mit Sabine nach Frankreich fahren wollen, aber dann ... Sabine war sauer allein abgedampft und schickte mir in Drei-Tage-Abständen Postkarten, vollgekritzelt mit giftigen Bemerkungen.

Ich richtete mich langsam auf; in meinem Kopf hämmerte und pochte es wie verrückt. Das sonnige Wetter gestern war ein Wochenendgeschenk gewesen, aber heute war Montag, ich hatte Kopfschmerzen, und draußen regnete es.

Montag. *Monday, monday*, das war die Standardbegrüßung am Wochenanfang gewesen. Fast jeder, der in den Klassenraum schlurfte, hatte es gesungen. Verquollene Augen, eine Mundhaltung, die tiefste Resignation ausdrückte, gehörten dazu. Je kaputter man ankam, desto besser mußte das Wochenende gewesen sein. Wie ging der Song bloß weiter? Ich ließ mich vorsichtig zurückgleiten und summte die Melodie, kam aber über die ersten paar Takte nicht hinaus. Was hatten wir damals alles gesoffen! 'ne Zeitlang war Pernod das Getränk, später auch Jägermeister. Jetzt konnte ich mir guten Wein leisten, aber mein Schädel dröhnte wie einst. Die unangenehmen Erfahrungen wiederholen sich, alles andere geht vorbei.

Da lag ich also mit meinem Wochenendkater und stellte die üblichen schwachsinnigen Montagsmorgenphilosophien auf. In den ersten zwei Stunden hatten wir meist Deutsch gehabt, weil Frau Eck nach eigener Aussage eine Lerche war und sich deshalb ohne Murren von der Stundenplanung in diese zwei unbeliebten Stunden drängen ließ. Wir dagegen waren alle Eulen und brüteten stumm vor uns hin.

Wen interessierte damals schon eine Gegenüberstellung von *Totentanz* und *Wer hat Angst vor Virginia Woolf?*?

Die einzige, die fast ununterbrochen redete, war Teddy. Die war nie müde. Ich eigentlich auch nicht, weil ich am Sonntag um zehn Uhr zu Hause sein mußte. Gesagt habe ich trotzdem kaum etwas. Und wenn doch mal jemand etwas gegen Teddys Analysen vorbrachte, stützte sie ihr Kinn in die Handfläche und sah denjenigen unverwandt an. Ganz glatt im Gesicht, keinerlei Reaktion. Sie ließ ihn reden und reden, bis er sich verhedderte oder abbrach, und dann setzte sie die Diskussion mit Frau Eck fort, als hätte es keine Unterbrechung gegeben. Damals hab' ich sie bewundert, wie gut sie zuhören konnte, weil ich immer ausrastete, wenn jemand meine seltenen Einwürfe zerpflückte. »Du denkst, ich höre zu? Es lohnt sich nur zuzuhören, wenn dein Partner den gleichen Erkenntnisstand hat wie du.«

Teddy ließ jeden, der es wollte, abschreiben, gab bereitwillig ihre Hausarbeiten weiter. Es interessierte sie gar nicht, wer von ihr partizipierte. Sie war nicht beliebt, aber es nahm ihr auch keiner übel, daß er ihre Hilfe brauchte, während sie niemals um Unterstützung bat. Sie stand außerhalb des Systems von Geben und Nehmen, das unsere Gemeinschaft zusammenhielt. Sie gehörte zu keiner der Cliquen, war bei keiner Fete dabei.

Später wurde sie doch sehr begehrt, bei den Mädchen zumindest. Das war, nachdem ihr Bruder aufgetaucht war. Sie war die erste, die ein eigenes Auto hatte, aber dann baute sie einen Unfall, und solange ihr Bein in Gips war, kutschierte ihr Bruder sie. Er war älter als sie, damals schon Student. Die meisten fanden seine Fürsorge süß.

Ich stand auf und ging in die Küche. Sie saß am Tisch, die Kaffeemaschine neben sich. Beinahe wäre ich in das straff gespannte Kabel gerannt.

»He, he«, sagte sie. »Demolier' nicht deine ganze Einrichtung!«

In der Spüle lagen Scherben. »Du meinst, so wie du?« antwortete ich schroff und wies auf die Reste der Kaffeetasse. Sie zuckte nur mit den Schultern.

Ich ließ mich ihr gegenüber auf einen Stuhl fallen. Die Kopfschmerzen verschlimmerten sich, und im Magen wurde mir schwummerig angesichts der angetrockneten Spiegeleikleckse auf den Tellern.

»Ich fühl' mich völlig behämmert. Hast du auch wie tot geschlafen?«

»Ich hab' überhaupt nicht geschlafen. Nachdem ich dich ins Bett verfrachtet hatte, hab' ich hier gesessen und nachgedacht.«

Auf der Klassenreise damals mußte sie mich auch mal ins Bett bringen. Ich hatte vorher noch nie Federweißen getrunken. Ganz plötzlich war ich weggetreten. Im Liegen wurde mir dann furchtbar schlecht. In der Jugendherberge war der Strom ausgefallen. Ich weiß noch, wie ich vor dem Klobecken kniete und Teddy neben mir mit brennendem Feuerzeug hockte, damit ich sehen konnte, wohin ich kotzte.

»Dann hätt'ste mich doch wecken können!«

»Warum?«

»Ich muß Christian anrufen.« Ich schleppte mich zum Telefon im Flur. Erzählte von der Überarbeitung eines Textes, die ich lieber in Ruhe zu Hause erledigen wollte. Er lachte. »Na, dann wünsche ich dir viel Ruhe, hast du nötig, so, wie du dich anhörst.«

Teddy erschien im Flur und warf mir meine Jeans zu. »Hier, zieh' wenigstens das an, sonst kriegst du 'n Blasenleiden. Wer ist Christian?« Heute schien sie nichts dagegen einzuwenden haben, daß ich blau machte.

Ich zog die Hosen an, wobei mir einfiel, daß sie früher stets und ständig aufs Klo rannte. Auch mitten in der Stunde.

Die meisten Lehrer hatten den Verdacht, daß sie zum Rauchen auf die Toilette verschwand. Konrad rannte sogar mal hinter ihr her. Er war so heiß darauf, sie zu erwischen, hielt die Pipette samt Piläusball wie einen Dolch. Mein Gott, gab das ein Theater! Konrad riß die Lokustür auf, Teddy saß natürlich artig auf dem Becken und pinkelte. Ihre scharfe Stimme konnte man im ganzen ersten Stock hören. Aber es reichte ihr nicht, daß aus allen Klassenräumen Schüler und Lehrer guckten und mitbekamen, wie Konrad mit rotem Kopf aus dem Mädchenklo floh. Sie beschwerte sich ganz offiziell beim Direktor. Und der war ohnehin immer völlig hilflos, wenn es um Besonderheiten der weiblichen Physiologie ging. Teddy spielte das Stück in tausend Fortsetzungen, kramte ab sofort für alle sichtbar ihre OB-Packung heraus und verließ betont langsam, eine Hand gegen den Bauch gepreßt, die Klasse. Wahrscheinlich haben noch Generationen von Schülerinnen in Ruhe auf der Toilette qualmen können!

»Christian is' 'n Doktorand. Der arbeitet bei uns im Verlag als freier Lektor. Es war verabredet, daß wir heute seine Korrekturen durchgehen wollten.«

»Und, is' der nichts für dich?«

Ich hatte keine Lust, darauf einzugehen. »Übrigens, is' mir heute morgen eingefallen. Was ist eigentlich aus Gernot geworden?«

Teddy drehte sich um und ging zurück in die Küche. Sie goß sich neuen Kaffee ein und und pustete in die Tasse. »Wie kommst du denn jetzt darauf?« fragte sie gleichgültig.

»Gestern abend wolltest du mir eine Liebesgeschichte mit Theissen andichten. Wenn du wissen willst, in wen ich wirklich damals verknallt war, also das war Gernot.«

Sie nahm einen Schluck Kaffee und spülte deutlich hörbar ihren Mund damit, bevor sie schluckte. »Was soll er schon machen. Mein lieber Bruder wird das tun, was er immer gemacht hat. Er spielt den hanseatischen Kaufmann mit taubengrauem Anzug, englischem Pfeifentabak und frigider Ehefrau. Mittlerweile wohl in unumschränkter Leitungsfunktion.«

»Damals hat er doch Jura studiert.«

»Liebes, man läßt die ältesten Söhne immer Jura oder Wirtschaftslehre studieren. Unterdrückungsmechanismen wollen gelernt sein. Am besten natürlich beides. Siehe Gernot. Bei den Töchtern machen sich moderne Sprachen gut, auch Psychologie oder so was wie Altamerikanistik. Kohle muß es ja nicht bringen, aber es dient einem gepflegten Tischgespräch oder hilft, wenn man exotische Akzente in der Einrichtung setzen will.«

Sie hatte tiefe Falten um den Mund und auf der Stirn, ihre Haare standen rotbraun stoppelig vom Kopf ab, der lange Hals zur Seite gebogen, zwei kleine Brüste mit winzigen Warzen, ein Bauch, flach wie bei einem jungen Mädchen. Ich versuchte, sie mir im Jil Sander-Kostüm vorzustellen, sandbeige, gebildeter Small-Talk, sparsames Lächeln. Es würde schon gehen. Nur die Hände paßten nicht, breit und kräftig mit kurzen Nägeln und Sommersprossen auf den Handrücken.

»Ich fand ihn damals toll. Oh, ich weiß, Teddy, daß er ein Scheißtyp ist, den du nicht leiden kannst. Aber er sah gut aus, er war jemand. Diese selbstverständliche Lässigkeit, die ... Sicherheit. Alles, was ich nicht hatte. Is' doch klar, auf mich als Arbeiterkind wirkte er wie ein Märchenprinz. Aber ich hatte ja keine Chance.«

»Red' keine Scheiße, Geli!« Ihr Ton war schneidend scharf. »Arbeiterkind! Dein Vater war Schlosser mit eigenem Betrieb. Der dreht sich im Grabe um, wenn er hören könnte, wie du hier seinen kleinbürgerlichen Stolz mit Füßen trittst. Was soll die ganze Erinnerungssoße? Willst du mir auf einfühlsame Art klarmachen, daß du dich heute nur deshalb an deinen erfolgreichen Architekten hängst, weil du damals meinen Bruder nicht gekriegt hast? Sicherheit, Lässigkeit! Wenn du immer noch auf die gleichen

Typen fliegst, ist das deine Sache, aber mach' dir nicht vor, daß du damals wegen der gesellschaftlichen Kluft nicht an Gernot rangekommen bist. Du hast es nämlich gar nicht versucht. Mein Brüderchen hatte da eine Zeitlang überhaupt keine Berührungsängste!«

Ich heulte. Mir lief das Wasser aus Augen und Nase, und dabei wußte ich überhaupt nicht, warum ich mich so mies fühlte.

»Ach, du liebe Zeit«, sagte Teddy und drückte mir ein Geschirrhandtuch ans Gesicht. »Was is' denn nun los?«

»Du bist immer so grob«, war alles, was mir einfiel, und ich hätte mich ohrfeigen können für diese dusselige Anklage. Ich wischte die Tränen ab, schnaubte mir die Nase aus und versuchte zu lächeln. »Ich weiß gar nicht, warum ich dich eigentlich so gern hab'.« Es sollte witzig klingen.

»Ja, das frage ich mich auch immer wieder«, sagte sie und nahm mir das Handtuch weg. »Aber das einzige Problem, das du im Moment hast, ist dein Kater.«

14

Am nächsten Abend kam ich spät nach Hause. Kurz vor sechs war ich losgehetzt zum Einkaufen. Sagenhaft, wieviel mehr man brauchte, wenn man zu zweit lebte und noch dazu kaum das Haus verließ. Anschließend hatte ich weitergearbeitet. Zum Teil aus schlechtem Gewissen Christian gegenüber. Er hatte mir alles säuberlich auf den Schreibtisch gelegt, mit numerierten Zettelchen zu solchen Passagen des Manuskripts, die zweifelhaft gewesen waren und zu denen er selbst Recherchen gemacht hatte. Zuunterst die Abrechnung. Wie üblich ohne Erwähnung seiner Extraarbeiten in der Staatsbibliothek. So würde er nie auf 'nen grünen Zweig kommen! An der Lampe klebte ein Din-A-4 Blatt. Rote Herzchen umrahmten den Text: *War's denn wenigstens schön?* Die Schrift konnte außer ihm selbst vermutlich nur noch ich entziffern. Schön? Ja, eigentlich war es schön gewesen. Wenigstens einen Zipfel unserer gemeinsamen Erinnerungen hatten wir zu fassen gekriegt. Was konnte man mehr verlangen nach so vielen Jahren. In denen sie sich zwangsweise abschotten mußte, niemandem vertrauen konnte. Auch mir nicht. Mir schon gar nicht. Aber die Atempause heute hatte ich schon gebraucht. Ich schob die letzten Seiten zusammen und legte den ganzen Packen Kamran auf den Schreibtisch. Fertig. Blätterte meinen Terminkalender durch. *R. zurück.* Übernächste Woche. Auch die Atempause brauchte ich.

Im Treppenhaus begegnete mir der Typ aus der Wohnung einen Stock höher. Er schleppte seinen Müll nach unten. Wir schoben uns mit unseren Tüten aneinander vorbei. »Na, steigt 'ne Fete?« fragte er mit Blick auf meine vollen Tragetaschen und grinste anzüglich. »Ne, Wocheneinkauf.« Blöder Sack! So einer, der mit Frauen nicht anders als mit vielsagend hochgezogenen Augenbrauen und geschürzten Lippen sprechen konnte. Am Wochenende grillte er immer auf 'm Balkon. Westernrippchen vom HL-Markt. Kurz nach seinem Einzug hatte er mich eingeladen. »Kommen Sie doch hoch, die Mädels da oben sind alle öde.« Wenig später sah er mich in Ralfs Auto einsteigen und fragte nie wieder. Klar.

In der Wohnung war es still, kein Mucks zu hören. Ich stellte die Tüten vor den Kühlschrank. Auf dem Tisch stand ein Kaffeeservice, weiß, für sechs Personen.

Ich weiß nicht, was mir alles auf einmal einfiel. Sie ist rausgegangen, am hellichten Tag! Woher hat sie das Geld? Ein Versöhnungsgeschenk? Ein Abschiedsgeschenk!

Als die Stereoanlage plötzlich losdröhnte, zuckte ich zusammen. Volle Power aus allen Boxen. Sie stand im Türrahmen, nur mit einem Slip bekleidet.

»Herrgott, hast du mich erschreckt!«

»Damit?« Sie wies mit dem Daumen ins Wohnzimmer. »Oder das da?« und nickte in Richtung des Küchentisches.

»Beides.« Ich drehte mich um und atmete tief. »Mach' das Radio leiser, oder willst du das ganze Haus alarmieren?«

»Aber gewiß doch.«

Ich ging zum Tisch und nahm eine der Tassen in die Hand.

»Gefällt's dir?« Die Musik war jetzt kaum hörbar. Vanilla Fudge. Total verkratzt.

»Wo hast du das her?«

»Also, ich hatte eigentlich so was erwartet wie: Entzükkend, toll, genau das, was ich mir schon immer gewünscht habe!« Sie schob mit dem Fuß die Einkaufstüten beiseite, holte Mineralwasser aus dem Kühlschrank und trank aus der Flasche. »Rosenthal«, sagte sie mit übertriebener Betonung auf der ersten Silbe.

»Du bist durch die halbe Stadt gelaufen, um das da zu kaufen?«

»Ja! Das heißt, zurück hab' ich 'ne Taxe genommen.« Sie

zwinkerte mir zu. »Aber ich bin zwei Straßen vorher ausgestiegen.«

Ich fühlte mich ertappt. »Teddy, und wenn dich jemand erkannt hätte!«

»Du hast mich auch nicht erkannt, nicht wahr, Geli? Jedenfalls hast du mich ganz schön lange auf deiner Fußmatte stehen lassen.«

Es stimmte nicht, ich hatte sie sofort erkannt. Es war nur das erste gewesen, das mir eingefallen war. »Mensch, ich hab' dich gar nicht erkannt!« Aber ich hatte ihr Gesicht auch immer bei mir gehabt, im Kopf, im Herzen. Himmel! Doch, sie hatte sich verändert, bloß nicht für mich. Werden dünne Frauen schneller alt?

»Kannst du dir nicht was anziehen?«

Sie kreuzte mit einer affektierten Bewegung die Hände vor der Brust und schob eine Hüfte vor.

»Sie sind schön, Teddy«, sage ich. »Aber bloß, weil du eine Tasse zerkloppt hast ...«

»Hauptsache, du magst sie leiden«, sagte sie schnippisch und ging.

Ich packte die Tüten aus, verstaute die ganzen Fressalien, ging wohl zigmal am Geschirrschrank vorbei, sah zum Schluß doch nach. Hinter mir erklang ihr Lachen.

»Wie schön, daß es noch Dinge gibt, die Bestand haben! Ein ehernes Gesetzt: die deutsche Frau bewahrt ihr Haushaltsgeld in 'ner Tasse auf. Ganz hinten in der Ecke, wo Kinderhände nicht rankönnen.«

Ich hatte ihr immer Geld gegeben. Das bißchen, das sie haben wollte für ihre nächtlichen Ausflüge.

»Warum hast du nicht einfach gefragt, womit ich das Zeug da bezahlt habe?« Sie stand dicht hinter mir.

»Du bist mal zu mir gekommen«, meine Stimmte hörte sich ganz fremd an, und ich schien überhaupt keine Luft mehr in den Lungen zu haben, »da hast du gesagt: keine

Fragen! Stell mir keine Fragen, ich werde sie sowieso nicht beantworten. Damals hab' ich das nicht akzeptiert. Ich wollte nicht den gleichen Fehler noch einmal machen.«

»Touché«, sagte sie spöttisch und drückte mir einen Kuß auf den Nacken. »Obwohl ich finde, du vergleichst hier Situationen, die nun wirklich nichts miteinander gemein haben. Und bestimmt hab' ich nicht gemeint, daß du statt dessen hinter mir herspionieren sollst.«

»Okay, woher hattest du das Geld?«

»Gott, Geli, steh' da nicht wie ein gescholtenes Kind in der Ecke. Dreh' dich endlich um! Na, also! Glaubst du denn, daß ich ohne einen Pfennig hier angekommen bin?«

»Das hast du mich glauben lassen. Jedenfalls hab' ich bislang noch nichts bei dir gesehen.«

»Bislang war das auch nicht nötig.«

Nein, natürlich war es nicht nötig. Ich hatte ja auch für alles gesorgt. Oh, Scheiße! Ich fühlte mich beschämt, hatte mich kleinlich benommen, und kleinlich waren auch meine Gedanken jetzt. Schließlich hatte ich sie um nichts gebeten. Geld war kein Thema zwischen uns gewesen. Was waren Themen?

»Mach' kein Drama daraus. Weißt du, ich glaube, das war ein Rückfall in WG-Zeiten. Wo man auch erst mal kontrollierte, ob noch alles da war, wenn man nach Hause kam.«

Ich drückte ganz kurz ihre Hand. »Ich war nie in 'ner Wohngemeinschaft. Das weißt du, Teddy.«

Dann aßen wir Abendbrot. Ich erzählte vom Verlag, von den überspannten Autoren, die immerzu ihr Werk diskutieren wollten, inhaltlich, offen und streng sachlich, aber mit Zähnen und Klauen kämpften, wenn man ihnen nur eine Formulierung strich, von Christian, dessen pingeliger Genauigkeitswahn ihn daran hinderte, mit seiner Doktorarbeit fertig zu werden, ihn aber zum besten Lektor für den Sachbuchbereich machte, den wir je gehabt hatten. Ich schilderte meine erste Begegnung mit Kamran, damals, als ich total in der Luft hing, als endgültig feststand, daß ich nicht in den Schuldienst übernommen werden würde. Er hatte gerade seinen kleinen Verlag gegründet zusammen mit Mike, der nur Underground-Literatur rausbringen wollte und Dreiviertel seiner Arbeitszeit damit zubrachte, marxistisch-leninistische Schriften zu studieren. Als Kamran ihn vor die Tür setzte, hatte er mich gefragt, ob ich nicht auch in den Sack hauen wollte.

Sie hatte mir schweigend zugehört, mich mit leerem Gesicht angesehen. Jetzt blinzelte sie. »Und? Warum hast du's nicht gemacht?«

Mike war nett gewesen, wenn auch meistens völlig zugekifft. »Ich war noch nicht soweit.«

»Ein Hoch auf deine Entscheidung. Mach' drei Kreuze noch im Angedenken.« Lobend, liebenswürdig.

»Ach, wahrscheinlich war ich nur feige.«

»Manchmal entpuppt sich Feigheit später als gesunder Menschenverstand.«

Mike war inzwischen längst abgeschlafft, abgedriftet. Kam noch mal vorbei im Verlag, als wir schon in den neuen Räumen waren. Hatte angeblich jemanden vom OKAY RADIO aufgetan, mit dem er was über die Hafenstraße bringen wollte. Innere Struktur der Gruppen. Wurde aber nichts daraus. Ich wechselte das Thema. Erzählte von der Bretagne, wo ich letztes Jahr mit Sabine den Urlaub verbracht hatte.

»Ach ja, du, da ist ein Brief von deiner Schwester gekommen. Sie hat Liebeskummer.«

Natürlich wußte ich längst, daß sie meine Post las. Aber bisher war das unauffällig geschehen, hatte sie mich nie darauf angesprochen. Warum zwang sie mich jetzt dazu, es ganz offiziell zur Kenntnis zu nehmen?

»Sabine ist ständig verliebt, praktisch ununterbrochen, seit sie geschieden wurde. Und immer unglücklich. Ihr Fehler ist, daß sie auf unabhängige Frau macht, so für 'nen One-night-stand, und leidet, wenn die Macker, die sie sich aussucht, genau dasselbe wollen. Dabei wartet sie auf jemanden, der zu ihr ins Reihenhaus zieht.«

»Hat sie das?«

»War nur so 'n Bild. Nee, sie wohnt ganz schäbig in 'ner Dreizimmerwohnung, Blick auf die Ami-Kasernen. Aber in Gießen hat sie 'ne volle Beamtenstelle gekriegt. Die brauchten noch Gewerbelehrer. Einmal im Jahr kommt sie her und lamentiert über die Spießigkeit der Provinz.«

»Und du?«

»Was?«

»Wen willst du in dein Reihenhaus nehmen?«

»Dich«, antwortete ich ohne nachzudenken.

Sie hielt die Gabel zwischen beiden Händen und stocherte damit zwischen ihren Vorderzähnen. Sah über mich hinweg. »Was muß eigentlich geschehen, Geli, um deine bedingungslose Zuneigung zu erschüttern?«

15

»Sag' mal Alfred, was weißt du über Neuhaus?«

Gadd hatte nicht die Absicht, ins offene Messer zu laufen. Der Anwalt, den er am frühen Vormittag anrief, war nie kleinlich gewesen, wenn es um die Weitergabe nützlicher Informationen ging, und hatte Gadd darüber hinaus schon manches Mal aus der Klemme geholfen.

»Das, was alle wissen.«

»Das hilft mir ungemein weiter. Ein bißchen konkreter hätte ich es schon gern.«

»Dann mußt du auch konkrete Fragen stellen, Alex.«

»Gut, auf einen Nenner gebracht: War Neuhaus jemals in einen der sogenannten Terroristenprozesse involviert?«

»Wie kommst du denn darauf? Das ist doch wohl ein Witz. Neuhaus, daß ich nicht lache! Der und Terroristen. Alles kannst du mit Neuhaus in Verbindung bringen, nur das nicht. Meinst du allen Ernstes, daß Neuhaus sich monatelang für das kärgliche Honorar der Staatskasse mit den Typen befassen würde, sich in endlose ideologische Diskussionen über die richtige revolutionäre Prozeßführung einläßt, sich bei jedem Besuch im Hochsicherheitstrakt in den Arsch gucken läßt, ob er auch keine Kassiber schmuggelt?«

»Hm. Weiter!«

»Und außerdem scheinst du meine lieben Kollegen nicht zu kennen. Einmal Terroristenanwalt, immer Terroristenanwalt! Da kannst du gleich deinen Laden für alle anderen Fälle dichtmachen oder selber abtauchen oder in die Politik gehen. Ist ja fast dasselbe.«

»Gut, ich will dir die Wahrheit sagen«, log Gadd. »Ich hab' so was läuten hören, er soll für einen Untersuchungsausschuß in der alten Stammheimer Sache ermitteln. Um den Alternativen eins auszuwischen. Vorzeitige Begnadigung durch den Bundespräsidenten. Politisch hochbrisant. Mehr kann ich dir im Moment nicht sagen.«

»Und was pfuschst du dazwischen?«

»Frag' nicht. Erzähl ich dir später mal.«

Gadd wählte die nächste Nummer. Der Versuch, Claasen vor zehn in der Redaktion aufzutreiben, schlug fehl. Auch zu Hause konnte er ihn nicht erreichen. Gadd vermutete, daß Claasen noch in sauer lag. Nicht erst seit seiner Scheidung vor drei Jahren sprach er der Flasche mehr zu, als selbst in Journalistenkreisen üblich und für seine Leber gut war. Aber die Redaktionen hatte er seitdem wie andere das Hemd gewechselt. »Wenn du so weiter machst, landest du noch auf der Freizeitseite des ABENDBLATTS«, hatte Gadd ihm prophezeit. Claasen unternahm daraufhin den Versuch, sein tägliches Quantum von einer auf eine halbe Flasche Gordons zu senken. So tief wolle er nicht sinken, hatte er hoch und heilig versprochen.

Alexander Gadd wanderte mit seinem mobilen Telefon durch die Wohnung, tippte Claasens diverse Rufnummern solange ein, bis er ihn endlich erwischte. Er war bei Sandra, einer verhuschten, blassen Blonden, die Claasen jüngst auf dem Sommerfest seiner Zeitung für eine kurze Phase des seelischen und körperlichen Beistandes aufgegabelt hatte.

»Curd, ich muß dein Elefantengedächtnis in Anspruch nehmen.«

»Bist du verrückt! Weißt du, wie spät es ist? Wir haben kurz nach Mitternacht.«

»In Tokyo, Curd. Auf meiner Uhr ist es 10.13, und ich bin in deiner geliebten Heimatstadt und nicht bei den Schlitzaugen. Also wach' auf!«

Claasen brummelte Unverständliches in den Apparat, dann war die Leitung tot. Gadd tippte die Wahlwiederholungstaste.

»Leg' nicht wieder auf, du Penner, sonst spreng' ich sämtliche Schnapsläden in die Luft«, drohte Gadd.

Sie verabredeten sich zu einem zeitigen Frühstück um halb zwölf.

Um zwölf tauchte Claasen auf.

»Kannst du mir 'n bißchen Kleingeld geben. Fürs Taxi. Der Blödmann kann nicht wechseln«, begrüßte er Gadd.

Mit seiner Lederjacke über dem Arm kam er drei Minuten später zurück. »Mußte ich als Pfand dalassen. Kannst du dir so was vorstellen?«

»Ich möchte mal eine Verabredung mit dir haben, wo du pünktlich kommst oder wo du Geld mitbringst.«

»Nächstes Mal; es wird alles anders«, versprach Claasen und ließ sich auf dem Barhocker nieder. Er wirkte noch dünner, noch grauer, noch klappriger als bei ihrem letzten Zusammentreffen vor knapp einem Vierteljahr. Seine rotgeäderten Augäpfel lagen tief in den Höhlen, machten aber ganz und gar keinen verschlafenen Eindruck. Claasen stand wie immer unter Strom, zündete sich mit der Kippe die nächste Zigarette an und wurde erst nach dem zweiten Gin Tonic ruhiger.

»So, über die RAF willst du was wissen? Warum liest du keine Zeitung, da steht doch alles drin?«

»Komm Curd, ich will nicht wissen, was in der Zeitung steht, ich will wissen, was nicht drinsteht.«

»Gibt es was, das nicht drinsteht?«

»Hör' auf und leg' los. Ich will deine Einschätzung. Du hast dich lange genug damit beschäftigt.«

»Lange her. Da war ich noch bei einem Nachrichtenmagazin. Jetzt bin ich, falls es dir entgangen sein sollte, bei einem Käseblatt namens RUNDSCHAU, das zwar auch wöchentlich erscheint, aber hauptsächlich von Lehrern abonniert wird, die jede Woche bestätigt bekommen wollen, daß ihr spezieller Müsli-Frischjoghurt unter den zulässigen Grenzwerten liegt.«

»Dein Selbstmitleid! Du mußt da nicht arbeiten.«

»Ach nee, weißt du, wie viele Möglichkeiten es in Hamburg gibt?«

»Das Thema hatten wir schon. Es kotzt mich langsam an«, blockte Gadd ab, der Claasens Tiraden über die Pressekonzentration zur Genüge kannte.

»Soll auch ich in den Untergrund gehen? Womit wir wieder bei deinem Thema wären. Meine Einschätzung willst du hören? Die Fronten bröckeln. Auf der einen und anderen Seite. Der letzte Hungerstreik. Klammheimlich haben die meisten Bundesländer die Forderung nach Zusammenlegung der Gefangenen erfüllt. Diese Diskussion ist aus den Medien. Ein paar Hardliner unter den Innenministern mucken noch auf, aber die sind in der Minderzahl. Das ist die eine Seite. Und die andere? Die Szene ist über den Abbruch des Hungerstreiks verunsichert. Das Kommunikationssystem innerhalb der Komandoebene und zur sogenannten Basis scheint nicht mehr so gut zu funktionieren wie einst.«

Claasen griff zum Tonic und goß schwungvoll nach.

»Und was heißt das?«

»Die Sache stirbt. Die Gemüter beruhigen sich. Man geht zur Tagesordnung über. Andere Probleme. Überlegungen, die alten Terroristenjäger für die Organisierte und Drogenkriminalität einzusetzen, sind aus dem Flanungsstadium raus. Die vorhandene Infrastruktur soll genutzt werden. Und sie wird bereits genutzt. Das kannst du daran erkennen, daß die alten Haudegen in Spitzenpositionen beim BKA und beim Verfassungsschutz aufgestiegen sind.«

»Und auf seiten der RAF?«

»Vielleicht werden die Kämpfer müde. Die alte RAF hat schon lange nichts mehr mit dem zu tun, was sich heute abspielt. Die Zeit, wo jedes Stück Klopapier aus Stammheim oder anderen Trakten dogmatisch befolgt wurde, ist längst vorbei. Autonome lassen sich so nicht steuern. Die werden anders manipuliert. Die Szene liefert das von den Rechten und ihren Medien gewünschte Szenario, so daß der Innensenator für seine Dienste die nötigen Mittel im Senat zugeschanzt kriegt. Und wenn es etwas stiller wird, dann mischen ein paar bezahlte Leute vom VS oder der Popo in schwarzen Klamotten als Vorturner mit.«

Gadd dachte an die militanten Auseinandersetzungen um die Hafenstraße, die jahrelang Öffentlichkeit und Senat beschäftigt hatten, und rührte den Schaum in seinem Cappucino. »Also nur Statisten. Und die anderen, der berühmte harte Kern?«

»Der harte Kern! Was ist der harte Kern? Die total abdriften? Ich seh' da eine Entwicklung wie in der Endphase der Roten Brigaden in Italien. Einfach draufhalten mit der Knarre. Ganz egal, wer die Sache initiiert oder finanziert hat. Hauptsache, es knallt.« Claasen schaute Gadd mißtrauisch an. »Aber, sag' mal, warum läßt du mich hier von der Leine los, Gadd. Worum geht's dir?«

»Ich frag' dich doch auch nicht, wenn du von mir Hintergrundinformationen willst.«

»Das ist kein Argument.«

»Okay«, lenkte Gadd ein. »Ich soll 'n Exposé für 'ne Versicherungsgesellschaft machen. Die wollen einschätzen können, was sie erwartet. Das geht hauptsächlich um Brandanschläge, Umlegen von Hochspannungsmasten. Prognostizierte Schadensfälle durch Gewaltakte, so mal als Arbeitstitel.«

»Das ist doch 'ne ganz andere Abteilung, Gadd. Warum fragst du denn nach der RAF? Die alte RAF, das sind die Opas , die Stones der Bewegung.«

»Ich hör' Jazz«, entschuldigte sich Gadd.

»Na ja, das sind ja auch meist alte Männer. Überall alte Männer«, sinnierte Claasen. »Abgetaucht, oder im Knast, schreiben dort schlaue, weniger schlaue oder sogar gute Bücher, sind schon wieder draußen oder kommen bald raus, sind abgekratzt oder ... ach, was weiß ich. Gib mir noch was zu trinken, Mäuschen!«

Ein weiterer Gin Tonic. Gadd bestellte den zweiten Cappucino und einen Grappa. Claasen starrte trübsinnig vor sich hin. »Das sind genau solche Fossilien wie wir. Nur wir werden bald noch ihre Namen kennen. Wenn alle Fahndungscomputer auf einen Schlag ihren Geist aufgeben würden, keine Sau wüßte mehr, wie ihre Namen geschrieben werden.«

»Nur du, Curd, nur du kennst noch alle Namen, alle Verbindungen.«

»Ja, verdammt noch mal! Ja, ich hab' mir die Arschbakken wundgesessen, um mir die Prozesse anzuhören. Ich hab' mir die Beine in den Bauch gestanden und die Hacken abgelaufen, um an Informationen zu kommen.«

»Und dir die Finger wundgeschrieben. Gleich kommen mir die Tränen.«

Gadd hob sein Glas. »Darauf wollen wir trinken. Prost!«

»Du Ignorant! Weißt du eigentlich, daß nicht mal 'n Dutzend, was sag' ich, eine Handvoll, noch abgetaucht ist von der alten Garde? Und die tauchen nie wieder auf.«

»Deine Prognose?« fragte Gadd.

Claasen fummelte in seiner Jackentasche nach einem neuen Päckchen Zigaretten, fand keines. »Ja. Die den Abgang machen, sind Randfiguren, nur die können den legalen Ausstieg versuchen. Für die anderen gibt es kein Zurück ins System.« Er rutschte vom Barhocker, ließ sich von der Bedienung Markstücke geben und schlurfte zum Automaten. »Noch mal dasselbe!« orderte er auf dem Rückweg.

»Du machst dich kaputt!«

»Du wolltest doch was von mir. Die Maschine muß geölt werden. Kaputt, daß ich nicht lache! Ich kann dich mit Leuten zusammenbringen, die wirklich kaputt sind. So kaputt kann ich nie werden.«

»Ich werd' auf dein Angebot zurückkommen, wenn ich meine Memoiren schreibe.«

»Hoffentlich werden die nicht so beschissen, wie die Story, die du mir heute aufgetischt hast! Kannst deinen Recorder abstellen! Hast du doch bestimmt in der Tasche von deinem schnieken Trench. Es kommt nichts mehr.« Claasen hob sein Glas und rief laut: »Es lebe die Verschwörung der Idioten, der Schattenkrieg von gestern! Darauf wollen wir trinken!«

16

»Immer im Angesicht von Recht und Ordnung, was?« kommentierte Gadd die Aussicht, wobei seine ausholende Handbewegung im unklaren ließ, ob er die Gerichtsgebäude oder das DAG-Haus meinte. Das Fenster in Neuhaus' Büro bot außerdem einen schönen Blick auf die Wallanlagen und die Musikhalle.

»Der Gerechtigkeit, lieber Herr Gadd, der Gerechtigkeit«, korrigierte Neuhaus, lächelte milde und geleitete seinen Besucher zur Sitzgruppe in der Ecke, wo sie von einem Mann mit verkniffenem Gesichtsausdruck erwartet wurden. »Darf ich bekannt machen ...«

»Lassen Sie mich raten«, unterbrach Gadd. »Herr Harenberg, wenn ich mich nicht irre.«

Der Angesprochene machte keine Anstalten, Gadd die Hand zu reichen, nickte nur kurz und murmelte: »Freut mich«, wobei seine mißbilligend herabgezogenen Mundwinkel die Aussage Lügen straften. Er hatte das Gesicht eines gealterten Knaben. Runde Augen, umgeben von zahllosen Knitterfältchen, eine kleine Nase, die zwischen den geröteten Apfelbacken fast verschwand, volle, etwas aufgeworfene Lippen und ein weiches Kinn. Das war in dauernder Bewegung, zuckte auf und ab, spannte sich und erschlaffte wieder. Der Mann war im Streß, stellte Gadd zufrieden fest.

Neuhaus lachte verkrampft. »Wunderbar! Sie sind also schon tätig geworden. Gleich eine Kostprobe Ihres Könnens!«

Gadd ließ sich Harenberg gegenüber in einen Sessel fallen. »So viele Prominentenfamilien mit einem Terroristentöchterlein in ihren Reihen gibt es in Hamburg ja wohl nicht.«

Neuhaus' Lachen erstarb. »Ja, nun, gewiß. Wenn Sie es so ausdrücken. Aber, wie gesagt, wir sind sehr erfreut, daß Sie sich entschlossen haben ...« Neuhaus verbesserte sich schnell, als er Gadds hochgezogene Augenbrauen sah, »daß Sie näher in Erwägung ziehen, uns oder besser gesagt, der Familie Harenberg in dieser ... äh ... Angelegenheit behilflich zu sein.«

Entweder der Harenberg macht ihn so nervös, oder er hat heute einen schlechten Tag, dachte Gadd. Vor Gericht mußte er besser sein, sonst wäre er nicht soweit gekommen.

Neuhaus flüchtete sich zunächst in die Frage nach den Getränkewünschen.

Gadd nahm Kaffee, Harenberg Tee und Neuhaus Mineralwasser. Bis das Gewünschte serviert, Kaffee und Tee umgerührt und der erste Schluck getrunken waren, schwiegen alle drei. Dann holte Neuhaus von seinem Schreibtisch einen Aktendeckel, in dem sich, soweit Gadd das sehen konnte, nichts befand, legte seinen Füllfederhalter schräg darauf, räusperte sich und sah Gadd an. »Ja, Herr Gadd, werden wir konkret.«

»Ich bitte darum!« Gadd verschränkte die Arme vor der Brust.

»Wie? Ah so, ja, selbstverständlich, wir verstehen Ihre Ungeduld. Aber Sie werden sicher akzeptieren, daß diese Angelegenheit eine behutsame Vorgehensweise unsererseits erforderlich machte. Nun, wie ich Ihnen in unserem letzten Gespräch angedeutet habe, geht es darum, daß die Schwester von Herrn Harenberg sich für uns völlig unerwartet gemeldet hat. Nach, wie ich Ihnen schon mitteilte, zwölf Jahren.« Harenberg hob die Hand, und Neuhaus ergänzte: »Das heißt, auch schon vorher hatte kein Kontakt mehr mit der Familie bestanden, aber seit zwölf Jahren ..., wie soll ich sagen ...«

»Sie wollen sagen, seit zwölf Jahren ist sie auch aus den Medien raus. Keine Berichte mehr, keine schlauen Kommentare im Fernsehen, keine Bitte um Mithilfe der Bevölkerung. Einfach Sendeschluß.«

Neuhaus senkte bestätigend seinen Kopf und änderte die Lage des Füllfederhalters geringfügig. »Das war die

Sachlage. Nun ist aber eine Situation entstanden oder besser, könnte entstehen, die für die Familie eine erhebliche Belastung bedeutet. Sie wissen selbst, welche Schlagzeilen die damaligen Ereignisse gemacht haben, und im Interesse der Familie möchten wir vermeiden, daß dieses erneut geschehen könnte.«

»Ich verstehe nicht ganz, Herr Neuhaus, was Sie eigentlich befürchten.« Gadd lehnte sich noch etwas weiter im Sessel zurück und wandte sich an Harenberg. »Der Name Ihrer Schwester ist damals so schnell aus den Schlagzeilen wieder verschwunden, daß man glauben konnte, das Ganze sei ein Silvesterscherz gewesen. Das muß Ihre Familie 'ne Stange Geld gekostet haben. Was hindert Sie daran, diesen so erfolgreichen Weg der Problemlösung wieder zu beschreiten?«

»Das mit dem Silvesterscherz möchte ich als Geschmacklosigkeit bezeichnen.« Harenberg ließ den Satz einen Augenblick wirken. »Kein Geld«, fuhr er dann fort, »aber mancherlei andere Anstrengungen, Gespräche, die nicht immer angenehm waren. Ich spreche hier nicht für mich. Es war vor allem mein Vater, der die Sache durchgefochten hat. Er ist damals um Jahre gealtert.«

»Sehr rührend«, sagte Gadd. »Aber Ihr Vater ist tot. Es kann also nicht mehr darum gehen, ihm weitere Aufregungen oder, wie war Ihre Formulierung, Gespräche zu ersparen, die nicht angenehm sind.«

»Worüber wir uns heute Gedanken machen«, sprang Neuhaus rasch ein, »ist, warum Theresa ausgerechnet am Tag der Beerdigung ihres Vaters anrief. Wir befürchten, daß sie einen bestimmten Zweck verfolgt.«

»Theresa verfolgt immer einen bestimmten Zweck«, sagte Harenberg düster, und preßte seine Lippen zusammen. Er sah aus wie ein verbittertes Kind.

»Warum haben Sie Ihre Schwester nicht gefragt?«

Harenberg hob die Hände und ließ sie klatschend auf das Ledersofa fallen.

»Sie hat nicht mit mir, sondern mit meiner Mutter gesprochen. Mit meiner Mutter!« sagte er pathetisch. »Meine Mutter hat sich sehr aufgeregt, war wie vor den Kopf geschlagen, und die alten, vernarbt geglaubten Wunden sind wieder aufgebrochen. Seitdem hat sie sich verändert. Ich habe das beobachtet. Ich mache mir Sorgen und will ihr auf jeden Fall das ersparen, was sie schon einmal mitmachen mußte. Nicht nur die peinlichen und lästigen Befragungen. Dafür konnten wir ja teilweise noch Verständnis aufbringen, mußten es aufbringen. Aber die permanente Überwachung, das Abhören der Telefongespräche oder auch, was besonders schmerzlich für sie war, die Observation ihrer Freunde. Ich glaube nicht, daß Sie sich davon ein Bild machen können.«

Gadd grinste breit. »Ach, wenn ich mir Mühe gebe!«

»Was Gernot, Herr Harenberg, sagen wollte«, mischte sich Neuhaus wieder ein, »ist, daß wir nicht wissen, was Theresa von ihrer Mutter wollte. Das ganze Thema, also Theresa, ist seit den damaligen Ereignissen absolut tabu für Frau Harenberg. Selbst ich, der seit Jahren in ihrem Haus ein- und ausgegangen bin, besonders zu Lebzeiten von John Rainer, und, ich möchte sagen«, Neuhaus warf einen Blick auf Harenberg, »der ein guter Freund der Familie in diesen schweren Zeiten war, habe keinen Zugang. Sie verschließt sich total.«

»Gut, dann frage ich, was, vermuten Sie, wollte Theresa?«

»Vermuten kann man viel, aber das bringt uns nicht weiter. Das wäre alles im Bereich der reinen Spekulation und meines Erachtens müßig zu erörtern. Wir brauchen Klarheit. Finden Sie Theresa, klären Sie, welche Pläne sie hat, und dann sehen wir weiter.«

»Warum warten Sie nicht einfach, bis Sie sich wieder meldet?«

Neuhaus korrigierte zum zweiten Mal die Position des Füllfederhalters, spitzte nachdenklich die Lippen, sah zu

Harenberg, rückte den Aktendeckel solange hin und her, bis er kantengleich mit dem Tisch abschloß, stieß einen leisen Seufzer aus. »Herr Harenberg hat Grund zu der Befürchtung, daß sie bereits in Kontakt mit ihrer Mutter steht.«

Gadd begann das Spiel anzuöden. Er setzte sich gerade hin, sprach leise, aber sehr scharf und ließ Neuhaus keinen Moment aus den Augen. »Wenn ich mal interpretieren darf: Theresa ist wieder aufgetaucht, und weil sie ja schon immer Schwierigkeiten gemacht hat, erwartet man, daß sie das auch jetzt machen wird. Ich soll die Dame auftreiben, sie herzlich von der Familie grüßen und höflich bitten, daß sie nichts unternimmt, was ihre Mutter noch mehr aufregt und ihren Bruder bei der Ausübung seiner Geschäfte behindert. Vermutlich läßt sich das am besten mit einer größeren Summe bewerkstelligen. So ein Betrag, der ihr ermöglicht, für den Rest ihrer Tage gefälligst dort zu bleiben, wo sie sich bislang aufgehalten hat. Ungefähr richtig so? Mir fallen dazu eine Menge Fragen ein. Zuerst aber mal, warum gerade ich? Es gibt andere in meiner Branche, die, ich möchte sie mal so bezeichnen, Spezialisten sind, die enge Beziehungen zum BKA oder Verfassungsschutz haben und die auch schon mit diesen Institutionen eng kooperierten. Ist es mein offener Blick, oder was verschafft mir die Ehre?«

Neuhaus blieb gelassen. Jetzt geriet er offensichtlich in Fahrwasser, das er besser kannte. »Aber Herr Gadd, stellen Sie Ihr Licht nicht unter den Scheffel. Die Frage haben Sie sich doch längst selbst beantwortet, sonst säßen Sie nicht hier. Wir sind nicht ohne Informationen in dieses Gespräch eingetreten. Sie haben nach kurzer Lehrzeit in einer der von Ihnen erwähnten, nun - Institutionen, bislang Ihre Arbeitskraft, Ihre Fantasie, Ihre Kreativität in einem anderen Gebiet eingesetzt. Sehr erfolgreich. Die Spezialisten, wie Sie sie richtig bezeichnet haben, arbeiten unserer Meinung nach zu eng mit den genannten Behörden zusammen. Damit will ich nicht behaupten, daß Ihre Kollegen nicht vertrauenswürdig sind, beileibe nicht, aber wer sagt uns, daß sie nicht selbst unter Beobachtung stehen? Es kann für staatliche Stellen manchmal sehr effizient sein, sich auf den Spuren des Jägers zu bewegen.« Neuhaus stopfte die Zigarettenspitze und drehte sie in der Hand, bevor er bedächtig die Zigarette anzündete.

»Ein schönes Bild«, lobte Gadd. »Und wer garantiert mir, daß nicht auf meinem Pfad jemand hinterherschleicht, daß ich nicht nur der Pfadfinder für staatliche oder andere private Jäger bin?«

»Solange Sie sich vorsichtig bewegen, wird Ihnen keiner folgen. Es darf im Unterholz nicht knistern, und Sie dürfen keine Spuren hinterlassen. Aber was erzähl' ich Ihnen? Ich wollte damit nur sagen, Ihr Problem ist natürlich auch unseres. Und seien Sie versichert, wir haben absolut kein Interesse, daß Ihnen jemand folgt. Gerade das wollen wir tunlichst vermeiden. Von Herrn Harenberg erhalten Sie offiziell den Auftrag, eine Sicherheitsanalyse für das Unternehmen anzufertigen, und so wird auch abgerechnet werden.«

»Soweit sind wir noch nicht«, sagte Gadd schroff. »Obwohl wir uns über die Abrechnung sicher einigen werden. Aber bleiben wir mal beim Thema. So, wie ich das sehe, unterhalten wir uns darüber, daß wir eine steckbrieflich gesuchte Terroristin aufspüren, mit ihr reden und die Polizei außen vor lassen. Herr Dr. Neuhaus, wie heißt der Paragraph? Unterstützung einer kriminellen Vereinigung?«

Harenberg ließ einen geringschätzigen Schnaufer hören. Neuhaus rauchte mit Genuß. »Aber Herr Gadd, ich bitte Sie! Das war doch kein Geheimnis. Das wußten Sie doch schon, als Sie diesen Raum betraten. Ihre rechtlichen - oder sind es gar moralische? - Bedenken verstehe ich jetzt nicht ganz. Nach meinen Informationen beruht doch ein Großteil Ihres Erfolges darauf, daß Sie sich durch solche Skrupel nicht beirren lassen.«

»Ich wundere mich nur, wie weit Sie sich vorwagen. Und das alles, um ein bißchen Skandal zu vermeiden? Abgesehen davon, daß Sie, Herr Neuhaus, ein guter Freund der Familie sind, sind Sie auch Strafverteidiger. Könnte es nicht sein, daß hier vielleicht ein Deal mit der Staatsanwaltschaft vorbereitet wird? So in der Art Kronzeugenregelung?«

»In dem Fall wären ja Ihre rechtlichen und moralischen Bedenken beseitigt. Aber hier machen Sie einen Denkfehler. Diesen Deal«, er legte viel ironische Betonung in das letzte Wort, »könnte Theresa Harenberg auch selbst mit der Bundesanwaltschaft machen. Dafür benötigt sie uns nicht. Und dann hätte sie ja auch über ihre Mutter Kontakt mit mir aufnehmen können oder mit einem anderen Verteidiger ihrer Wahl.«

»Mein Gott, sie ist meine Schwester!« ließ sich Harenberg ärgerlich vernehmen.

Gadd legte sein Gesicht in Kummerfalten. »Ah ja, ich vergaß, die brüderliche Liebe. Sie sind ein wahrer Altruist. Sie wollen Ihre Mutter schützen, Sie wollen Ihre Schwester schützen. Dabei fällt mir ein, in der Familie existiert doch noch ein Sohn. Künstler, glaube ich. Wollen Sie den auch schützen, damit seine Schaffenskraft keinen Einbruch erleidet, wenn er an seine böse Schwester erinnert wird?«

»Es ist klar, daß das einem Menschen wie Ihnen unverständlich bleiben muß!« schnappte Harenberg.

Neuhaus hob die Hand wie zum Segen. »Gernot, bitte! Herr Gadd, wir sollten sachlich bleiben. Sicher wird es uns nicht gelingen, alle Ihre Zweifel, oder wohl besser, Bedenken auszuräumen. Aber ich nehme doch an, das ist keine ungewohnte Situation für Sie.«

Gadd ignorierte Neuhaus. »Mir kommt da gerade eine ganz häßliche Idee, Herr Harenberg. Irgendwelche Rachegedanken haben Sie nicht zufällig? Denn immerhin hat Ihre Schwester den besten Freund Ihres Vaters ...«

»...ins Jenseits befördert«, ergänzte Harenberg kalt. »Wollten Sie das sagen?«

»So scharf würde ich das in diesen Räumen nicht formulieren«. Gadd sah sich um. Die Mahagonitäfelung, die Orientbrücken, das gedämpfte Licht verbreiteten eine Atmosphäre der Wohlanständigkeit und Sicherheit.

»Ich habe durch jahrelange Erfahrungen im Geschäftsleben gelernt, daß Rachegedanken einen nie zum Ziel führen«, sagte Harenberg in würdevollem Tonfall, aber dann setzte er verächtlich hinzu: »Und bevor Sie das fragen, es geht mir auch nicht um das Kopfgeld, das auf meine Schwester seit Jahren ausgesetzt ist.«

»Sehen Sie, das glaube ich Ihnen nun unbesehen. Obwohl das eine ganz ansehnliche Abschußprämie für manche Leute sein könnte. Und das sollte man im Auge behalten.«

17

»Es entsteht eine Routine, weißt du, die macht dich müde, träge. Aufwachen, Fensteröffnen, Kaffee. Der schale Geruch neben dir, und du weißt, daß du genauso stinkst. Jede Bewegung hast du schon tausendmal gesehen, machst selber die ewig gleichen Gesten. Alles ist gesagt, gedacht, hin- und hergedreht. Verwahrt. Abgeschlossen. Du lebst nach einem gleichförmigen Rhythmus. Selbst Veränderungen laufen so langsam ab, daß du irgendwann der Meinung bist, das war doch schon immer so. Sorgen? Das ist die Frage, ob sich der Ratscher an deinem Schienbein wohl entzünden wird, und das bedeutet eventuell 'ne halbe Tagesreise bis zur nächsten Apotheke, ob der Zaun endlich die verdammten Ziegen abhält. Pläne? Nächstes Mal bestimmt 'ne Pfanne kaufen, die nicht so bleischwer ist, daß du sie dir beinahe auf die Füße schmeißt, Tampons in der richtigen Größe auf Vorrat. Im zweiten Winter hab' ich geglaubt, ich werd' wahnsinnig. Wie Spinnen auf der Haut. Ich hatte gedacht, wenn die Angst verschwindet, dann würde ich wieder denken können, wäre wieder voll da. Die Angst war weg, und ich war tot. Du bist ganz allein und denkst, verdammt, da muß doch was sein in deinem Kopf, das dich hinüberrettet. Aber da ist nichts.«

»Du warst nicht allein.«

»Er hatte immer so leben wollen. Er war vom ersten Tag an glücklich und zufrieden.«

Wir hatten kein Licht angemacht. Sie saß mit untergeschlagenen Beinen auf dem Bett. Ein Strecken meiner Füße, und ich hätte ihr Knie berühren können.

»Erinnerst du noch, wann du das letzte Mal glücklich warst, Geli? Ich meine dieses Gefühl wie damals, wenn die großen Ferien anfingen oder wenn man am ersten Weihnachtstag morgens aufwacht, und alle Sachen sind noch neu und nur für dich.«

»Ich weiß nicht«, sagte ich unsicher.

»Irgendwann geht das verloren. Du merkst es gar nicht. Soll ich was Irrsinniges erzählen? Plötzlich war diese Empfindung wieder da, in dem Moment, als ich dich sah. Du hast mich angeguckt, als wäre ich ein Gespenst, ich meine, du hättest ja auch die Tür zuschlagen können oder die Bullen alarmieren. Das hatte ich alles berechnet. Und trotzdem war es auf einmal so. Verstehst du?«

Es war nicht Ferienanfang, nicht Weihnachten. Beides hatte ich nicht in so toller Erinnerung. Nachdem meine Eltern das Haus gebaut hatten, gab es keine Ferienreisen mehr, und die Geschenke waren nie nur für mich. Mein Magen zog sich zusammen, ich fühlte meine Haut brennen, und Tränen stiegen mir in die Augen. Ich konnte jetzt nichts sagen, mich nicht einmal rühren. Sie hatte ihr Gesicht dem Fenster zugewandt, die Konturen verschwammen, ihr Profil sah fast weich aus. Unvermittelt drehte sie sich zu mir um und streichelte mir mit einer kühlen Hand über die Wange.

»Oh, Geli«, flüsterte sie, »du hast nah am Wasser gebaut.« Sie zog die Hand zurück. »Ich hab' das Land nicht gemocht, aber ich wär' dageblieben.«

Ich schluckte. »Aber warum denn bloß, wenn du dich so unglücklich gefühlt hast?«

»Ich war in ihn verknallt.«

Es war das falsche Wort. Falscher ging es gar nicht. Ich fühlte mich auf einmal sehr weise. »Du hast ihn geliebt«, sagte ich sanft. »Und bist seinetwegen geblieben.«

»Nein, mein Herz!« Ihre Stimme rückte von mir ab, nüchtern, um Richtigstellung bemüht. »Er hätte jederzeit zurück können. Soviel hatte er nicht zu befürchten. Er ist meinetwegen geblieben. Aber es war kein Opfer!« Sie schüttelte den Kopf, heftig und nachdrücklich. »Er hatte alles, was er wollte. Es genügte ihm. Wir waren uns nichts schuldig. Wenn ich gestorben wäre, hätte er sein Leben nicht geändert.«

»Willst du sagen, daß du ihm nichts bedeutet hast?«

»Soviel, wie man sich bedeuten soll, aber nicht mehr.«

»Warum kannst du eigentlich nicht akzeptieren, daß es Menschen gibt, die dich lieben, Teddy?«

»Tu mir einen Gefallen, Geli, laß uns nicht über Liebe diskutieren. Wir können uns doch nicht über den Begriff einigen. Nachher war ich übrigens nicht unglücklich, so wie du das verstehst. Ich war ... entspannt. Die Vorstellung, daß man unablässig darauf hinarbeiten muß, glücklich zu sein, hatte ich Gott sei Dank schon Jahre vorher als sanktionierte Droge entlarvt.«

»Erzähl' mir von ihm!«

»Ach!« Ihre verschränkten Arme schlossen alles um sie herum aus.

»Bitte!«

Sie blieb störrisch. »Wozu denn? Nico ist tot.«

»Für mich. Ich hätte ihn sicher gemocht.«

»Ach ja? Weil du dich nach dem einfachen Leben sehnst? Im Grunde deines Herzens auch immer nur von einem kleinen Haus mit Gemüsegarten und einem liebenden Mann, der das Holz hackt, geträumt hast? Mach's dir man nicht zu einfach!« Sie schwang die Beine vom Bett. »Er war weder gebildet noch besonders intelligent, und du hättest ihn auch nicht gutaussehend gefunden. Aber er war ein guter Liebhaber, bißchen einfallslos, aber mit Begeisterung und Tatkraft bei der Sache.«

»Das war 's nicht, was ich wissen wollte, Teddy.«

Sie stand auf und öffnete das Fenster. Es regnete immer noch, aber die Luft war warm und roch deutlich nach Sommer. »Nee, das ist mir auch klar. Obwohl wir uns in der Beziehung doch auch mal austauschen sollten. Ich bin müde, Geli, ich will pennen.«

Meine Beine waren eingeschlafen. Ich kletterte ungeschickt vom Bett. Sie wandte mir ihren Rücken zu. »Du machst die Tür auf, Teddy, aber wenn ich zu nahe komme, haust du sie mir vor der Nase zu.«

»Sei ein Schatz, Geli, und schließe die Tür leise. Ich hab' Kopfschmerzen.«

18

Sie sah ihr überhaupt nicht ähnlich.

»Es ist ein Geschenk«, sagte ich hastig, »das heißt, es sollte eins sein, aber meine Schwester .... Es paßt doch nicht zu ihren anderen Sachen, ich hab' das schon befürchtet. Und schließlich soll es ihr ja gefallen, nicht? Ich wollte fragen, ob ich das eventuell rückgängig machen kann, also, ich meine, ich will noch mal nach was anderem gucken. Ich persönlich finde es ja schön, ein Traum ...« Ungefragt legte ich den Kassenzettel auf den Karton und sah mich wieder nach der Frau um, die wenige Schritte hinter mir irgend so ein Glasding hin- und herdrehte und es mit ausgestrecktem Arm in Augenhöhe von sich weghielt. Außer ihr standen in meiner Nähe nur ein spießig aussehendes Pärchen, das sich halblaut stritt, und ein sehr junger Mann mit unentschlossenem Gesichtsausdruck.

Die Verkäuferin betrachtete mich ungnädig und griff nach dem Bon. »Sie wollen also tauschen?«

»Ja, schon, ich weiß nicht«, meine Stimme zitterte. Ich mußte wirklich schwachsinnig wirken. »Es ist nur so furchtbar schwer, für andere ...« Ich lächelte verlegen.

Die Verkäuferin seufzte leise. »Wir können Ihnen natürlich auch einen Gutschein ausstellen. Vielleicht möchte sich die Dame lieber selbst etwas aussuchen. Es wird aber einen Augenblick dauern. Ich muß die Ware erst überprüfen.«

»Oh, ja«, stimmte ich enthusiastisch zu, als sei da urplötzlich die Lösung für ein bislang aussichtslos erscheinendes Problem aufgetaucht. »Das ist eine hervorragende Idee! Ja, ja, ich warte natürlich gern. Ich seh' mich solange ein bißchen um.« Ich wandte mich ab, drehte aber sofort wieder um. »Ach, nein, doch lieber nicht! Sonst laß ich mich nur wieder zum Kauf der falschen Sache verführen. Man sucht ja doch immer nach dem eigenen Geschmack aus.«

Die Verkäuferin zuckte mit den Achseln und begann, die

einzelnen Geschirrteile auszupacken, beguckte und beklopfte sie übergenau. Mein Gott, glaubte die denn, ich würde hier Bruch anschleppen! Schließlich hatte ich alles sorgfältig eingewickelt und verstaut.

»Die Rechnung liegt auf 'm Tisch«, hatte sie gesagt. »Du kannst hingehen und es tauschen. Den ganzen Pappkram hab' ich aufbewahrt.«

»Aber, Teddy, warum denn das? Ich hab' doch gesagt, ich mag es leiden. Nun sei nicht gleich beleidigt!«

»Beleidigt? Ach so, das meinst du! Süß! Nee, ich bin nicht beleidigt. Aber trotzdem wirst du das heute zurückbringen, und zwar um 17.00 Uhr. Genau. Termin oder irgendwas hast du um die Zeit nicht, ich hab' nachgesehen. So, nun setz' dich mal her, ich werd' es dir erklären.«

Die Frau schien sich plötzlich zum Kauf entschlossen zu haben. Mit schnellen Schritten kam sie zu dem Tisch, auf dem sich mein Service stapelte und stellte unsanft eine kleine Schale aus wolkig ineinanderverlaufendem verschiedenfarbigen Glas neben die Kasse. »Hier, das hätte ich gern. Sie brauchen es nicht besonders zu verpacken, es ist nur für mich.« Dann sah sie zu mir hoch. Ihr linkes Augenlid zuckte. »Nein, das ist doch ... Sie? So eine Überraschung! Das muß doch Ewigkeiten her sein, daß wir uns gesehen haben, und dann hier.« Ihre Stimme klang etwas schrill, aber sie machte es besser als ich. Sie ergriff meine Hand und hielt sie fest, wobei sie unablässig redete. Ich mußte ein bißchen krumm stehen, da sie mindestens zwei Köpfe kleiner war als ich. Herr im Himmel, irgend etwas müßte ich sagen! Ich lächelte linkisch und fühlte, wie mir der Schweiß ausbrach. Sie packte mich jetzt am Unterarm. »Und? Haben Sie sich etwas Hübsches gekauft?«

Die Verkäuferin sah jetzt eindeutig genervt aus und arbeitete schneller.

»Ja, nein.« Ich kam mir vor wie eine Schmierenkomödiantin. »Ich mußte es tauschen. Für meine Schwester.«

»Wie ärgerlich! Aber trotzdem, welches Glück! Sonst hätten wir uns vermutlich gar nicht getroffen. Aber, sagen Sie, Sie haben hoffentlich ein bißchen Zeit: Das dürfen Sie nicht abschlagen. Auf einen Kaffee? Sagen Sie nicht nein!«

Ihr Redeschwall machte es mir unmöglich, auch nur einen klaren Gedanken zu fassen. Ich sagte: »Aber natürlich« und »Nein, wirklich!« und »So ein Zufall!«, aber dann war es überstanden, und wir schritten schweigend nebeneinander die Poststraße hinunter. Sie wirkte erschöpft, ging langsam. Wer immer die Szene im Laden miterlebt hatte und uns jetzt hier sah, mußte denken ... Ja, was sollte er schon denken! Daß wir mit Sicherheit das schlechteste konspirative Paar waren, daß ihm je vor die Augen gekommen war.

Als wir die Stufen zum Mövenpick-Café im Hanseviertel hinabstiegen, stolperte sie, und ich faßte ihr schnell um die Schultern. Einen Augenblick lehnte sie sich gegen mich, aber dann straffte sich ihr Körper wieder.

»Selber konnte sie nicht kommen«, sagte sie leise.

Sie tat mir furchtbar leid. Ich hätte heulen können. Wir saßen uns gegenüber und rührten in unserem Kaffee. Das heißt, ich rührte. Sie betrachtete bloß stumm ihre gefalteten Hände. Wundervoll angezogen war sie, sehr geschickt zurechtgemacht. Sicher trug sie Schwarz nicht nur, weil es sich so für eine Witwe gehörte. Meine Mutter hatte die Trauer damals wie eine Rüstung angelegt und benutzte ihre Witwenschaft weiterhin, um Auseinandersetzungen im Keim zu ersticken und ihren Kopf durchzusetzen. Jedes Wochenende hatte ich im ersten Jahr mit ihr verbringen müssen.

Sabine war ja weit weg.

»Sie sind eine Freundin von ... Resi?« Natürlich erinnerte sie sich nicht an mich. Sie hatte bei der Abschlußfeier in der zweiten Reihe gesessen, gleich hinter uns Abiturienten. Als wir vortreten mußten, einzeln, um unsere Zeugnisse in Empfang zu nehmen, war meine Mutter vorgeprescht, ganz laut mit Stühlerücken und Stolpern, um zu fotografieren. Es war mir so peinlich gewesen.

»Ich war fürchterlich eben. Entschuldigen Sie bitte!« Ihre Stimme klang wieder fest, sie lächelte sogar. »Mir kommt das ziemlich albern vor, alles. Was es natürlich nicht ist. Nein, wirklich nicht. Ich soll Ihnen etwas geben. Wie macht man das? Ich müßte es wohl einfach auf dem Tisch liegen lassen.« Sie öffnete ihre Handtasche, holte Zigaretten, Feuerzeug und ein flaches Päckchen heraus, bot mir eine Zigarette an und rauchte selbst in kurzen, paffenden Zügen.

Du mußt was sagen, dachte ich. Zwei Frauen, die sich nach langer Zeit wiedertreffen, haben sich doch was zu erzählen. Die Luft war warm und stickig wie immer in diesen Einkaufszentren. »Mir ist heiß«, sagte ich.

Sie nickte, legte ihre Zigarette in den Aschenbecher und begann, die kleine Glasschale auszuwickeln. »Wir haben uns nicht nahegestanden«, sagte sie, ohne aufzublicken. »Nicht mehr seit sie neun, zehn Jahre war. Ich sollte froh sein, daß sie jetzt meine Hilfe braucht.« Sie schnippte mit dem Fingernagel gegen das Glas. Es gab einen hellen, lange nachklingenden Ton. »Ich wußte, sie würde sich melden, irgendwie, wenn sie vom Tod ihres Vaters erführe.«

»Ihr Freund ist gestorben«, sagte ich.

»So.« Es zuckte um ihre Mundwinkel. »Sie kennen sie besser als ich.« Sie packte alles bis auf das Päckchen wieder in ihre Handtasche, klemmte einen Zehnmarkschein unter das Milchkännchen und sah auf die Uhr. »Ich glaube, wir können.« In einem Zug trank sie die Tasse leer. Auf ihrer Oberlippe blieb ein feuchter, bräunlicher Rand zurück, den sie nicht abwischte. Ein weicher Händedruck; die Finger waren kalt.

»Ich hoffe, wir sehen uns wieder«, sagte ich lahm.

»Oh, sicher! Damit wird sie ja nicht weit kommen.«

19

Ein unbeschreibliches Hochgefühl trug mich zu meinem Wagen. Ich hatte frischgekochte Garnelen und Sekt besorgt. Die Flaschen schlugen bei jedem meiner Schritte mit verheißungsvollem Klang aneinander. Am Blumenstand auf dem Jungfernstieg kaufte ich einen Strauß blauer Blumen, deren Namen ich nicht kannte, die aber irgendwie optimistisch wirkten.

Unter dem Scheibenwischer klemmte ein Strafmandat. Ich zog es hervor, wedelte damit durch die Luft, und unter den verblüfften Blicken einiger Passanten schnupperte ich genießerisch daran.

Sie war nicht zu Hause.

Ich packte Sekt und Garnelen in den Kühlschrank, stellte den Strauß in die Vase und dekorierte Gläser, Blumen und das Päckchen auf dem Küchentisch. Dann duschte ich, fönte meine Haare und war gerade fertig angezogen, als ich den Schlüssel im Schloß hörte. Im Flur fing ich sie ab. Sie sah abgehetzt und müde aus.

»Dada, da, da«, trällerte ich albern und zog sie in die Küche.

Sie löste sich aus meinem Arm. »Was is' denn los? Hat jemand Geburtstag?«

»Es hat geklappt, Teddy, es hat geklappt! Nichts is' schiefgegangen!«

»Was hätte denn schiefgehen sollen?« fragte sie mürrisch. »Hast du nachgesehen?«

»Natürlich nicht.«

Sie riß das Päckchen auf und blätterte die Geldscheine durch. »Is' okay.«

Ich öffnete die Sektflasche. Der Korken flutschte mit lautem Knall heraus, flog quer durch die Küche, und mindestens ein Drittel des Flascheninhalts schäumte mir über Hände, Arme und Rock. Die Schüttelei war wohl nicht so gut gewesen. Ich hob die Flasche hoch über meinen Kopf, schwenkte sie hin und her. »Wir schaffen es. Oh, ich bin so froh!«

»Das sieht man«, sagte sie trocken. »Willst du damit duschen oder gibst du mir auch 'n Glas?«

»Scheiß auf die Gläser!« Ich nahm einen tiefen Schluck aus der Flasche. Die Kohlensäure stieg mir in die Nase. »Bedien' dich. Jede Menge da. Ich hab' mir fast 'nen Bruch geschleppt. Die hier trink' ich ganz allein, auf dich!«

Sie preßte die Lippen aufeinander, holte eine neue Flasche und öffnete sie über der Spüle. Es gab nur ein Zischen, ein leises Plopp.

»Bravo!« Ich trank wieder, dieses Mal etwas vorsichtiger. »Wir brauchen Stimmung.« Im Wohnzimmer stellte ich das Radio an, tänzelte im Takt der Disco-Musik zurück zu ihr.

»Weißt du, daß du ausgesprochen affig aussiehst?«

»Nicht halb so affig wie heute nachmitag. Du hättest uns sehen sollen! Oh, Teddy, wir müssen das hinkriegen, daß du deine Mutter mal triffst. Sie sehnt sich so furchtbar nach dir.«

Es brach los wie ein Gewitter. Nicht gerade aus heiterstem Himmel, oder doch, für mich schon. Ihr Gesicht wurde von einer Sekunde zur anderen gelbweiß, verfärbte sich dann dunkelrot. »Du dumme Gans! Sag mir nicht, wie ich mich meiner Mutter gegenüber verhalten soll. Du nicht! Und schon gar nicht, wenn du hier diese blödsinnige Siegesfeier veranstaltest. Blumenkränze für die Heldin! Sekt! Na, und, wo ist der Kaviar? Was glaubst du eigentlich, was wir hier spielen?«

»Im Kühlschrank sind Garnelen.« Ich fiel tief, war ganz benommen.

»Wunderbar! Hier«, sie fingerte einen Tausendmarkschein aus dem Päckchen und knallte ihn auf den Tisch, »für deine Auslagen, damit du für diese ganze Edelfresserei nicht dein Sparkonto plündern mußt. Und eins laß dir gesagt sein, wenn du hier weiter Räuber und Gendarm spielen willst, dann sag's gleich. Ich übernehm' jedenfalls keine Rolle in deinem Romantik-Thriller. Aber übe lieber nochmal vor dem Spiegel. Mehr als zehnmal pro Minute sollte man sich auch in einem C-Film nicht sichernd umsehen. Und meine Mutter muß an ihrem Dialogpart auch noch feilen.«

»Du hast uns beobachtet?«

»Selbstverständlich hab' ich das.« Ihre Stimme kippte, zitterte. Wie ein Schluchzer, aber wahrscheinlich war es nur Schluckauf. Schließlich hatte sie auch von dem Sekt getrunken. »Glaubst du, ich verlaß mich auf euch Idioten?«

Mir wurde schwindelig. »Warum bist du dann nicht gleich selbst gegangen, wenn du alles so viel besser kannst? Ich bin fast gestorben vor Aufregung.«

Sie lachte. Ein häßliches, höhnisches Lachen. »So leicht stirbt man nicht, Angelika. Wie blöde kann man eigentlich sein? Warum? Weißt du eigentlich, wen du vor dir hast? All' die Jahre, als du auf deinem dicken Arsch gesessen hast, hätte sich jeder Bulle, der mich geschnappt oder besser noch abgeknallt hätte, ein Dauerticket für die Karrierefahrt verdient. Und Dank und Anerkennung all' der anderen fetten Säcke, die wir aus ihren Sofas hochgeschreckt haben.«

»Das ist nicht wahr! Ich weiß ja, daß ich nie deinen Mut, deine Konsequenz aufgebracht habe, aber ich hab' auch nicht einfach nur dagesessen und gar nichts getan. Unsere Aktionen, die waren wie ... wie Nadelstiche. Den Hintergrund habt ihr doch gebraucht.« Und heute hatte sie mich auch gebraucht.

»Ach ja, meinst du? Was hast du denn gemacht? Resolutionen unterschrieben? Ja, mit vollem Namen? Flugblätter verteilt? Klausuren boykottiert? Konsequenz! Du weißt ja gar nicht, was das ist. Denk' wenigstens jetzt mal einen Gedanken zu Ende. Weißt du, was ich für die bin?«

»Oh, Teddy, scheiß doch drauf! Es wird immer Leute geben, die nicht verstehen, was ihr mit euren Aktionen erreichen wolltet. Genauso, wie es Menschen gibt, die euch, dich bewundern, die dir helfen.«

»Scheiß drauf! Was für ein tolles Argument! Auf was hast du denn schon alles geschissen, wenn es deinen miefigen, verqueren Glücksvorstellungen im Wege stand? Nadelstiche! Früher warst du besser, wenn es um die Rationalisierung deiner Feigheit ging. Heute säufst du dir den Kopf dicht und leidest an einer Vergangenheit, die du nie gehabt hast. Aber mach' deinen Trip allein.«

Langsam schwand meine Benommenheit. Ich war so enttäuscht. Ich hätte mich am liebsten zusammengerollt und geweint, solange, bis ich ihre Stimme nicht mehr hören müßte. Statt dessen schrie ich sie an. »Was weißt du denn, woran ich leide? Du warst ja weit weg!«

Der Sturm war so plötzlich vorbei, wie er gekommen war. Sie fuhr sich mit den Händen über das Gesicht. »Ja, und ich will auch so schnell wie möglich wieder weg.«

»Dann hau ab! Du bist ja sowieso bloß zurückgekommen, um mich fertigzumachen. Oh, ich weiß, du hast alles für dich gepachtet. Übersicht, Kaltblütigkeit, die ... die Wahrheit. Du bist ja so effektiv. Hast du in deinem Bergdorf nicht das richtige Betätigungsfeld gefunden, daß du jetzt so ein Nachholbedürfnis hast, mich umherzuschubsen?«

»Du redest Unsinn, Geli«, sagte sie kalt.

»Ja, natürlich. Wenn du redest, müssen alle anderen den Mund halten. Du bewegst dich ja unablässig auf einer viel höheren Ebene. Was war es denn, was dich zurückgehalten hat? Dein Liebster war's ja wohl nicht, der war ja auch doof, der hatte - wie hast du gesagt? - auch nur miefige Glücksvorstellungen. Könnte es sein, daß du einfach Angst hattest, in irgendeinem Knast zu verschimmeln, und deshalb lieber Ziegen gezüchtet hast?«

»Laß es, Geli, ich bitte dich, es wird peinlich!«

»Du bittest mich? Das ist ganz was Neues. Sonst forderst

du doch nur. Erinnerst du dich? Du hast zu mir gesagt: du gehst, du machst, du tust. Nicht: bitte, nicht: könntest du! Und dann rennst du hinter mir her und feixt darüber, wie ungeschickt ich mich anstelle. Hast du denn angenommen, ich sei so blöde, daß ich 'nen ganzen Schwanz von Bullen hinter mir herschleppe, ohne es zu merken?«

»Ja«, sagte sie ungerührt. »Aber du hast Glück gehabt, es waren keine da.«

In meinem Kopf war nur noch Leere. Keine Wut, keine Enttäuschung. Ich wußte nicht mehr, warum ich so gekränkt gewesen war, warum ich hatte heulen wollen. Ich konnte es einfach so sagen, ohne das Geringste dabei zu empfinden: »Du willst gehen, Teddy. Geld hast du ja jetzt. Wenn du sonst noch etwas benötigst, Klamotten oder so, nimm dir, was du brauchst. Ich laß dir den Wagen.«

Sie steckte den Tausender, den sie auf den Tisch geworfen hatte, wieder zu den anderen im Päckchen, zupfte an den Blumen. »Rittersporn. Sind nicht geeignet für die Vase. Ich will gar nicht gehen. Ich brauche doch deine Hilfe.«

20

Christian sah nur kurz von seiner Arbeit hoch, als ich die Blumen in ein Gurkenglas, das wir hin und wieder als Vase benutzten, stopfte und ihm den Strauß auf den Schreibtisch stellte. »Die halten nicht lange. Aber so hat wenigstens einer was davon.«

Christian drehte mit seinem Stuhl zur Seite und beugte sich über die Tastatur. »Danke«, murmelte er und behielt den Bildschirm im Auge.

Ich starrte unschlüssig auf seinen krummen Rücken und wandte mich dann ab. Fast war ich schon in meinem Zimmer; seine Stimme übertönte knapp das Gesumme vom Computer: »Wenn bei uns Zoff war, geh' ich meistens ins Kino und Mo zum Frisör.«

Christians Freundin Monika trug raspelkurze Haare. Sie mußten ziemlich oft Zoff haben. Er war der geduldigste, hilfsbereiteste, ausgeglichenste Mann, den ich je kennengelernt hatte. Wahrscheinlich ging einem das auch irgendwann auf die Nerven.

»Willst du mich ins Kino einladen, oder war das 'ne Anspielung, daß meine Frisur 'ne Aufbesserung vertragen könnte?« Es sollte scherzhaft sein und nicht so aggressiv rauskommen, wie es nun klang.

»Du mußt ja nicht reden, wenn du nicht willst. Ich mein' nur, wenn dein Seelenzustand nach 'ner Entsorgung verlangt, ich stell' mich als Ascheimer zur Verfügung.«

»Wie kommst du darauf, daß mit meinem Seelenzustand was nicht in Ordnung ist?«

Jetzt sah er mich endlich an. »Entschuldige die dummen Sprüche. Aber seit Wochen läufst du hier rum wie gedopt. Manchmal, als wolltest du alle Welt umarmen, aber meistens völlig zerfahren, niedergeschlagen. Du kommst mit dicken Augen an, kannst dich kaum auf den Beinen halten, rauchst wie ein Schlot und schüttest Kaffee in dich hinein. Und vergißt die Hälfte!«

»Wieso, was vergesse ich?«

»Das da zum Beispiel.« Er klopfte mit dem Fingerknöchel an den Bildschirm. »Termin war gestern. Die Druckerei wird dich lynchen, wenn sie bis heute abend nix in den Händen hat.«

»O Gott!« Mir war plötzlich ganz wackelig auf den Beinen. Ich setzte mich auf den Stuhl Christian gegenüber.

»Oder war das eine unbewußte Abwehrhaltung? Viele gute Haare hast du in letzter Zeit an unserer Erfolgsautorin in spe jedenfalls nicht gelassen.«

Er zog die Augenbrauen hoch.

»Ach die! Die verkauft sich sowieso, ob sie nun noch 'n paar Leute falsch zitiert oder nicht. Merkt sowieso keiner. Aber trotzdem, es tut mir leid, daß ich das verschwitzt habe. Wie lange sitzt du denn schon dran?«

»Laß das mal, das kriege ich schon noch unter.« Er sagte es sanft und herzlich. »Aber einen Ratschlag aus ihrem Manuskript solltest du vielleicht dennoch befolgen. Ist zwar nicht von ihr und neu schon gar nicht. Wenn dich der Typ so fertigmacht, jag' ihn zum Teufel. Blaue Blumen sind auf die Dauer keine Entschädigung.«

Ich sah auf die Blumen, die ihre Köpfe hängen ließen. Gestern abend hatte ich sie aus der Vase gerissen und auf die Spüle geknallt. Aber heute morgen bekam ich deshalb ein schlechtes Gewissen. Wenn bei uns zu Hause schon mal ein Strauß auf dem Büfett stand, wurden die Blumen jeden Abend ins Wasser gelegt und morgens sorgfältig an den Stielen beschnitten, damit sie länger hielten. Rosen hängte meine Mutter zum Trocknen auf. Die toten Sträuße staubten noch jahrelang im Bücherbord ein.

»Du hast recht, ich hätte sie gleich wegwerfen sollen.« Ich kicherte, lachte, gluckste. Als Christian einen Arm um meine Schultern legte, merkte ich, daß ich heulte.

Er ließ mich eine Weile schluchzen, stand ganz still neben mir. Ich drückte meine nasse Wange an seinen Pullover. Es war mir überhaupt nicht peinlich, ihn mit meinem ganzen Make-up einzusauen. Obwohl er fast zehn Jahre jünger war als ich, empfand ich seine Fürsorge irgendwie als väterlich.

»Ist zwar keine Lösung«, sagte er in eine Heulpause hinein, »aber willst du nicht 'nen Cognac trinken?«

»Das hast du bei deiner Aufzählung noch vergessen«, schniefte ich. »Saufen tue ich auch zuviel. Es ist kein Typ! Ich bin es selber. Ich bin so ... uneins mit mir!«

»Mein Gott, was Ernstes!« Der Ton war spöttisch, aber er drückte meinen Arm. Es tat so gut. Ich hab' schon immer leicht geweint. Bei wichtigen und unwichtigen Anlässen. Mehr noch bei unwichtigen. Keine Liebesschnulze im Kino, wo ich nicht mit verheulten Augen rauskomme, ob nun Happy-End oder endgültiger Verlust. Nur ordentlich kitschig mußte es sein. Als mein Vater starb, hab' ich erst heulen können, als der Innungsmeister seine Ansprache hielt.

Gestern abend hätte ich gern geweint. Ich konnte es ihr ansehen, Teddy wartete richtig darauf. Sie brachte das Geld in ihr Zimmer, trank Sekt, teilte die Garnelen in zwei Portionen, aß im Stehen, und die ganze Zeit beobachtete sie mich.

»Du machst dich, Geli«, sagte sie schließlich. »Willkommen in der realen Welt. Das hast du gut weggesteckt. Schade, daß du vor fünfzehn Jahren noch nicht soweit warst.« Ihre Stimme erreichte mich nur von ferne.

»Du willst also bleiben? Ist gut, Teddy. Ich muß dir helfen? Sag mir, was ich tun, was ich sein soll für dich.«

»Gern, Geli.« Sie rülpste leise. »Aber nicht heute abend. Wir wollen dich doch nicht überfordern. Magst du die nicht?« Sie wies auf die Garnelen. Als ich nicht reagierte, verzehrte sie mit gutem Appetit auch noch meinen Anteil. Und dann räumte sie sogar auf, warf die Abfälle in den Mülleimer, stellte die leeren Flaschen in den Korb.

»So, morgen ist auch noch ein Tag.« Sie rieb sich die

Hände, als hätte sie etwas Wichtiges zu ihrer Zufriedenheit erledigt. In der Küchentür drehte sie sich noch einmal um. »Die Rolle der Büßerin, steigere dich lieber nicht zu sehr hinein. Du bist hier diejenige am Drücker, nicht ich, Geli.«

»Geht's wieder?« fragte Christian und ließ mich los.

Ich wischte mir über das Gesicht und betrachtete meine schwarzverschmierten Handflächen. »Wenn ich das nächste Mal einen Tränenausbruch plane, lasse ich vorher die Wimperntusche weg.« Sogar ein zittriges Lächeln kriegte ich hin. »Ja, es geht wieder. Im Moment jedenfalls. Aber ich hänge so in der Luft, ich fühl' mich so ... verunsichert.«

Christian ließ sich wieder auf seinem Drehstuhl nieder. Zwischen uns der Schreibtisch, er dahinter, ich davor, Arzt und Patientin. »Was hat dich denn so verunsichert?«

»Verunsichert ist das falsche Wort. Das ist es ja. Ich kann überhaupt nicht mehr in Gedanken fassen, was in mir vorgeht. Ich muß jetzt so oft denken, es war alles falsch, ja, nur falsche Entscheidungen. Dabei hab' ich mich eigentlich nie direkt entschieden. Es lief so. Aber was ist geblieben, was hab' ich erreicht?«

»Du hast studiert und bist Lektorin. Außer ab und zu von Kamran mußt du dir von niemandem was sagen lassen. Finanziell kommst du auch klar. Soweit mal zu den äußeren Bedingungen, die du für dich erreicht hast.«

»Ja, ich komme klar. Das war mir auch immer wichtig. Aber das ist es ja gerade. Ich denke jetzt, war das nicht alles nebensächlich, gab es nicht eigentlich anderes zu tun? Hab' ich nicht gekniffen, als die Chance bestand, irgendwie was Wesentliches ... beizutragen?«

»Mit den Jahren wird es immer schwerer, ein Vorbild zu finden, das im gleichen Alter auch noch nichts Weltbewegendes vollbracht hat.«

»Oh, Christian! Mach dich nicht lustig über mich!«

»Das tue ich nicht. Ich meine es ganz ernst. Es gibt immer viele Möglichkeiten, immer hätte man sich auch anders entscheiden können. Darüber zu lamentieren, was man alles versäumt hat, ist nicht unbedingt der beste Ausweg aus der Misere.«

Lamentieren! Es hätte von ihr kommen können! Das war wirklich das Letzte, was ich tun wollte!

»Mach dir doch mal klar«, setzte Christian sein Therapiegespräch fort, »was du unter 'irgendwie was Wesentliches' verstehst. Glaubst du, du würdest dich besser fühlen, wenn du den Kids Rechtschreibung beibringen dürftest?«

»Gerade ich, wo ich doch so toll drin bin, meinst du? Ich weiß es nicht, ich hab's ja nie ausprobieren dürfen. Aber während des Studiums, das war schon ein Ziel, da hab' ich geglaubt, man könnte was bewegen. Überhaupt was in Gang setzen. Und das ist doch auch passiert. Du bist zu jung, aber damals, da war eine Stimmung, da war man hellwach, das trug dich weiter.«

Christians Haltung änderte sich. Er straffte die Schultern, schob das Kinn vor, legte die Hände zu lockeren Fäusten geballt auf die Tischplatte. »So, und nun bist du enttäuscht, weil die Stimmung verflogen ist? Angelika, komm nicht mit den tollen 68ern! Das haben mir meine Lehrer schon in der Schule vorgeblaht. Fahr' mir nicht gleich an die Gurgel, aber glaubst du nicht, daß diese Katerstimmung doch was mit deinem Alter zu tun hat? Rekapitulation, Umbruch und so?«

»Natürlich Rekapitulation. Und dabei stelle ich fest, ich hab' mein Leben lang noch nicht mal 'ne Statistenrolle gehabt, während andere ... eben alles gemacht haben.«

»Vielleicht ist es ein Trost für dich: Dieses Gefühl teilst du mit neunundneunzig Prozent aller Menschen.«

»Siehst du! Es ist überall so 'ne Stimmung wie Resignation, alles ist irgendwie so ... zerfasert. Ich wollte, ich könnte das ändern.«

»Du gebrauchst für meinen Geschmack zu oft Ausdrükke wie irgendwie, irgendwas. Wenn ich mich nicht irre, zahlst du pünktlich deinen Gewerkschaftsbeitrag, bist in der Kranken- und Rentenversicherung, hast einen einigermaßen sicheren Arbeitsplatz. Was willst du denn daran ändern?«

»Ich fühle mich beschissen. Das will ich ändern!«

Er entspannte sich, langte über den Schreibtisch und ergriff meine Hand.

»Mach nicht so ein verzweifelt entschlossenes Gesicht, Angelika. Du weißt doch, die Situation ist ernst, aber nicht hoffnungslos. Was ist, wollen wir ins Kino gehen heute abend? Oder unser Streitgespräch fortsetzen? Jetzt muß ich hier nämlich weitermachen, sonst kommst du noch in ganz banale Schwierigkeiten.«

21

Die Haube aus Eiweißschaum auf dem Tom Collins stand gut vier Zentimeter hoch und war wie alles in diesem Hotel zu groß, zu protzig. Hinter dem unberührten Getränk saß in einer Ecke der Bar des ELYSEE-HOTELS ein Mann, der, sollte er gefragt werden, seinen Beruf wohl kaum wahrheitsgemäß angegeben hätte, und zwinkerte. Das Mädchen an der Bar vertraute seinen Erfahrungen und erkannte deshalb nicht, daß es sich in diesem Fall keineswegs um die Annäherungsversuche eines schüchternen älteren Herrn, sondern um einen Tic handelte, und lächelte immer wieder strahlend in seine Richtung. Erst als Gadd sich an dem Tisch niederließ, gab sie auf.

»Was trinkst du denn da?«

»Weibergesöff! Mein Magen.«

»Schlecht siehst du aus«, sagte Gadd. »Hab'n sie dich wieder übergangen bei 'ner Beförderung, Bertram?«

»Ich krieg' zwar bald bloß 'ne mickrige Pension, aber du wirst mit Sicherheit dieses Alter überhaupt nicht erreichen.«

So mickerig würde die Pension gar nicht sein. Gadd hatte immer noch die Besoldungstabellen ganz gut im Kopf, wenn sein Gastspiel in Bertrams Abteilung auch nur kurz gewesen und außerdem viele Jahre her war.

»Ganz nett hier«, sagte Bertram ironisch. »Deine Stammkneipe?«

»Ich weiß, du hättest es lieber, ich würde in deinem Auftrag Briefträger auf offener Straße über die Lieferung indizierter Zeitschriften an linke Buchläden ausquetschen.«

»Ob man dich mit solcher Aufgabe betrauen könnte, bezweifele ich. Wahrscheinlich würdest du die Pamphlete konfiszieren und für den zehnfachen Preis unter der Hand verscheuern.«

Gadd schüttelte in übertriebenem Bedauern den Kopf. »Der Markt, Bertram, der Markt dafür ist im Eimer.«

»Wie wahr, wie wahr!« stimmte Bertram selbstkritisch zu und hob die Schultern. Als hätte er sich plötzlich überwunden, beugte er rasch den Kopf über den Tisch, sog mit spitzen Lippen an seinem Strohhalm und senkte die schon etwas eingetrocknete Schaumkrone bis zur Mitte des Glases. »Laß hören!« sagte er, nachdem er ausgiebig sein Gesicht verzogen hatte.

Die Präliminarien waren vorbei, das verbale Schattenboxen abgeschlossen. Von jetzt ab würde er nicht mehr viel Handlungsspielraum haben, sollte Bertram nicht so reagieren, wie er erhoffte. Gadd sah seinem Gegenüber in die schläfrigen grauen Augen und fragte sich, wie gut er eigentlich wirklich die Motive abschätzen konnte, die Bertrams Handeln bestimmten. »Ich kenne ein paar Tatsachen, ich habe Vermutungen«, begann er vage. »Meine Kenntnisse über die Tatsachen sind dürftig und die Vermutungen häßlich.«

»Fang' mit den Tatsachen an. Vermutungen kann ich selber anstellen.«

»Harenberg, Theresa Harenberg«, begann Gadd. »Klingelt 's da bei dir?«

Bertram schloß die Augen und seufzte, um anzudeuten, daß er nicht die Absicht hatte, auf rhetorische Fragen einzugehen.

»1977, Herbst, erschießt Theresa Karl-Heinz Meyerdierks, Vorstandsvorsitzenden der Bank der Banken, Aufsichtsratsmitglied in diversen, nicht nur seiner Bank verbundenen Unternehmen. Ungeklärt bleibt, ob hier eine Panne bei einem Entführungsversuch passierte, oder ob es sich um eine Hinrichtung handelte. Theresa führt das Kommando. Ebenfalls ungeklärt ist, ob sie wirklich diejenige welche war, die Meyerdierks als Zielperson ins Visier brachte und die Aktion plante, oder vielleicht nur ein Aushängeschild, frei nach dem Motto: Seht her, jetzt greifen sogar schon eure braven Bürgertöchter im revolutionären Kampf zu den Waffen.«

»Sagtest du nicht was von Tatsachen?« nörgelte Bertram.

»Okay. Weitere Tatbeteiligte waren Fritz Lauterbach, Uwe Westphal sowie Annette Bovin. Fritz Lauterbach kommt knapp vier Wochen nach dem Anschlag an der holländischen Grenze ums Leben. Annette Bovin und Uwe Westphal sterben bei einem mysteriösen Autounfall in der Nähe von Stuttgart im darauffolgenden Frühjahr, nachdem sie vorher bei einer zweiten, diesmal geglückten Entführung mit von der Partie waren.«

»Kannst du alles im SPIEGEL nachlesen. Inklusive, wer mit wem gevögelt hat«, sagte Bertram gelangweilt. »Und?«

»Theresa war mit Lauterbach befreundet. Bei dem Geballere in Holland war sie nicht dabei. Irgend 'ne Idee, was aus ihr geworden ist?«

»Du willst mir nicht zufällig sagen, warum du hinter ihr her bist? Ist doch gar nicht dein Metier.«

Unschuldig lächelnd überging Gadd die Frage. »Die Archive unserer freien Presse sind gut sortiert. Du schlägst nach unter XY, und schon weißt du, wann irgend jemand zum letzten Mal in die Pampers geschissen hat.«

»Der Enthüllungsjournalismus ist bei uns auf einem hohen Niveau.«

»Und darum kann man dank kleiner Indiskretionen auch nachlesen, woher jemand die Anleitung für sein erstes, selbstgebasteltes Bömbchen hatte, welchen MP-Typ er bevorzugt, mit wem in der Szene er gesellschaftliche Kontakte pflegt und wie lange sein Urlaub in Beirut dauerte. Erstaunlich, diese Informationsvielfalt, wenn man bedenkt, wie verschlossen sich die eigentlich Beteiligten doch geben.«

»Die Öffentlichkeit hat ein Recht auf Information«, sagte Bertram kühl. »Du erwähntest ein Problem, mit dem du dich herumschlägst?«

»Theresa kommt so gut wie nicht vor.«

»Vielleicht hat sich keiner für sie interessiert«, schlug Bertram vor und runzelte die Stirn, als ärgere er sich über diesen Mangel an Aufmerksamkeit. »Es gibt immer Informationslücken.«

»Ich will die Lücken gefüllt haben«, sagte Gadd grob. »Alle.«

»Ja, ja.« Bertram wirkte abwesend, massierte seinen Magen. »Informationen haben viele.«

»Die will ich auch!«

»Datenaustausch zwischen den Diensten und den Polizeiorganen der Länder und des Bundes darf nicht stattfinden.«

»Es wäre nicht das erste Mal, daß ...«, setzte Gadd an, aber Bertram unterbrach ihn mit einer Handbewegung.

»Lange her, Alex, lange. Und nur aus der Situtation zu verstehen. Man handhabt das heute mit ... anderer Sensibilität. Sehr dünnes Eis. Warum sollte ich drauftreten?«

Ich hab' ihn, den Hund, ich hab' ihn, dachte Gadd fast zärtlich. »Weil du wissen willst, was aus deinen Kindern geworden ist. Weil du seit zwanzig Jahren jeden ihrer Schritte verfolgst. Du bist der Biograph, der schon längst nicht mehr weiß, daß er keinen seiner Helden je von Angesicht zu Angesicht gesehen hat. Weil du hineingekrochen bist in jede Person und dir ihr Schicksal zu eigen gemacht hast. Und weil nichts dich so schmerzt wie ein Fragezeichen auf deinem Bildschirm.«

22

Die Lampe stand ungünstig, beleuchtete sein Gesicht von der Seite. Hatte er schon immer so knitterig ausgesehen, so welk am Kinn? Rund um den Adamsapfel schimmerten auf tiefbraunem Untergrund graue Bartstoppel. Ob er sich die Haare färbte? Seine Brust hob und senkte sich im Rhythmus gleichmäßiger Atemzüge, und unterhalb des Bauchnabels vibrierte eine flache Speckrolle im gleichen Takt. Sein Schwanz war zur Seite gekippt; wie Regenwürmer ringelten sich bläuliche Adern unter der schrumpeligen Haut.

Plötzlich schlug er die Augen auf. »Du guckst, als wolltest du mich sezieren.« Mit der linken Hand zog er sich die Decke über Beine und Unterleib.

»Du siehst gut aus«, sagte ich.

»Keine Kunst nach vier Wochen Urlaub auf See.« Er reckte sich. Die Haare in seinen Achselhöhlen waren feucht verklebt. »Kann man übrigens von dir nicht sagen. Du siehst völlig geschafft aus.«

Na toll! Und ich war heute sowohl beim Frisör als auch bei der Kosmetikerin gewesen. »Daran bist du nicht ganz unschuldig.« Ich zwinkerte ihm zu.

Er grinste und tätschelte meine Brust. Ich bekam eine Gänsehaut. »Niedlich«, sagte er und schnippte mit dem Finger gegen die Brustwarze. Dann fiel sein Arm schlaff zurück aufs Laken. »Aber ehrlich, willst du überhaupt keinen Urlaub machen dies' Jahr?«

»Später vielleicht. Ich hab' dir doch erzählt, daß wir gerade jetzt so viel zu tun haben.« Meine letzten Worte gingen in seinem lauten Gähnen unter. Er richtete sich halb auf, knuffte das Kopfkissen zurecht und sank ächzend zurück; seinen stark behaarten Unterarm legte er über die Augen. Ich drehte die Lampe so, daß sein Kopf im Schatten lag.

»Findest du eigentlich, daß ich romantisch bin?«

»Hm?«

»Bin ich romantisch, bin ich eine Träumerin?«

Er hob den Arm, blinzelte. »Wie kommst du denn jetzt darauf?«

»Nur so. Eine Frage. Ich will's gern wissen.«

»Na, hör mal, das mußt du doch besser beurteilen können als ich.«

»Ich möchte aber gern hören, was du meinst. Wie du mich siehst.«

Er stöhnte ganz leise, aber ich hatte es trotzdem gehört. Bestimmt war das auch seine Absicht gewesen. »Angelika, ich muß in 'ner Stunde wieder los. Ist das gerade jetzt so wichtig?« Er sah mir prüfend in die Augen. Wahrscheinlich versuchte er festzustellen, was ich seiner Meinung nach gern hören wollte. »Aber gut, wenn es so dringend ist: Ich find' dich sehr aufregend, so auf die liebe, anschmiegsame Art.« Er faßte wieder nach meiner Brust, aber diesmal rutschte ich aus seiner Reichweite.

»Das ist doch Quatsch! Das hab' ich gar nicht gefragt.«

»Was meinst du denn dann?«

»Weißt du nicht, was Romantik ist? Ich meine, bin ich in deinen Augen eine romantisch veranlagte Frau, so eine, die in Träumen lebt, an den Träumen hängt? Mehr als an der Wirklichkeit?«

Ralf setzte sich auf, wobei er die Decke mitzog, griff nach den Zigaretten, zündete sich aber keine an, sondern fummelte nur an der Schachtel herum. »Träume! Gott, die hat jeder, klar, du natürlich auch. Aber das weiß man ja, daß das Leben in Wirklichkeit nicht so ist. Du kannst doch nicht erwarten, das bleibt mit der Verliebtheit. Herzklopfen, feuchte Hände! Wär' auch gar nicht auszuhalten ewig. Ist eben nicht immer 'n Rosengarten, nicht? Aber so, wie es ist, ist es doch auch schön.« Er war zufrieden, klopfte eine Zigarette aus der Packung und rauchte mit zurückgelegtem Kopf. Ein eitler Sack! »Sieh mal, man ist nicht auf Dauer 'n Teenager. Und will man das überhaupt? Du kannst nicht unabhängig sein, ich meine, nicht nur finanziell, auch im

Denken, eine Reife eben, und gleichzeitig voller Illusionen. Das geht nun mal nicht zusammen. Und wenn du es versuchst, das ist wie einer, der zuviel auf einmal tragen will, und dann fällt ihm alles runter.« Der letzte Satz klang unmißverständlich wie eine Warnung.

»Und ich, bin ich in deinen Augen so eine Frau, die nicht akzeptieren kann, wie die Wirklichkdeit ist, die ...., so wie derjenige, der zuviel auf einmal tragen will?«

»Nee.« Ralf sah auf die Uhr und drückte die Zigarette aus. »Nee, ich fand eigentlich immer, daß du 'ne ziemlich unkomplizierte, spontane Frau bist. Du hast viele Interessen - die hast du doch! -, dein eigenes Leben sozusagen, kannst dich beschäftigen. Für besonders verträumt und romantisch hab' ich dich nie gehalten.« Er rückte näher an mich heran. »Außer natürlich manchmal«, seine Stimme bekam eine samtige Weichheit, »wenn man es gern hat.« Er umarmte mich, und ich ließ es geschehen.

»Ich hab' das gar nicht gemeint, das mit uns«, murmelte ich. Es hatte sowieso keinen Zweck.

Er zog mich zu sich herunter. »Was hast du denn gemeint?« flüsterte er in mein Ohr. »Erzähl's mir doch. Vier Wochen ohne? Ist doch überstanden. Und in Zukunft kriegst du rote Rosen. Wieviele? Na, wie viele willst du denn für deine romantische Ader? Au, verdammt! Nicht so doll! Laß ihm doch 'ne Chance. Von wegen romantisch! Du brauchst mehr als nur 'nen Traum!«

23

»Fühlst du dich besser?«

»Es ist keine zwei Stunden her, da hab' ich zu hören gekriegt, wie furchtbar ich aussehe.«

»Auch nicht das richtige Liebesgeflüster, was?« Sie streichelte mit einem kühlen Finger leicht über meinen Arm. »Auf 'n ersten Blick hat er natürlich recht, aber wenn man genau hinsieht, wirkst du eigentlich ganz zufrieden.«

»Müde, Teddy, bloß müde.« Ich saß vor dem Fernseher, sah sie nicht an.

Sie ging neben mir in die Hocke. Ihre Kniegelenke knackten. »Schön müde, oder bloß einfach müde?«

Auf TELE 5 flimmerte ein schwachsinniger Videoclip nach dem anderen über den Bildschirm.

»Na?«

»Schön müde«, gab ich zu und lächelte den Fernseher an.

»Die Liebe, die Liebe ist eine Himmelsmacht«, sang Teddy leise neben mir und legte ihren Kopf an meine Schulter. »Versöhnung?« fragte sie leise.

Ich drehte mich so heftig um, daß sie das Gleichgewicht verlor und rücklings auf ihren Hintern fiel. Wir mußten ein idiotisches Bild abgeben: Ich über die Sessellehne gebeugt, sie halb liegend, und beide versuchten wir, uns zu umarmen.

»Klappe«, rief sie. »Das Ganze noch mal.«

Ich ließ mich auf den Fußboden gleiten, und wir lagen uns in den Armen.

»Puh, wie du stinkst. Ist das sein Aftershave?«

»Ich will hoffen, daß es nicht was anderes ist.« Wir brachen in lautes Lachen aus.

Mit einer zärtlichen Geste strich sie mir die Haare aus dem Gesicht. »Hat es sich gelohnt?«

»Ja und nein.«

»Das ist immer so«, sagte sie ernsthaft. »Fast immer. Aber trotzdem, Sex tut dir gut.«

So blöde die Tatsache eigentlich war, aber sie hatte recht. Ich fühlte mich schlaff und schwer. Keines von meinen wirren Problemen war gelöst, aber sie krochen irgendwo in weiter Ferne umher, ich wußte, daß sie da waren, aber sie hoben nicht ihre Köpfe. Doch, das Bild fand ich gut. Ich würde mich hüten, ihr davon zu erzählen.

»Was ist eigentlich mit dir, Teddy? Ich mein', du bist doch ganz allein ... in der Beziehung. Wie kriegst du das hin, oder hast du irgendwen ...?«

»Du willst fragen, ob ich schon mal wieder gefickt hab', seit ich dir auf die Pelle gerückt bin?« Sie zog die Knie an die Brust und legte die Arme um ihre Beine. Körpersprache! Besser hätte sie gar nicht signalisieren können, daß ich 'ne verbotene Zone betreten hatte.

»Ist schon gut, Teddy, geht mich nichts an.«

»Och, ist doch 'ne verständliche Überlegung von dir. Ich muß sagen, 'n bißchen neidisch bin ich schon, wenn ich so daran denke, was du treibst, während ich durch die Gegend renne.«

»Aber es war doch deine Idee, es so zu machen!« Ich im warmen Bett, und sie auf der Straße.

Sie ging nicht darauf ein. Starrte blicklos an mir vorbei. Wir schwiegen. Das Gekreische von den Videos wurde überlaut. Schließlich drehte ich mich um und drückte den Aus-Knopf. Sie zuckte zusammen und legte sich platt auf den Fußboden.

»Ich hatte schon lange keinen Sex mehr. Nicht erst hier in Deutschland. Er hat mich zum Schluß nicht mehr so gesehen, weißt du. Er hat ... nicht versucht, das Leben festzuhalten. Er ... nachdem er erst alles gemacht hatte, damit wir am Leben blieben ...« Sie zuckte mehrmals mit den Schultern.

»Hat er aufgegeben«, soufflierte ich.

Sie schloß die Augen. »Ja, vielleicht«, sagte sie uninteressiert.

»Und du?«

»Wenn jemand stirbt, tust du, was er will.«

Sie entglitt wieder. Und ich wollte sie so gern festhalten, bei mir behalten! »Weil du ihn geliebt hast«, versuchte ich.

Sie schlug die Augen auf und wandte mir ihren Kopf zu. »Ja, natürlich habe ich ihn geliebt. Man bleibt doch nicht jahrelang bei einem Mann, ich meine so, wenn man ihn nicht liebt. Können wir jetzt dieses Detail, das dich so fasziniert, endlich ad acta legen? Wir hatten von Sex geredet. Wenn du so willst, war er lausig.«

»Du hast aber neulich was ganz anderes gesagt, Teddy!«

»Ja, toll und lausig. Kennst du was Besseres, wenn es um einen Mann geht? Für den Fall, daß du was anderes willst, brauchst du nur zwei bewegliche Hände!«

»Sei doch nicht so vulgär!«

Sie setzte sich auf, gespreizte Beine, die Hände hinter dem Körper abgestützt. »Vulgär? Das ist nun wirklich der lächerlichste Vorwurf, der mir jemals gemacht worden ist! Angelika! Engelchen! Wir kommen alle beide niemals in den Himmel! Ich rede vulgär, und du hast vulgäre Gedanken. Du kannst noch soviel bumsen mit deinem Architekten. Es macht mich nicht an. Ich finde das nämlich nicht so furchtbar wichtig. Sorgst du dich um mein Triebleben? Nur keine Hemmungen! Wenn ich mal alles zusammenzähle, was du mit mir durchmachst, was du dir gefallen läßt, dann gibt's dafür eigentlich nur ein Wort: Du bist in mich verliebt. Nein, falsch, nicht in mich. Aber in deine eigenen Gefühle. Laß ihnen freien Lauf! Oder besser freie Hand!«

Ich fiel nicht mehr darauf herein. Sie wollte mich herauslocken, zu Ausbrüchen veranlassen, mich hilflos, verstört sehen. Bei dem Test war ich schon zu oft durchgefallen.

»Red' keine Scheiße, Teddy«, sagte ich und spürte, wie mir das Blut ins Gesicht stieg, aber nicht, weil ich von ihrer Rede betroffen war, sondern weil ich wußte, wirklich wußte, daß ich es gerade nicht war. »Vielleicht ist das etwas wie Verliebtsein. Aber nicht so, wie du mir jetzt suggerierst. Damals, als wir siebzehn waren, gut, mag angehen. Auf jeden Fall, das ist jetzt was anderes! Und das weißt du auch.«

Sie wiegte ihren Oberkörper hin und her. »Du meinst, wo du jetzt die Freuden durch die Männer ausgiebig kennengelernt hast, reiche ich nicht mehr.« Der Spott verebbte in ihrer Stimme. Sie zog sich wieder zusammen. »Ich wäre nie weggegangen. Denk bloß, ich wäre dageblieben!« Sie hob den Kopf. Im Profil hatte sie schon immer hübscher ausgesehen. »Und jetzt will ich was anderes. Muß ich was anderes. In seinem Angedenken. Ohne sein Angedenken! Weißt du eigentlich, Geli, daß ich 'ne reiche Frau bin? Stinkreich!«

»Das warst du schon immer, Teddy, das ist nicht neu.«

»Richtig. Aber zwischenzeitlich sah es mal gar nicht so gut aus. Hätt' ich ihm nicht zugetraut. Die Krankheit muß ihn milde gestimmt haben.«

»Was?«

»Geli«, sagte sie ungeduldig. »Nun komm wieder runter von deiner Wolke. Wir sprechen nicht mehr von ewiger Liebe, von guten und schlechten Liebhabern. Sondern von Geld. Du willst doch immer eingeweiht sein. Bist du aufnahmefähig genug für ein paar Erklärungen?«

24

Beim zweiten Mal waren wir viel besser. Sie rief mich am Sonntagnachmittag an, und nachdem ich fast eine Stunde neben dem Telefon gesessen und alle meine möglichen Antworten immer wieder im Geiste aufgesagt hatte, traf es mich wie ein Schlag in den Magen, als der Apparat endlich klingelte. Ich wartete, zählte und nahm beim vierten Läuten ab.

»Stell dir eine Frau vor«, hatte Teddy mich instruiert, »die vor ein paar Monaten ihren Mann verloren hat. Witwe nach fünfundvierzig Ehejahren! Sie versucht, sich zurechtzufinden. Immer Haltung natürlich. Ein Seufzer, wenn ihr Blick auf sein Portrait in der Bibliothek fällt, zwei, drei verstohlene Tränen, sollte jemand so pietätlos sein, den Verstorbenen in ihrer Gegenwart zu erwähnen. Hin und wieder ein einsamer Spaziergang durch den Park oder stumme Zwiesprache am Grabe sind freigestellt. Selbstverständlich wird sich der liebende Sohn um sie kümmern, viele Abende mit ihr verbringen - was übrigens wiederum den anderen liebenden Sohn daran hindert, sie zu besuchen -, aber auf die Dauer kann man das nicht verlangen, nicht wahr? Das Leben geht weiter für die jungen Leute. Sie muß sich beschäftigen. Sie geht shopping. Und da trifft sie auf eine alte Bekannte. Zugegeben, eine sehr flüchtige Bekannte. Nicht aus ihrem gesellschaftlichen Kreis. Niemand, der sowieso haarklein weiß, was sie die letzten Jahrzehnte erlebt, gemacht hat. Warum soll sie sich nicht verabreden mit dieser Frau? Wo doch das erste Zusammensein so nett war. Bißchen verkrampft noch, aber immerhin so, daß man gern weiterreden möchte miteinander. Na, wie ist das?«

»Und ich?«

»Ich würde sagen, ein wenig verwirrt durch die plötzliche Zuneigung. Auch geschmeichelt. Schließlich ist sie nicht irgendwer. Und vergiß nicht, du hast sie als Teenager bewundert. Jetzt kannst du selber mit was aufwarten. Du hast die Sicherheit des Staatsdienstes verschmäht, gehst auf in deinem Beruf, in deiner Berufung. Na, das ist vielleicht 'n bißchen dick. Aber jedenfalls, du widmest dich ganz der Kunst. Das versteht sie nicht, aber es nötigt ihr Achtung ab. Da hat Toby gute Vorarbeit geleistet. Ja, das ist doch überhaupt 'n Berührungspunkt. Und außerdem, wer schlägt 'ner Witwe schon den Wunsch nach etwas Ablenkung und Gesellschaft ab? Du hast doch ein weiches Herz.« Teddy strahlte mich an, ihre Augen blitzten, als entwürfe sie den Plan für einen besonders originellen und hinterhältigen Aprilscherz. Am Vormittag hatte ich mit Schere und Fön versucht, aus ihrem ausgewachsenen Strubbelschnitt eine Frisur zu machen. Das Ergebnis stand ihr gut. Bis zur Nasenwurzel reichte der Pony jetzt und verdeckte die tief eingegrabenen Querfalten auf ihrer Stirn. Das eine Ohr frei, auf der anderen Seite die Haarfransen weit ins Gesicht gekämmt. Sie hatte keine Einwendungen gehabt, mir geduldig Schere, Kamm oder Haargel zugereicht und sich zum Schluß vor dem Spiegel gedreht und gewendet. »Fein. Ich sehe jünger und dümmer aus.«

»Und für wen spielen wir das alles?«

»Ihr sollt es nicht spielen, ihr sollt das sein! Verdammt nochmal, Geli, wenn du spielst, wird das 'ne Katastrophe. Denk' an den Wahlpflichtkurs damals! Ich erinnere mich noch, daß du Egmont dauernd zu Lachkrämpfen auf offener Bühne gereizt hast. Es muß nicht nur in deinem Kopf sein«, ihre Fingerspitzen drückten schmerzhaft an meine Schläfen, »sondern in deinem Bauch.« Sie legte beide Hände auf meinen Unterleib, als wollte sie fühlen, ob das Kind sich schon bewegte. »Zieh ihn nicht so ein, das wird kein Schönheitswettbewerb.«

»Aha, spielen aus dem Bauch. Und wer ist das Publikum? Du?«

»Wenn ich religiös wäre«, sagte sie pathetisch, »würde ich sagen, ich bete darum, daß nur ich es bin.« Sie zog ihre

Hände zurück und sprach ohne Bühnenbetonung weiter. »Geh davon aus, Geli, daß ich da bin. Nicht immer. Nicht jedesmal. Aber versuche um Gottes willen nicht, mich irgendwo auszumachen. Kein Augenzwinkern, kein verschwörerisches Kopfnicken. Bleib einfach locker und quatsch von alten Zeiten.«

»Das einzige Thema, das deine Mutter und ich aus alten Zeiten haben könnten, bist du. Wenn wir das schon alles so inszenieren, hast du keine Angst, daß sie draufkommen, wer ich bin, daß sie sich ihre Gedanken machen über diese plötzliche Freundschaft zwischen deiner Mutter und mir?«

»Mein Schatz, Angst hab' ich immer. Darum gehst ja du und nicht ich. Aber ich bin ziemlich sicher, daß ihr eure Komödie ohne Zuschauer aufführen müßt. Überschätze nicht deinen Bekanntheitsgrad. Das macht dich doch so unersetzlich. Und was heißt schon inszeniert? Ihr spielt euch doch bloß selber.«

»Und wenn deine Mutter observiert wird?«

Sie brach in schallendes Gelächter aus. »Observiert! Geli, hast du dich etwa heimlich eingelesen, theoretisch vorbereitet? Jedes Team, das sie in den letzten zwölf Jahren möglicherweise *observiert* hat, ist längst mit Wirbelsäulenschaden in Pension geschickt worden. Wegen des langen Stehens vor verschlossenen Türen. Wenn ...«, sie brach ab, ihre hellen Augen fixierten mich. Ich erwartete schon, daß sie mich wegen meines Zauderns runtermachen würde. Sie trug mein ärmelloses T-Shirtkleid, das mir so gut stand, doch ich brachte auch mindestens zehn Kilo mehr auf die Waage. »Ist schon nicht so falsch«, sagte sie undeutlich. »Aber wenn, was kriegen sie zu sehen? Eine sentimentale alte Frau, die mit der Schulfreundin ihrer Tochter plaudert. Du weißt so gut wie ich, daß ich das Geld brauche. Vielleicht sollte ich gehen!«

»Sei nicht albern, Teddy«, antwortete ich. »Ich wollte bloß alles richtig absprechen.«

Als ich mein Auto aus der Parklücke herausbugsierte, sah ich im Rückspiegel einen weißen Golf, der in die Straße einbog und abrupt bremste. Es war ein schöner Sommerabend, und ich fuhr zu einem Treffen mit ihrer Mutter. Der Inder in der Dillstraße. Die Bedienung war zuvorkommend, das Essen exzellent. Wir unterhielten uns über Bilder, und sie fragte mich, ob ich übernächste Woche Zeit und Lust hätte, die Ausstellung skandinavischer Maler in der Kunsthalle zu besuchen. Zum Nachtisch aßen wir Mangos und Papayas auf Vanilleeis, und sie erzählte, daß Resi nie hatte genug bekommen können von den Mangos, obwohl die damals immer nur in überreifem Zustand und mit zumeist stark petroleumartigem Geschmack zu kaufen waren. An unseren Mangos war nichts auszusetzen. Zum Abschluß ließen wir uns zu einem Weinbrand angeblich indischer Herkunft überreden, der sehr fruchtig schmeckte. Ich hatte zu Hause fast eine ganze Flasche Sekt und hier zwei Karaffen Wein getrunken. Während der Heimfahrt überlegte ich krampfhaft, ob bei einer positiv ausfallenden Alkoholkontrolle routinemäßig eine Leibesvisitation vorgenommen werden würde.

25

Ich war in einer merkwürdigen Stimmung. Als betrachtete ich mich selber durch ein Fernglas. Eine stumme Szene. Ich sah mich agieren, analysierte und bewertete meine Körperhaltung, meine Gesten, überlegte, was sie ... ich wohl sagen könnte. Was paßte zu diesem Gesichtsausdruck? Eine sachliche Aussage. Oder doch lieber ein Bekenntnis, das mein Engagement spüren ließ. Ehrliche Betroffenheit? Überzeugungskraft. Ich war gut, wirklich gut!

Gern hätte ich es länger ausgekostet,wäre lieber allein gewesen, aber natürlich wartete sie in der Küche, hantierte an der Kaffeemaschine, warf mir nur einen schnellen Blick zu, klapperte mit Tellern und Tassen.

»Kaffee?«

Er war wie immer zu stark und wohl nur mit der Unmenge Zucker zu genießen, die sie in ihre Tasse schüttete.

»Ich bin beobachtet worden.«

»Habt ihr alles so gemacht wie besprochen?«

»Das Lokal hat nur einen Eingang. Wir saßen schräg gegenüber. Alle, die nach uns kamen, sind früher als wir gegangen. Ab etwa zehn überhaupt keine neuen Gäste. Mein Auto stand vorm ABATON-KINO. Ich bin langsam zurückgegangen, hab' noch lange vor dem Klamottenladen an der Ecke gewartet. Sie hatten schicke Kostüme. Und bei GEGENWIND. Bücher aus unserem Verlag lagen auch im Fenster.«

»Bist du abgefüllt, oder warum sprichst du so leierig?«

»Ich geb' dir 'nen Lagebericht. Das sind wir vorher mindestens fünfmal durchgegangen. Du kannst doch nicht erwarten, daß ich das auch noch mit der richtigen Betonung vortrage!«

»Hast du das Geld?«

»Augenblick«, sagte ich und zog meinen Rock hoch. »Hier.«

Sie griff nach dem zerknitterten Umschlag. »Himmel! Hast du den zwischen deinen Beinen befördert?«

»Geld stinkt nicht, oder?« Ich zog Slip und Strumpfhosen wieder zurecht.

Sie starrte auf das verbogene Päckchen in ihrer Hand, auf meine Rockwurst um die Taille und schmiß das Geld auf den Tisch. »Bist du völlig meschugge? Was hab' ich dir gesagt, eingetrichtert? Warum hast du 's nicht gleich handlich verpackt und in deiner Fotze transportiert?«

Ich sah immer noch durch das Glas. Ein Disput. Teddy fassungslos. Heftige Bewegungen. Sie wölbt den Bauch vor, stützt die Hände in die Hüften. Ihre schöne Frisur ist ein bißchen zusammengefallen. Sie ist wütend. Manchmal sehen Frauen ganz toll aus, wenn sie hochgehen. Sie wird blaß, eckig. Ich werde ihr nicht sagen, wie hilflos sie jetzt wirkt.

»Ich hab' dir das Geld doch rangeschafft, nicht? Was regst du dich über die Art und Weise auf?«

»Hör auf, glasig in die Ferne zu starren, und zieh dich wieder an! Komm her, Süße, ich helfe dir.« Sie zerrte mit beiden Händen an meinem Rock, drückte mich auf den Stuhl.

Ich schob sie zurück. »Hast du kapiert, was ich gesagt habe?«

»Du bist beobachtet worden, ja. Wieso du? Nicht ihr?«

»Der Golf ist wieder da. Er ist mir von hier aus gefolgt. Aber ich hab' ihn abgeschüttelt.«

Sie verzog ihr Gesicht zu einem häßlichen Grinsen. »Na, 'n Profi scheint das wirklich nicht zu sein, wenn er sich von dir an der Nase herumführen läßt.«

Sie brauchte das. Und ich konnte es ertragen, es tat nicht mehr weh.

»Geli, du bist so komisch. Hast du Angst?«

»Nein, ich habe keine Angst. Ich hab' das im Griff. Und

überhaupt, du bist doch diejenige, die Angst haben muß. Teddy, da ist jemand, der etwas über uns weiß und der noch mehr wissen will. Du kannst doch nicht ewig den Kopf in den Sand stecken und so tun, als bilde ich mir das ein. Es geht um dich. Mir kann ja nicht viel passieren, aber dir. Wir müssen uns beeilen.«

»Häschen, du hast gar keine Ahnung, was dir alles passieren kann.« Sie beugte sich tief über den Tisch, so daß ich ihre mageren Brüste sehen konnte, und griff nach dem Päckchen, riß den Umschlag auf und zählte die Scheine. »Na bitte«, sagte sie leise. »Ich frag' mich, wie sie das hinkriegt. Nein, wir müssen uns noch nicht beeilen. Es läuft gut. Warum sollten wir die Regieanweisungen ändern, wo du bestens mit allem fertig wirst? Du behältst den weißen Golf im Auge, und ich bin für die Strategie verantwortlich. Sieh mal, Geli, ein Gegner, den man kennt, ist nicht mehr wirklich gefährlich. Das siehst du ein, nicht? Du machst das perfekt. Aber ich brauche noch mehr. Nicht viel, aber ein bißchen mehr. Geli, Schätzchen, wir beide werden doch wohl mit so einem Spanner fertig!«

Sie will es nicht sehen. Sie wehrt nur ab. Nach all den Jahren der Wachsamkeit ist sie müde geworden. Nachlässig. Ich sollte sie nicht verunsichern. Ich bin auch müde. Aber sie hat so lange durchgehalten. Ich muß nur noch ein paar Wochen durchstehen. Sie soll ihre Chance haben, und ich meine. Damals hab' ich gekniffen, wo es eigentlich so wenig war, was sie von mir wollte. Es ist schon komisch, ich weiß gar nicht mehr, warum ich sie damals im Stich gelassen habe. Sie war so groß und ich so klein. Ich fühle, so ist es immer noch. Aber ich will geradestehen für sie. Und wenn sie wirklich müde wird, wach sein. Wenn sie zaudert, werde ich handeln, wenn sie furchtsam ist, werde ich Mut brauchen. Und den habe ich. Mir zittern die Knie, doch sie wird nichts merken. Sie kann denken für uns, aber dieses Mal bin ich diejenige, die erlebt, und sie schaut zu.

»Warst du schon mal in Luxemburg?«

»Nein.«

»Geli, du siehst so entrückt aus, aber könntest du dir vorstellen, jetzt mal ganz konkret, eine Reise zu machen? Einen Einkaufstrip. Und wie man ein Konto einrichtet, weißt du ja wohl.«

»Warum erzählen Sie mir nicht die ganze Geschichte?«

»Die Wahrheit, nichts als die Wahrheit?« Neuhaus verlangsamte sein Schrittempo, blieb stehen, wählte mit Bedacht eine der beiden Parkbänke, als würde sie sich wesentlich von der anderen unterscheiden, und sagte mit einem kurzen Kopfnicken: »Ich verstehe Ihre Frage nicht ganz.«

»O doch, Herr Dr. Neuhaus! O doch! Sie verstehen nur zu gut, was ich meine. Ihre Unwissenheit, um nicht zu sagen, Ihre Unschuld, kaufe ich Ihnen nicht ab.«

»Das müssen Sie auch nicht, lieber Herr Gadd. Das habe ich nun wirklich nicht verlangt.« Er gab sich keine Mühe, sein Lachen nicht gekünstelt klingen zu lassen. »Nein, das habe ich absolut nicht verlangt.«

Keine hundert Meter von ihnen entfernt lagen trotz des wolkenlosen, blauen Himmels die Segelboote auf der Außenalster schwer im Wind. »Die Alster ist kein leichtes Revier.« Neuhaus blickte starr geradeaus. »Es gehört schon einiges Können dazu, hier zu kreuzen. Die Winde sind unberechenbar. Anfänger unterschätzen die örtlichen Gegebenheiten und sind dann baß erstaunt, wenn sie kentern und aufgefischt werden müssen. Kein schönes Gefühl, so mit nassem Zeugs den Törn fortzusetzen. Während meines Studiums habe ich leidenschaftlich gern gesegelt. Jede freie Minute zwischen den Vorlesungen, vom Nachmittag bis spät in den Abend, eigentlich immer. Wir waren die ersten auf dem Wasser, gleich zu Ostern, und das ging dann bis tief in den Herbst hinein. Kaum zu glauben heute. Aber früher...«

»Früher war die Welt noch in Ordnung«, unterbrach Gadd.

»Ja, früher...« Neuhaus wandte sein Gesicht Gadd zu. »Ich denke, Sie wollten die ganze Geschichte hören. Soll ich sie nun erzählen oder nicht?«

»Wenn sie so beginnt: ja.«

»Ja, sie beginnt in den frühen fünfziger Jahren. John Rainer hatte eine Jolle. Wir beide haben viele Stunden hier zugebracht. Und es waren vielleicht unsere besten Stunden«, begann Neuhaus mit Timbre in der Stimme, und Gadd machte nicht den Fehler, ihn wieder zu unterbrechen. Die Jahre des Aufbruchs nach der Zerstörung, die Heilung von der Politik nach dem Faschismus, die Zeit des Verdrängens und Vergessens, der Rückzug ins Private. Histörchen aus seiner Referendariatszeit, seine ersten Fälle. Gadd, der sich nur mit einem bedrückenden, düsteren Gefühl an diese Nachkriegsperiode erinnerte, sie als verlogen, scheinheilig und verklemmt erlebt hatte, ließ schweigend das Märchen vom unbeschwerten Lebensgefühl der frühen Jahre über sich ergehen, während Neuhaus im medienerprobten, charmanten Plauderton von Cocktail-Parties, Tanz- und Tennisturnieren, von ersten Reisen ins Ausland und seinem Studium erzählte. Seine Freundschaft mit John Rainer, Gernots und Theresas Kindheit. Neuhaus' Praxis und John Rainers Unternehmen. Wie das Geschäftliche immer mehr das Privatleben verdrängt hatte. Die Sachzwänge, die alles und nichts erklärten. John Rainers heimliche Liebe zur Kunst. Aber es war keine Frage gewesen, daß er das Geschäft leiten würde, so wie sein Vater die ihm übertragene Aufgabe übernommen hatte, und wie Gernot sie jetzt bewältigen mußte. »Ich sollte immer als Syndikus im Unternehmen tätig werden, entschied mich dann - wie Sie wissen - anders. Und trotzdem war ich derjenige, der sich stets für den rechtlichen Beistand der Familie zuständig fühlte, fühlen sollte. John Rainer hat mich nie aus dieser - moralischen - Verpflichtung entlassen. Soviel zu meiner Person.«

Eine kleine, wirkungsvolle Pause. Aber Neuhaus war noch nicht fertig. Mit verklärtem Blick fuhr er fort: »Aber es waren niemals nur die geschäftlichen Belange, die uns verbanden. Der private Aspekt reichte viel tiefer. Diese gemeinsamen Stunden auf der Alster zählten. Es sind immer die gemeinsamen Stunden auf der Alster, die in Hamburg zählen. Sie können noch so erfolgreich sein, noch so hoch aufsteigen, Sie können die richtige Adresse auf der Visitenkarte haben, Sie werden nie dazu gehören.«

»Ich werd's mir merken.«

»Es war nicht persönlich gemeint«, schwächte Neuhaus ab. »Das ist die Geschichte.«

Gadd setzte seine Sonnenbrille auf, kippte den Kopf in den Nacken, machte sich lang und kreuzte bedächtig seine Fußgelenke, bevor er antwortete: »Nein, Herr Dr. Neuhaus. Das ist noch nicht einmal Ihre Geschichte, sondern bloß, was Sie mir unterjubeln wollen. Rückblicke, wie sie in kleinen Festschriften für Firmenjubiläen verfaßt werden. Tenor: Ehrbarer Hamburger Kaufmann hielt von Jugend an Kurs, seine Männer standen und stehen ihm auch bei schwerem Wetter zur Seite. Schmus, nichts als Schmus. Ich glaub' die Legende nicht. Die Legende vom treuen Freund, von den alteingesessenen Familien, vom Erben, der sich aufopfert, arbeitet bis zum Umfallen, damit der Laden läuft. Pfeffersäcke - sagt man doch hier, nicht? - haben was anderes im Sinn. Geld. Versuchen Sie nicht, mir ein X für 'n U vorzumachen. So kommen wir nicht weiter. Das ist nicht der Punkt heute. Sie haben ein Plädoyer gehalten, ist Ihnen das nicht aufgefallen? Wer saß auf der Anklagebank?«

Neuhaus' Züge wurden hart, und aus seiner Stimme verschwand jeder Anflug von Sentimentalität: »Sie hängen da einem sehr eingeschränkten Weltbild an, Herr Gadd. Eine verbreitete Form von Kurzsichtigkeit in kleinbürgerlichen Kreisen. Geld...«

»Ja, ich weiß. Über Geld spricht man nicht. Geld hat man, und Geld ist nicht das Wichtigste im Leben. Verlogene Sprüche, um den Leuten Sand in die Augen zu streuen, damit sie schön weiterträumen können. Ideologie. Es stand viel Geld auf dem Spiel, nachdem Theresa sich so daneben benommen hatte. Man ging auf Distanz. So ziemlich alles verzeiht man in Hamburger Kreisen, nur zwei Dinge nicht: den falschen Schlips und ein Familienmitglied im linksterroristischen Umfeld.«

Neuhaus zog die Augenbrauen hoch und wartete. Im Hintergrund war die Geräuschkulisse des Feierabendverkehrs zu vernehmen. Ein sanftes, stetiges Brummen, gelegentlich unterbrochen durch das Quietschen der Reifen bei einem Kavaliersstart und vereinzeltes Hupen.

»Was wollten Sie damit erreichen, daß Sie mir die rührende Segelgeschichte und die anderen Anekdoten erzählten? Was für ein guter Mensch John Rainer Harenberg war? Daß ihn keine Schuld trifft? Ich hab' die Schuldfrage gar nicht gestellt. Warum Theresa diese nette, heile Familie verließ und tat, was sie tat, steht überhaupt nicht zur Debatte. Oder wollen Sie mir nur zaghaft John Rainers Rolle in einem anderen düsteren Kapitel der Affäre nahebringen?«

»Sie haben John Rainer nicht gekannt. Sie dürfen nicht von Gernot auf ihn schließen.« Wenn es sich als notwendig erweisen sollte, war Neuhaus offenbar bereit, Sprünge in seiner Loyalität zu offenbaren. »Ich will ja nicht behaupten, daß finanzielle Überlegungen gar keine Rolle gespielt haben, aber dieser Faktor war sekundär. Sie sollten sich mehr auf Theresa konzentrieren. John Rainers Verhältnis zu Theresa. Sie war sein Liebling, mit ihr hat er hier die Sonntagvormittage verbracht. Untypisch für die damalige Zeit. Gernot hat er in die Segelschule geschickt, mit ihr ging er segeln. Gernot hatte schon immer eine Art, die es nicht einfach machte ... Die Kinder kamen nicht miteinander aus.«

Gadd dachte an Gernot, und hätte er ihn mit einem Wort beschreiben müssen, so wäre ihm spontan »Kneifkind« eingefallen: Der ewig beleidigte, sich zu Unrecht gekränkt fühlende, besserwisserische, linkische Wichtigtuer, der erst nach der Schulstunde petzte und mit seinen Hausaufgaben stets zwei Lektionen im voraus war.

»Die Kinder? Und Tobias, der jüngste Sprößling? Schließt das ihn mit ein?«

»Tobias war der Nachzügler. Nein, an ihn habe ich eben nicht gedacht. Und ich glaube, John Rainer sah in ihm das, was er wohl auch ist.«

»Den Künstler?«

»Wenn Sie es so nennen wollen.« Neuhaus lachte kurz auf. »Wohl mehr den Lebenskünstler. Tobias hat es immer verstanden, auf die einfache Art durchs Leben zu kommen. Für meinen Geschmack ist er ein bißchen zu sehr verhätschelt worden, es wurden nie Forderungen an ihn gestellt. Er war Louises Kind. John Rainer war, als Tobias geboren wurde, sehr stark im Unternehmen eingebunden und konnte nie die Zeit für ihn erübrigen, die er Theresa gegeben oder auch Gernot gewidmet hat.«

»Und die Lieblingstochter, der er die Sonntagvormittage gewidmet hat, wird zur Terroristin.«

»Sie sollten keine Spekulationen über Theresas Motive anstellen.« Neuhaus zog langsam die Bügelfalten seiner Hose nach, prüfte konzentriert das Ergebnis seiner Bemühungen. »Es gibt aber überhaupt keine vernünftigen Erklärungen.«

»Terrorismus als höchste Form des Irrationalismus oder Idealismus?«

»Vielleicht.«

»Irrationalismus nicht nur bei den Tätern, sondern auch im Umfeld? Das ist doch alles Scheiße. Kommen wir wieder zu den einfachen Worten zurück, fangen wir endlich mit der Wahrheit an.«

»Mir wird es hier etwas zu kühl. Können wir ein Stückchen gehen? Vielleicht begegnen wir dann eher der Irrationalität der Wahrheit.«

Warum fingen bloß alle Leute an, durch die Gegend zu wandern, wenn es ans Eingemachte ging? Neuhaus schritt kerzengerade, verschränkte beide Hände auf dem Rücken.

Wahrscheinlich hat man ihm beim Laufenlernen ein Lineal ans Kreuz gebunden, dachte Gadd.

»Hab' ich das zwischen den Zeilen richtig verstanden? Nicht etwa aus Eigennutz oder weil höhere Geschäftsinteressen auf der Kippe standen, sondern weil Theresa John Rainers kleiner Liebling war, hat der Papa auch nach der bedauerlichen Entwicklung, die die Dinge nun einmal genommen hatten, seine schützende Hand über die höhere Tochter gehalten? Denn so sieht es nämlich aus. Während die Dossiers der anderen terroristischen Gewalttäter«, Gadd betonte die letzten Worte, »im wahrsten Sinne des Wortes Bände sprechen und so voller Querverweise sind, daß man sich des Eindrucks nicht erwähren kann, hier sei das gesamte Hamburger Telefonbuch in bürokratischem Übereifer abgeglichen worden, findet man von ihr nur spärliche Daten in den Fahndungscomputern der Polizei und der Dienste. Wie man da noch von Rasterfahndung sprechen konnte, bleibt mir ein Rätsel. Eins von den vielen. Theresas Dossier sieht geradezu jungfräulich aus. Ihr Name ist nicht nur aus den Medien verschwunden! Was sagen Sie dazu, Herr Dr. Neuhaus?«

»Ich weiß.«

»Ist das alles?«

»Ja.«

»Die Mechanismen der Macht haben also funktioniert. Oder die des Geldes.«

»Der Freundschaft«, beharrte Neuhaus. »John Rainer war ein angesehener Mann, und seine Freunde bekleiden einflußreiche Positionen in Wirtschaft und Verwaltung.«

»War ich also doch der Klempner, der abchecken sollte, ob kein Leck droht?« Gadd fühlte, wie sich die Wut in ihm zusammenballte. »Sie wußten von Anfang an, daß ich in den verdammten Fahndungscomputern nichts finden würde!«

»Nein, nein, mein Lieber.« Neuhaus löste seine Arme aus

der Verschränkung und bot Gadd seine ungeschützte Brust dar. »Nein, das dürfen Sie nicht denken! Es war nicht unsere Absicht, Sie ins Leere laufen zu lassen, keinesfalls. Glauben Sie mir. Ich verstehe nicht, warum Sie sich plötzlich so echauffieren. Ihre ... Recherchen, der Weg, den Sie gewählt haben, das war doch Ihre Entscheidung!«

»Meine Entscheidung? Ja, sicher.« Gadd begann sich jetzt richtig aufzuregen, aber gleichzeitig stand er feixend neben sich. Den Punkt konnte er abhaken. »Was sollte ich tun, solange Sie die Unschuld vom Lande spielten? Ich weiß nichts, und wir sind so in Sorge! Haben Sie eine Vorstellung, wie schwierig es war, an die verdammten Daten ranzukommen?« Selbstverständlich wußte er das. »Ich hab' einen wahren Eiertanz aufführen müssen. Und es hat eine Stange Geld gekostet. Ihr Geld. Nein, das von Herrn Harenberg.« Gadd blieb stehen und atmete heftig.

Neuhaus legte ihm tatsächlich eine Hand auf die Schulter. »Was wollen Sie? Sie sind jetzt gut informiert. So gut es eben möglich ist und hoffentlich auf dem neuesten Stand«, sagte Neuhaus und lächelte zufrieden. »Nein, Ihre Arbeit war nicht umsonst. Fassen Sie es als Beweis Ihrer Fähigkeiten auf, den Sie uns geliefert haben. Ich glaube, Sie sollten sich noch einmal mit Gernot unterhalten. Langsam bringen wir das Kind auf den Weg.«

27

Vor dem Atelierfenster seines Arbeitszimmers stand im Gegenlicht, die Arme vor der Brust verschränkt, Gernot Harenberg und wippte unruhig auf den Fußspitzen. »Das hätten Sie weiß Gott alles mit Dr. Neuhaus klären können, weiß Gott«, sagte er.

»Nein, so kommen wir nicht weiter, Herr Harenberg.« Gadd bemühte sich, keinen Vorwurf in seiner Stimme mitklingen zu lassen. »Es hilft mir absolut nicht, wenn bei jedem etwas heikleren Punkt entweder nur vage Andeutungen oder Ausflüchte gemacht werden. Tenor: Erkundigen Sie sich besser bei Dr. Neuhaus. Keine Angst, Herr Harenberg wird Sie schon zu gegebener Zeit darüber ausführlich informieren. Doch dann schweigt des Sängers Höflichkeit. Totale Funkstille ... oder allerhöchstens die wohlbekannte Floskel von den einflußreichen Freunden. So hab' ich keine Chance.«

»Was wollen Sie?«

Bedächtig rührte Gadd in seinem Kaffee, der ihm von Harenbergs Sekretärin vor gut zehn Minuten serviert worden war. »Auch wenn es Ihnen schwerfällt, müssen Sie wohl oder übel mit mir kooperieren. Anders geht's nicht. Ich brauch' Ihre Hilfe. Sie müssen mir vertrauen.«

»Herr Gadd, ich weiß nicht, was Sie wollen. Sie bekommen von uns jede Hilfe, die Sie benötigen. Und ich glaube, wir bringen Ihnen auch ein hohes Maß an Vertrauen entgegen.«

»Vertrauen?«

»Ja, Vertrauen.«

»Gut, können Sie mir dann die folgende Frage beantworten: Hat der familiäre Einfluß - ich will ihn mal so bezeichnen - relativ früh eingesetzt?«

»Herr Gadd, ich verstehe Ihre Frage nicht.«

»O doch, Herr Harenberg. Ich glaub', Sie verstehen meine Frage sehr gut. Genau das meine ich mit Vertrauen.«

Bertram hatte Gadd auf die Spur gebracht. Aber am entscheidenden Punkt war der kleine, verbitterte Mann dann so zugeknöpft wie eh und je gewesen.

»Mager, Bertram, äußerst mager. Hast du eine Idee, warum?«

»Scheint mir dein Job zu sein, das rauszufinden.«

»With a little help from my friends?«

»Sieh zu, wie du weiterkommst.«

»Aber da müssen mehrere dran beteiligt gewesen sein?«

»Kann sein, kann nicht sein. Denk' darüber nach.«

»Kannst du mir was über den Zeitpunkt sagen?«

»Nach zwölf Jahren?«

»Bei mir sind Sie an der falschen Adresse, Herr Gadd, absolut«, beteuerte Harenberg. »Ich kann mir beim besten Willen nicht vorstellen, daß der lange Arm meines Vaters so weit gereicht haben sollte, wie Sie annehmen, und daß diese Art von Manipulation überhaupt nur ansatzweise möglich war. Wie stellen Sie sich das denn vor? Aus den Dateien verschwinden lassen! Herr Gadd, welche Idee! Ihre Fantasie ist mit Ihnen durchgegangen.«

»Fantasie ist der falsche Begriff. Und ich hab' auch nicht nur eins und eins zusammengezählt.«

»Sondern?«

Gadd nahm den letzten Schluck seines kalten Kaffees. »Sehen Sie, da liegt nun mein Berufsgeheimnis. Gehen Sie einfach davon aus, daß ich meine Hausaufgaben gemacht habe.«

»Vertrauen, Herr Gadd? Sagten Sie nicht etwas von Vertrauen?«

»Sie hätten mich wohl kaum engagiert, wenn Sie nicht annehmen würden, daß die Informationen, die ich beschaffe, zuverlässig sind.«

Harenberg betrommelte seinen Jackettärmel. »Absurd ... von unserer Seite ... Wobei ich immer noch der festen Überzeugung bin, daß das grundsätzlich nicht ...«

»Ich möchte endlich Ihre Version von den damaligen Ereignissen hören, Ihre Einschätzung der Lage. Wie Sie und Ihre Familie reagiert haben, was gedacht und gefühlt wurde.«

Mit kleinen, festen Schritten verließ Harenberg seinen Fensterplatz und gab so Gadd einen unverstellten Blick auf die Backsteingebäude der Speicherstadt frei, die am anderen Ufer des Zollkanals die Kulisse des Freihafens bildeten, öffnete die Tür zum Vorzimmer und erteilte die Anweisung, daß er heute für niemanden mehr zu sprechen sei. Dann ging er zum Sideboard und schenkte sich einen Whisky ein. »Sie auch?« fragte er und setzte sich Gadd gegenüber, seinen ausladenden Schreibtisch im Rücken.

Am Nachmittag des bewußten Tages sei er, Harenberg, auf einer Geschäftsreise gewesen, denn zu der Zeit habe er gerade eine Management-Trainee-Ausbildung in einem befreundeten Außenhandelsunternehmen absolviert, bevor er für zwei Jahre in die Stabsabteilung einer Bank wechselte. Fast gleichzeitig habe er von dem Anschlag aus den Nachrichten und von Neuhaus erfahren. Als er dann abends im Elternhaus angekommen sei - »Ich habe natürlich das nächste Flugzeug genommen« - , seien schon zahlreiche Techniker der Spurensicherung anwesend gewesen, andere Fahnder hätten das Hauspersonal verhört. Seine Mutter habe eine Beruhigungsspritze bekommen und sei nicht vernehmungsfähig gewesen. »Neuhaus und mein Vater saßen in der Bibliothek, auch hier überall Beamte der Bundesanwaltschaft. Wir waren allesamt bestürzt, wie vor den Kopf geschlagen. Gefühle? Trauer, Wut, Empörung und Verzweiflung.« Nein, da sei kein Platz für sachliche Erörterungen, kein Gedanke frei für Strategie und Taktik gewesen. »Wir waren geschockt, wie gelähmt.«

Tonlos, mit sparsamen Gesten und einem versteinerten Gesichtsausdruck berichtete Harenberg. Gadd unterbrach ihn nicht, hörte aufmerksam zu. Aber je mehr die Geschichte Gestalt annahm, um so größer wurde Gadds Verdacht, daß Harenberg diese mit denselben Worten, mit denselben Nebensächlichkeiten nicht zum ersten Mal erzählte.

»Natürlich waren unsere Gedanken vornehmlich bei Meyerdierks, seiner Familie. Sein Tod war ein unersetzlicher Verlust für die Wirtschaft. Wir mußten nun alles tun, was dieses verabscheuungswürdige Verbrechen aufklären half«, schloß Harenberg. Seinen Whisky hatte er nicht angerührt.

»Das klingt mir alles zu glatt, Herr Harenberg, zu sehr nach einem Protokoll, das nach eingehender Beratung durch den Anwalt ohne Gefahr unterschrieben werden kann. Und manche Ihrer Ausführungen passen nicht zu den Informationen, die ich habe. Wir sollten anfangen, Klartext zu reden«, sagte Gadd. »Die Tatsache, daß wichtige Spuren nicht aufgenommen oder verloren gegangen sind, läßt unschöne Vermutungen zu. Ich möchte - auch auf die Gefahr hin, Sie zu langweilen - noch mal auf die leidige Geldgeschichte zurückkommen. Der Fall Ihrer Schwester hatte solche Dimensionen erreicht, daß es im allgemeinen politischen Interesse war, die Sache runterzuspielen.«

»Runterzuspielen? Also für unseren Geschmack ist da nichts runtergespielt worden. Haben Sie den Presserummel nicht mitbekommen? Was glauben Sie denn, wie lange unser Haus von diesen Sensationsreportern belagert wurde, was glauben Sie? Man konnte keinen Schritt vor die Tür setzen, ohne daß einer von denen da war.«

»Am Anfang.«

»Am Anfang?«

»Ja. Genau das ist der Punkt«, sagte Gadd und änderte seine Sitzposition. Er legte die Arme über den Sesselrücken. »Es traf schon ins Mark, einen der führenden Vertreter dieses Wirtschaftssystems umzubringen. Von einer höheren Tochter aus der gleichen Gesellschaftsschicht. Das wußte Ihre Schwester genau. Deshalb hatte sie Meyerdierks ja ausgewählt. Und das hatten auch die Repräsentanten des Staates, hatte die Macht- und Geldelite sehr schnell begriffen.«

»Aha!«

»Ja. Also mußte von Ihnen eine Gegenstrategie gefahren werden. Denn der mörderische Bruch Ihrer Schwester mit der herrschenden politischen Moral hatte die Wirkung eines Sprengsatzes. So schnell wie möglich mußte der Schaden begrenzt werden.« Harenberg sah Gadd mit zusammengekniffenen Augen an und drehte sein Glas. »Ja, Schadensbegrenzung lautete die Parole der Stunde. Solange irgendwelche Nobodys und Underdogs im Terrorismus landeten, waren sie linke Spinner, Verrückte, Wirrköpfe, Wahnsinnige und Verbrecher oder sonstwas.«

»Das sind sie doch auch. Darüber müssen wir nicht diskutieren, Herr Gadd!«

»Auch Theresa? Theresa, die in den Häusern der oberen Fünfhundert ein und aus ging?«

»Oberen Fünfhundert? Wer soll denn das sein?«

»Theresa paßte nicht ins Bild«, fuhr Gadd unbeirrt fort. »Nicht nur die vermeintlich überlegene Moral der - ich wähle den Ausdruck bewußt - Herrschenden blieb auf der Strecke, nein, es ging hauptsächlich darum, das Vertrauen ins System wieder herzustellen, denn Vertrauensverlust kostet Geld. Viel Geld. Eine alte Börsenregel. Es stand also nicht nur Ihr Geld, Ihr Geschäft auf dem Spiel, Herr Harenberg, sondern...«

»Ach, hören Sie doch auf!« unterbrach Harenberg mit einer wegwerfenden Handbewegung. »Ihre Wortwahl gefällt mir nicht, und halten Sie mir hier keinen soziologischen Vortrag! Dafür bezahle ich Sie nicht! Kommen Sie zur Sache.«

»Gestatten Sie mir, einen häßlichen Verdacht zu äußern?«

»Bitte.«

»Er wird Ihnen aber auch nicht gefallen. Stichwort Fritz

Lauterbach.« Gernot Harenberg atmete tief durch.

»Ihre Schwester hat mit ihm Bonnie and Clyde gespielt. Mit allem, was dazu gehört. Banküberfälle, Fluchtfahrzeuge geklaut, Wohnungen angemietet. Die beiden waren unzertrennlich. Was mich stutzig gemacht hat, ist, daß Lauterbach beim Übertritt in die Bundesrepublik mutterseelenallein an der holländischen Grenze geschnappt wurde. Von Theresa keine Spur. Überhaupt keine Spuren mehr. These: Theresa verschwand in den Niederlanden. Und wenn man bedenkt, daß damals wie auch heute noch in Amsterdam Ihre bedeutendste Auslandsniederlassung residiert ...«

»Sie sind verrückt, wissen Sie, was Sie mir ... unserer Familie ...«, keuchte Harenberg. Seine Gesichtshaut färbte sich rosa. Die Adern an seinen Schläfen schwollen an und pulsierten unübersehbar.

»... könnte man dann nicht auf die Idee kommen und von einer ...«, fuhr Gadd fort.

»... unseren Freunden da unterstellen?«

»... von einer - wie soll ich sie nennen?«

»Nennen Sie es, wie Sie wollen! Wie Sie es wollen!«

»... vielleicht Holland-Connection sprechen, Herr Harenberg?«

»Wissen Sie, was Sie mir da unterstellen? Wissen Sie das? Wissen Sie das? Ist Ihnen eigentlich klar, was Sie da behaupten?« Harenberg sprang auf, und seine Gesichtsfarbe wechselte jetzt ins dunkle Rot. Die Hände in den Taschen vergraben, durchwanderte er sein fünfzig Qudratmeter großes Arbeitszimmer.

»Ich bin nicht so vermessen zu behaupten, daß hier unbedingt von vornherein konkrete, aktive Hilfe angeboten wurde, aber als das Kind in den Brunnen gefallen war und laut schrie, wollte man es nicht absaufen lassen«, erklang es aus der Sitzecke.

»Brunnen, absaufen!«

»Wer sich soviel Mühe gibt, daß die Spuren wie im

Sandsturm verschwinden, der trägt auch dazu bei, daß die Oase der Freiheit erreicht und nicht zur Fata Morgana wird.«

Plötzlich blieb Harenberg stehen und schaute Gadd fast belustigt an. Sein Stimmungsumschwung hatte sich von einer Sekunde auf die andere vollzogen. »Sehr poetisch, Herr Gadd. Hätte ich Ihnen gar nicht zugetraut. Fata Morgana ... hm ... fehlt nur noch der Name des Rufers in der Wüste. Was wollen Sie nur mit diesen abstrusen Anschuldigungen bezwecken? Können Sie mir das freundlicherweise erklären?«

»Ja, sicher«, sagte Gadd. »Wenn Theresa an der langen, langen Leine gehalten wurde, und der väterliche Schutzengel ihr die ganze Zeit zur Seite gestanden hatte, dann .... hat der Tod Ihres Vaters die Leine gekappt. Oder Theresa hat sich aus dem Netzwerk befreit.«

»Ja, und?«

»Bin ich vielleicht der Hundefänger, der die liebe Schwester wieder an die Kette legen soll, weil sie aus der Schule plaudern könnte, wenn sie sich mit der Staatsanwaltschaft unterhält? Das sind so Gedanken, die mir nicht aus dem Kopf wollen. Und das ist eine ziemlich heiße Kiste. Meine Rolle in dem Spiel würde mir ganz und gar nicht behagen. Deshalb frage ich etwas genauer nach. Ich möchte auch in Zukunft ruhig schlafen, aber nicht zu tief.«

Das Telefon klingelte. Nach kurzem Zögern ging Harenberg verärgert an den Apparat. Seine Antworten beschränkten sich auf »Ja«, »Nein«, »Ach so«, »Nein, das wußte ich nicht«, »Nein, es war schon richtig« und »Ich weiß das zu schätzen, vielen Dank«. Dann legte er im Zeitlupentempo den Hörer auf die Gabel und nahm seine Position am Fenster wieder ein. Nachdenklich starrte er nach draußen. Langsam drehte er sich um. »Wo waren wir stehengeblieben?«

»Hundefänger. Aus der Schule plaudern können«, gab Gadd den Einsatz.

»Und was sollte sie Ihrer Meinung nach ausplaudern können?«

»Ja, was? Das ist die Frage. Jetzt wird 's richtig spannend. Nehmen wir mal an, es war kein Zufall, daß Lauterbach an der Grenze erwischt wurde und auch kein Ergebnis der Rasterfahndung, sondern man hatte ihn dort bereits erwartet. Könnte sich dann nicht leicht die Vermutung aufdrängen, daß Lauterbach das Opferlamm war, der Preis für Theresas Flucht? Opfere einen Bauern oder einen Läufer, aber rette so die Dame. Ein genialer Schachzug, zugegeben.«

Harenberg ging langsam auf Gadd zu. Mit einer eigenartigen Schrittfolge, so, als spiele er Himmel und Hölle, überquerte er den chinesischen Seidenteppich. Gadd wartete, bis Harenberg den Rand erreicht, bis sein Slipper das aufgerissene Maul des Drachen bedeckt hatte, bevor er fortfuhr. »Die Behörden konnten einen Fahndungserfolg verbuchen, der von ihnen medienwirksam ausgeschlachtet wurde. Das beruhigte die Bevölkerung und legitimierte die allgegenwärtigen Kontrollen. Ein Mitwisser verschwindet von der Bildfläche und kann so nichts mehr über den wahren Hergang des Anschlages ausplaudern. Den Mord an Meyerdierks kann man ihm in die Schuhe schieben, und Theresa ist aus dem Schneider. Die verführte Mitläuferin. Vielleicht so eine Art Patty-Hearst-Syndrom. Wäre doch auch möglich. Und über Theresas Aufenthaltsort wird er schweigen wie ein Grab. Nicht schlecht, mein Kompliment.«

Harenberg baute sich vor Gadd auf und schaute ihn kalt an. »Es reicht, Herr Gadd! Sie unterstellen uns, an einem Komplott beteiligt gewesen zu sein? Habe ich Sie wirklich richtig verstanden? Wir haben den Tip gegeben! Deshalb wurde dieser Lauterbach an der Grenze erschossen? Und als Gegenleistung freies Geleit für meine Schwester?«

»Komplott ist ein häßliches Wort. Ich würde eher von familiärer Notwehr sprechen«, sagte Gadd ruhig. »Ihr Vater hat auf den Hilferuf seiner Tochter mit den ihm möglichen Mitteln reagiert. Die Sache war eine Angelegenheit zwischen den beiden. Sie waren vermutlich nicht in die Details eingeweiht, und so ist es nur verständlich, daß es Ihnen schwerfällt, meine Gedankengänge nachzuvollziehen. Wäre das nicht eine Möglichkeit?«

Harenberg drehte sich um, ging zum Fenster zurück, zeigte Gadd demonstrativ den Rücken und schwieg. Auch Gadd schwieg. Und Gadd mußte an das alte Kinderspiel denken, wer von beiden die Stille am längsten aushalten konnte. Harenberg verlor. »Nein, abwegig, völlig abwegig«, sagte er leise. »Es gab keinerlei Kontakte zwischen Theresa und meinem Vater. Zu keiner Zeit. Und bevor Sie neue Spekulationen anstellen, die wiederum jeglicher Basis entbehren, kann ich versichern, daß auch nichts über Neuhaus gelaufen ist.« Harenberg schüttelte zur Bekräftigung seinen Kopf und starrte aus dem Fenster. »Für meinen Geschmack verschwenden Sie viel zuviel Zeit herauszufinden, welche Motive Ihren Auftraggeber bewegen, anstatt mit einer effektiven Suche zu beginnen. Ich will Resultate.«

»Die will ich auch«, sagte Gadd und meinte es so. »Deswegen zurück zu Lauterbach. Seine Beziehung zu Ihrer Schwester. Wußten Sie von dem engen, intimen Verhältnis?«

»Nein, erst nach dem Mordanschlag. Da ist es ja durch die Presse gegangen. Aber vorher? Ich habe mich nie dafür interressiert, mit wem Theresa ins Bett ging. Ich hatte mein eigenes Leben. Und Therasa das ihre. Ich wohnte schon längst nicht mehr zu Hause, hatte schon während des Studiums meinen eigenen Haushalt, habe also das meiste nicht mitbekommen. Aber soviel weiß ich doch: wenn Sie die Spuren von Theresas Beschläfern verfolgen wollen, dann gute Nacht!« Gernot Harenberg verzog angewidert sein Gesicht.

»Es wäre also zwecklos, Sie zu fragen, ob Sie die Namen von anderen engen Freunden kennen?«

»Ja.«

»Nicht die leiseste Ahnung?«

»Gehen Sie am besten davon aus, daß nicht mal Theresa die Namen noch kennt.«

»Freundinnen? Beste Freundinnen? Könnten Sie sich an die erinnern?«

»Nein.«

»Gibt es da wirklich nichts? Jede Frau hat doch irgendeine beste Freundin, mit der sie ihre Geheimnisse teilt.«

»Nicht Theresa. Wo haben Sie denn diese Weisheit her?«

»Lebenserfahrung. Kann ich mit Ihrem Bruder sprechen? Vielleicht kann der mir weiterhelfen. Ich brauch' Namen. Dringend!«

»Tobias? Ach du liebe Zeit!« Harenbergs Lachen klang, als schneuze er sich. »Sinnlos! Mein lieber Bruder interessiert sich für nichts, tut nichts, und ich will auch nicht, daß er in irgendeiner Weise in die Geschichte reingezogen wird. Und außerdem: keine Stunde später wüßte meine Mutter davon. Dann haben wir eine Situation, die wir auf keinen Fall haben sollten, und die ich auch nicht haben will!«

»Na gut, Sie wollen nicht. Ich fange an zu vermuten, daß Sie auch keine Resultate wollen. Machen wir den Deckel wieder zu! Nur zu Ihrer Information, falls Sie irgendwann mal einen ähnlichen Auftrag vergeben wollen: Wenn Sie die Katze nicht aus dem Sack lassen, ist Ihnen auch nicht zu helfen. Die Jagd, die Jagd beginnt nämlich immer im Kopf!«

»Verlagern Sie Ihre Aktivitäten besser auf die Straße«, sagte Harenberg, und Gadd merkte, daß er sich überwinden mußte.

»Wie muß ich das verstehen?«

»So wie ich es gesagt habe. Gut, aber seien Sie äußerst vorsichtig. Meine Mutter ... also ein Mitarbeiter unserer Hausbank hat mich gerade angerufen ... ich hatte da so Vermutungen ... und mir mitgeteilt, daß sie vorgestern zum zweiten Mal innerhalb kürzester Zeit einen größeren Geldbetrag von ihrem Konto abgehoben hat. Das wäre allein eigentlich kein Indiz. Aber ... es ist schon ungewöhnlich, denn sie benutzt sonst so gut wie nie Bargeld ... und .... die Summe war beträchtlich.«

Rosen. Dunkelrot. Mit so langen Stielen, daß ich keine passende Vase dafür hatte. Und natürlich kam gerade der widerliche Typ aus der Wohnung oben die Treppe herunter. Er machte ein Fischmaul. »Oh, man muß es sich wohl was kosten lassen, Sie zu gewinnen.«

Ich riß dem verdatterten Boten den Strauß aus der Hand und schlug die Tür zu. *Für meine Träumerin, damit sie nicht denkt, ich hätte den Wink vergessen*, stand auf dem Kärtchen. O Gott!

Sie kam in die Küche, als ich mit einem Brotmeser die Stiele kürzte. »Achtundzwanzig«, zählte sie. »Warum gerade achtundzwanzig?«

»Wir haben uns an einem Achtundzwanzigsten kennengelernt«, antwortete ich wütend, schmiß die Stiele und die Karte in den Mülleimer.

»Wie aufmerksam! Was schreibt er denn so?« Ungeniert holte sie das Kärtchen wieder aus dem Abfall.

»Teddy, laß das! Gib das her! Gib es her, verdammt noch mal!«

Sie hielt die Karte hoch, und ich versuchte, sie ihr zu entreißen. Es war eine lächerliche Szene. Noch blöder wurde es, als sie das Ding fallen ließ, und ich zusprang, um es vom Boden aufzuheben.

»Na, was willst du jetzt machen? Aufessen oder im Klo runterspülen? Macht er schweinische Andeutungen, oder warum hast du dich so?«

»Bitte, nimm schon. In Anbetracht dessen, daß du sowieso meine Post liest und meinen Anrufbeantworter abhörst, ist es albern, daß ich dies hier zum Geheimnis mache.«

Sie las, wobei sie sich in den Hüften wiegte. »Wie ist denn das zu verstehen?«

»Da ist überhaupt nichts zu verstehen! Sein idiotischer Einfall. Bloß eine Bemerkung von mir. Ich dachte, er hätte sie längst vergessen.«

»Aha, du hast dich also beklagt. Und er hat gekuscht. Warum konntest du keinen handfesteren Liebesbeweis fordern? Achtundzwanzig Brillanten in geschmackvoller Fassung sind doch viel aussagekräftiger.«

»Du spinnst!«

»Oder schenkt er die nur seiner Frau?«

»Seine Frau kommt schon nicht zu kurz. Die hat Brillanten genug.«

Sie zog die Augenbrauen hoch, fächelte sich mit der Karte Luft zu und feixte. »Höre ich da so was wie Mißgunst, gar Eifersucht heraus? Beruhige dich doch, Liebchen, vielleicht würd' sie auch lieber die Rosen kriegen, oder« - mit zuckersüßer Betonung - »*träumt* sie nicht so gut wie du?«

»Wahrscheinlich nicht, sonst hätt' er sich ja wohl keine Freundin angeschafft!«

Sie ließ die Arme sinken. Die Karte fiel dabei auf den Boden. »Mein Gott, Geli, ich glaub' fast, das denkst du wirklich.«

»Das wolltest du doch hören! Was ich denke, interessiert dich gar nicht.«

»Was denkst du denn?«

»O Teddy, ich denke überhaupt nicht so viel darüber nach. Was soll das? Willst du mir Vorwürfe machen? Ich nehm' niemandem was weg.«

»Woher weißt du das? Erzählt er dir von seiner Frau?«

»Um Himmels willen, nein! Aber die paar Abende, wo wir zusammen sind, wird sie wohl auf ihn verzichten können. Es ist keine innige Beziehung, mit uns, meine ich.«

»Ja, ja, viele Hormone, wenig Gefühl, das sagtest du schon. Komisch eigentlich, daß du dich damit zufrieden gibst. Dabei bist du doch angeblich so scharf auf das, was du dir unter dem wirklichen Leben vorstellst. Ist nicht gerade der Hit, so als heimliche Geliebte. Oder?«

»Geliebte! Wie melodramatisch.«

»Nein, nur die gängige Bezeichnung für das, was du bist. Stört dich der Titel?«

Das war nun wirklich eine völlig schwachsinnige Unterhaltung. Ich wußte absolut nicht, was sie damit bezweckte. »Es ist mir wurscht! Wenn du unbedingt deine Gefühle an die betrogene Ehefrau verschwenden willst, laß mich damit in Ruhe. Es war nie ein Thema. Mußt du immer alles so auseinanderpusseln?«

»Meine Gefühle gelten dir, Geli. Es tut mir leid für dich.«

»Leid? Was soll denn das wieder? Wieso bin ich bemitleidenswert? Weil mein Freund verheiratet ist und auch die Absicht hat, das zu bleiben? Ich glaub', du hast den Blick dafür verloren, wie unsere Situtation ist. Warum tust du dir nicht selber leid?«

Sie überhörte das geflissentlich. »Hast du keine Angst, daß sie euch draufkommt?«

»Ralfs Frau? Das ist dann sein Problem, nicht meines.«

»Könnte aber doch auch deines werden, wenn er dich fallenläßt.«

»Na, wenn schon! Traust du mir nicht zu, daß ich einen anderen finde?«

»Keine Angst vor häßlichen Szenen?«

»Es wird keine Szenen geben, Teddy. Und überhaupt, wie sollte sie uns draufkommen, wie du das ausdrückst? Wir passen schon auf. Sei doch froh, daß ich so geübt in diskretem Verhalten bin. Das kommt dir zugute!«

Eben noch hatte sie schnippisch mit mir gesprochen, nörgelig und immer so, daß ich nicht genau wußte, ob sie es ernst meinte. Jetzt bekam ihre Stimme einen schneidenden Unterton. »Schmeiß nicht Sachen in einen Topf, die nicht zusammengehören. Was wir hier durchziehen ist nicht die Fortsetzung deines erotischen Versteckspiels.«

»Das weiß ich doch, Teddy. Was hackst du auch immer auf dieser Sache rum? Wir haben Wichtigeres zu bereden.«

Sie schüttelte den Kopf. »Ich kapier's bloß nicht. Ich wundere mich, wie cool du das nimmst. Du redest doch immer von Liebe. Und ich erinnere mich noch ganz gut, daß du früher immer von dem großen Gefühl geträumt hast.«

»Das war früher. Nicht nur du hast dich verändert.« Sie hatte sich überhaupt nicht geändert. »Und wer sagt dir, daß ich nicht immer noch davon träume. Ralf ist aber nicht das richtige Objekt dafür.«

»Hast du denn schon mal nach dem richtigen Objekt Ausschau gehalten? Geli, du phantasierst lieber, nicht? Ganz praktisch, so 'ne Beziehung. Und typisch für dich. Du kommst nicht in die Gefahr, dich wirklich auf jemanden einlassen zu müssen. Vor der Wirklichkeit hast du dich schon immer gedrückt. Vielleichts wär's dir gar nicht so unlieb, wenn euer süßes Geheimnis platzt? Dann mußt du dich nicht selber entscheiden, wie 's weitergehen soll.«

»Ich hätte mich längst entschieden, wenn du es gewollt hättest. Das hab' ich dir schon zu Anfang gesagt.«

»Ja, ich weiß, du wolltest dein Liebesleben für mich opfern. Sehr schmerzlich wär' der Verzicht für dich wohl nicht gewesen. Aber denk lieber weiter. Ich bin bald weg, und was machst du dann noch mit deiner vielen freien Zeit?«

Genau darüber wollte ich nun nicht nachdenken. Und erst recht nicht mit ihr darüber reden. »Vielleicht komm' ich dann endlich wieder zur Ruhe.« Es sollte gleichmütig klingen.

Teddy sah mich aufmerksam an. Es war dieser Blick, bei dem ich mir immer so ausgeliefert vorkam. Ich drehte ihr den Rücken zu. »Komisch, ich hätte nie vermutet, daß sich jemand wie du so für anderer Leute Beziehungskisten interessiert.«

»Das mit den Vermutungen laß man lieber bleiben. In fünfundneunzig Prozent der Fälle liegst du damit sowieso daneben.«

Es mußte ein Ende haben. Es führte zu gar nichts; wir würden uns bloß beide nachher schlecht fühlen. Ich setzte mich an den Tisch und versuchte, ganz ruhig und sachlich zu sprechen. »Was hab' ich denn jetzt wieder falsch gemacht? Warum bist du so gehässig?«

»Du denkst zuviel über mich nach und zuwenig über dich. Deine Perspektivelosigkeit macht mir Angst.«

Sie hatte mir auch Angst gemacht. Und noch vor wenigen Wochen hätte ich es nicht ertragen, wie sie in dieser Wunde herumwühlte. Aber jetzt? Die Angewohnheit von ihr, mir alles unter die Nase zu reiben, die war ... eben lästig, aber sie verunsicherte mich nicht mehr. »Teddy, ich will nicht über Ralf nachdenken. Er ist nicht wichtig. Aber das tut mir nicht weh, und das wird auch nicht weh tun, wenn du weg bist. Seine Frau ..., das ist völlig nebensächlich.« Und sie konzentrierte sich auf solche Nebensächlichkeiten, damit sie ihre eigene Trauer und ihre Angst nicht zulassen mußte. »Du irrst dich, ich hab' viel über mich nachgedacht. Die ganzen Jahre. Heute weiß ich, daß ich mich dabei bloß im Kreis gedreht hab'. Du hast recht, keine Perspektive. Deine Geschichte ist ganz anders verlaufen. Nun dreht es sich um. Eine zweite Chance, hast du das genannt. Versuch doch nicht, dich immer um alles zu kümmern. Ich mach' das schon. Und wenn es geschafft ist, kannst du mir ja 'ne Ansichtskarte schreiben. Dann hab' ich immer noch genug Zeit, meine Problemchen zu lösen.«

Ihr Gesicht, ihre Haltung, alles drückte gespannte Aufmerksamkeit aus. Lange starrten wir uns so an. Plötzlich wischte sie sich mit den Händen über das Gesicht. »Du lebst also stellvertretend, was?« murmelte sie.

Wie sie immer alles ins Gegenteil verkehrte! Ich empfand so viel Mitleid. »Ist schon okay, Teddy.«

»Ich bin gereizt, und ich bin ein Stänkerer«, sagte sie niedergeschlagen.

In dieser Stimmung konnte ich sie nicht zurücklassen. »Das warst du schon immer, Teddy«, sagte ich lachend. »Aber das hat mich schließlich nie davon abgehalten, dich zu mögen. Und meistens hast du den wunden Punkt getroffen mit deinen Bissigkeiten.«

29

Der Typ hatte ein Frettchengesicht und stank wie 'n Aschenbecher, aber wenigstens hielt er den Mund und blieb ruhig in seiner Ecke sitzen, während sie hektisch hin- und herrannte, mit den Armen herumfuchtelte und pausenlos redete. Das scharfe Stakkato ihrer Stimme machte mich ganz benommen, ich kapierte überhaupt nichts mehr von dem, was sie sagte. Fast jeder ihrer Sätze begann mit *du mußt jetzt akzeptieren, du mußt endlich realisieren*; sie wollte mich nicht überzeugen - »Das ist nicht mehr meine Aufgabe, die Zeit ist gewesen!« -, es ging nur darum, meinen Widerstand zu brechen. Sie hatte den Kühlschrank aufgerissen - die Tür stand immer noch offen -, sich Brote geschmiert, nur ein paarmal hineingebissen, die Reste auf den Tisch geworfen, mich Tee kochen lassen. Ihr Freund drehte praktisch ununterbrochen Zigaretten, schmiß die Kippen in seine Tasse und hob nur einmal den Kopf, um zu fragen, ob es hier auch was anderes zu trinken gäbe.

»Was is'? Hast du was da? Whisky, Gin? Ich faß es nich', kaufst du nur bei ALDI? Damit kannste ja dein Klobecken desinfizieren.« Und während der Typ den Wein aussoff, schrie sie mich an.

Es ging schnell mit der Flasche. Er stand auf, stopfte den Tabak in seine Hosentasche und schlurfte langsam zur Tür. »War wohl nichts mit deiner Freundin. Geschenkt.« Und sie ging ohne ein weiteres Wort mit.

Ich lag im Bett, die Augen geschlossen. Schlafen wollte ich nicht, sondern nachdenken. Nein, nicht nachdenken, besser vordenken, planen also. Aber ich geriet immer wieder in Szenen hinein, die längst gelaufen waren, spielte mir Variationen vor. Da hätte ich dies sagen, so handeln können, dann würden wir heute vielleicht ... Zuerst hab' ich den Kühlschrank zugemacht und aufgeräumt, war richtig erleichtert, daß sie verschwanden.

Am meisten hatte mich ihre Wut erschüttert. So beherrscht und überlegt, wie sie sonst gewesen war. Gewiß, sie konnte jeden mit ihren schneidenden Kommentaren bis auf die Haut entblößen, aber sie hatte immer fast unbeteiligt gewirkt. Solche Ausbrüche waren völlig untypisch. Typisch, untypisch! Was hatte ich damals schon von ihr gewußt? Wieso hab' ich eigentlich nicht verstanden, daß sie verzweifelt war? Noch Wochen danach hab' ich meine Kränkung genährt und gepflegt. Bloß, weil ich ihren Irrsinn nicht mitmachen wollte, war ich keine kleinbürgerliche, feige Spießerin! Aber genau das bin ich dann doch geworden. Als ihr Foto zum ersten Mal in der Zeitung war, als sie all' diese Gemeinheiten über sie schrieben, hab' ich geheult, und alles änderte sich für mich. Aber was ich auch tat, es hat eben nie gereicht, auch wenn ich mich um Kopf und Kragen redete. »Ich glaub', der beste Moment in deinem Leben war, als sie dich nicht im Schuldienst haben wollten. Da hattest du endlich deine Weihe!« Es tat so gemein weh, weil sie damit recht hatte.

Im Nebenzimmer knackte und murkelte es. Sie schlief auch nicht. Verrückt, und ich lag hier und tat keinen Mucks. Unter Kissenklopfen und -schütteln richtete ich mich auf, zündete mir eine Zigarette an, wobei ich das Feuerzeug mehrmals schnappen ließ, stieß den Aschenbecher mit lautem Klirren gegen den Wecker und noch mehr so Firlefanz. Nebenan war es jetzt ganz still. Natürlich würde ich verlieren, aber ich rauchte die Zigarette zu Ende, bevor ich rüberging.

Nur ein einziges Mal hab' ich bei ihr übernachtet. Es war ihre Mutter gewesen, die darauf gedrängt hatte. »Aber Sie können doch jetzt nicht mehr mit der Bahn fahren. Das lasse ich nicht zu.« Sie hatte Sie gesagt, als es noch niemand sonst tat, und sogar bei meinen Eltern angerufen. Mein Gott, waren die geschmeichelt! Meine Mutter fragte mich anschließend aus, als hätte ich mein erstes Rendezvous gehabt. Dabei hatte ich außer Teddy niemanden von der Familie länger als höchstens zwei Minuten gesehen.

Das Baby! Richtig, das Baby war ja da. Teddy nahm es mir gleich wieder aus dem Arm und legte es zurück ins Bett. »Du brichst ihm noch den Hals.« Ich bekam einen Schlafanzug von ihr und ein eigenes Zimmer, aber nachts wachte ich auf, schlich mich über den Flur und kletterte zu Teddy ins Bett.

»Nun leg dich schon hin.« Sie war noch gar nicht ausgezogen, stand am Fenster und rauchte. Ich zog mir die Decke bis zum Hals und rollte mich zusammen. Draußen war es nicht mehr richtig dunkel.

»Warum schläfst du nicht?« Sie hielt etwas in der Hand, strich mit dem Zeigefinger langsam darüber.

»Ich weiß nicht. Ich konnte nicht. Hab' an früher gedacht. Und was aus uns geworden ist. So Sachen eben.« Das Zimmer war total verqualmt. »Und du?«

»Nachts ist meine beste Zeit.« Sie war wohl nicht in der Stimmung zu reden. Auch gut.

Ich wurde auf einmal furchtbar müde. Meine Hände und Füße fühlten sich warm und dick an. Es war mir egal, ob sie ins Bett kam oder die ganze Zeit dort am Fenster stehenblieb. Nachdenken mußte ich auch nicht mehr, und was gab es schon zu planen? Ich würde mich noch ein paarmal mit ihrer Mutter treffen, bis es genug war für ... was auch immer Teddy dann machen wollte.

»Meinst du eigentlich, sie will dir noch viel geben?« fragte ich schläfrig.

»Das ist keine Frage des Wollens, das muß sie.«

»Ja, natürlich, in gewisser Weise muß sie. Aber ich finde es trotzdem sehr ... lieb.«

Sie hustete. »Lieb! Geli, ich rede hier nicht von einer moralischen Verpflichtung so à la Eltern sind immer für ihre Kinder da. Es ist ein Anspruch, den ich habe, verstehst du?« Sie sprach jetzt so leise, daß ich sie kaum verstand. »Er hat für mich gesorgt. Großzügig. Überaus großzügig. Testamentarisch festgelegte Vergebung. Ohne Bedingungen. Für die verlorene Tochter. Vielleicht ist er religiös geworden auf seine letzten Tage. Du siehst also«, sie hob die Stimme wieder, »in dem Sinne tust du gar nichts Unrechtes. Kein Erpressergeld oder so. Ich hole mir nur einen kleinen Teil dessen, was mir zusteht.«

»Teddy, das ist mir ganz gleichgültig.«

»Na schön, ich dachte, es beruhigt dich etwas. Ich wollte dein Gewissen nicht unnötig noch mehr belasten.«

»Aber warum machen wir es dann so? Und wenn du eigentlich viel mehr zu beanspruchen hast ...«

»Stell dich nicht so blöde an, Geli. Soll ich mit 'nem Erbschein in der Hand zur Bank gehen? Als dein Vater starb, hat Mami was von seinem Sparkonto auf dein Konto überwiesen und dir seine goldene Uhr geschenkt. Hier sieht das 'n bißchen anders aus. Aber mal ganz abgesehen davon, kann ich mir nicht vorstellen, daß Gernot gesagt hat: *Fein, und nun wollen wir mal einen Weg finden, wie wir dem Schwesterlein auf unauffällige Weise zu seinen Millionen verhelfen*. Nee! *Soll die Schlunze doch sehen, wie sie darankommt. 'nen guten Anwalt kann sie sich ja leisten.*«

»Aber Teddy, meinst du wirklich? Er ist doch immerhin dein Bruder.« Ich streckte mich unter der Decke aus und verschränkte die Arme unter dem Kopf. Sie fingerte immer noch an dem Ding in ihrer Hand herum. Ich sah nicht mehr hin.

»Wie war das denn bei dir? Alles in Liebe und Fürsorglichkeit? *Kinder, nehmt, was ihr brauchen könnt? Nicht für mich, Mutti, denk an Angelika? Aber nein doch, du hast es viel nötiger!*? Und du hast keine Schande über deine Familie gebracht!«

»Du hast selbst gesagt, daß das ganz was anderes war.« Ich wollte an diese Peinlichkeiten nicht erinnert werden, dieses Aufrechnen bis hin zu den Kosten für die Trauerkarten. »Und Tobias?« Mir fiel wieder das vergrämt aussehende Babygesicht mit der unproportioniert großen Nase ein. »Ich kann mir gar nicht vorstellen, wie der jetzt ist.«

»Ich auch nicht«, sagte sie kalt. »Aber wenn kein Wunder geschehen ist, hat er sich nicht gerade zu einem Quell der Freude für die Familie entwickelt. Früher war er jedenfalls ewig krank. Es hieß immer, er sei nicht belastbar. Jetzt nennt er sich Künstler. Solange sichergestellt ist, daß er niemals im Leben wirklich etwas leisten muß und dreimal pro Jahr eine erfolglose Vernissage veranstalten kann, wird er zufrieden sein. Nein, da ist keine Unterstützung zu erwarten. Wir müssen schon so weitermachen wie bisher.« Sie hustete wieder, räusperte sich, aber trotzdem war ihre Stimme belegt, als sie fortfuhr. »Die schlechteste Investition seiner Laufbahn. Wahrscheinlich hat er es auch so gesehen. Ein Arschkriecher, ein verzogenes Bübchen mit Goldlokken und ich immer mit einem Fuß im Gefängnis ... oder in der Grube. Letzteres wäre Gernot sicher am liebsten. Hier«, sie holte aus und warf mir das Ding aufs Bett. »Weißt du, was das ist?«

Ich fuhr hoch, als hätte mich etwas gebissen. »Teddy, was soll das?«

»Kannst sie ruhig anfassen. Ist gesichert.«

»Wo kommt die her? Hast du die etwa die ganze Zeit dabeigehabt?«

Sie steckte ihre Hände in die Hosentaschen und zog die Schultern hoch.

»Soll ich die vielleicht auch für dich transportieren? Was willst du damit?« Ich merkte, daß ich mich hysterisch anhörte.

»Reg dich ab. Ich plane keine Aktion. Und du sollst sie auch nicht in deinem Höschen schmuggeln. Das ist bloß als Versprechen an dich gedacht, daß du mich niemals im Knast wirst besuchen müssen!«

30

»Nicht schon wieder unsere kleinen, grünen Monster vom ander'n Stern, Gadd! Nicht schon wieder! Laß mich zufrieden«, sagte Claasen, raffte den riesigen rot-weiß-gestreiften Bademantel um seine schlotterige Gestalt und machte es sich auf der verschlissenen Campingliege bequem. In unmittelbarer Reichweite das frisch gefüllte Glas, die Gin- und Tonicflaschen. Auf dem Klappstuhl, der im Halbschatten unter dem Sonnenschirm stand, wippte Gadd, seine Beine gegen das Balkongeländer gestemmt. Von unten, vier Stockwerke tiefer und zwei Querstraßen weiter, klang das Grölen der Fußballfans des FC St. Pauli zu ihnen herauf.

»Wie hältst du das nur aus? Was für eine beschissene Gegend! Kannst du nicht irgendwo anständig wohnen?« Durch das nach Katzenpisse und Kotze stinkende Treppenhaus, das um die Zeitenwende zum letzten Mal blaßgrüne Farbe verpaßt bekommen hatte, war Gadd über Altpapierberge nach oben gestapft. Die ausgelatschten Stufen, das morsche Geländer und die faustgroßen Löcher im Dach bewahrten den Hauseigentümer davor, von seinen Erben wegen Verschwendungssucht entmündigt zu werden.

»Ich fühl' mich hier wohl. Kann ja nicht jeder an der Alster residieren. Hier gibt's alles, was man zum Leben braucht. Jede Menge Kneipen. Der Kiez nur fünf Minuten entfernt. Und meine lieben Nachbarn stellen keine dummen Fragen, so wie du.«

»Muß ich, Curd, muß ich«, sagte Gadd und versuchte, die Balance zu halten. »Komm schon, zier dich nicht so. Bloß keine falsche Bescheidenheit. Es ist dein Lieblingsthema. Ich weiß es. Du weißt es. Und du weißt, daß ich es weiß. Also, was soll das Theater?«

»Aber du weißt nicht, daß sie kleine, grüne Monster sind? Nein? Was weißt du eigentlich wirklich, Gadd? Ich glaub', nichts, gar nichts.« Claasen fummelte in der Zigarettenpackung, suchte vergeblich und schmiß dann die leere Schachtel in den Hof zum anderen Müll. »Wären sie nicht gewesen, wir hätten sie erfinden müssen. Sie kamen uns wie gerufen. Worüber um alles in der Welt hätten wir uns sonst in den Redaktionen unterhalten sollen? Kannst du mir das sagen? Nein, das kannst du natürlich nicht. Sie waren die Medien-Gurus. Sie machten die Schlagzeilen. Das wollten sie, und wir sind auf ihr Scheißspiel eingegangen. Jeder von uns. Willig und geil und beseelt, derjenige welcher zu sein. Der erste am Tatort, der das Foto schießt, der die Nachricht über den Ticker schickt.«

»Du auch?«

»Ja, ich auch. Ich auch. Sie haben uns allen Lohn und Brot gegeben, unserer Karriere Flügel.« Claasen schnaufte verächtlich durch die Nase. »Bitte, sei so gut und hol mir meine Zigaretten. Ich lieg' grad' so schön und bin 'n bißchen breit heut'. War 'n verflucht anstrengender Tag, kannst du mir glauben.«

Wenn du wüßtest, was für verflucht anstrengende Tage ich hinter mir habe, würdest du vielleicht nicht so jammern, dachte Gadd und machte sich auf den Weg ins Arbeits-Eß-Wohn-Schlafzimmer. Bis zur Decke waren die ungehobelten Fichtenholz-Borde mit Büchern, deren Anzahl eine Kleinstadt-Bibliothekarin vor Neid hätten erblassen lassen, mit dreckigem Geschirr, Lebensmittelvorräten wie kurz vor einer Währungsreform und Klamotten eines Army-Second-Hand-Magazins nach erfolgreicher Abrüstungskonferenz vollgestopft. Eine dicke Staubschicht hüllte alles in einen Grauschleier. Und es roch muffig.

Die letzten drei Tage hatte Gadd bei glühender Hitze fast nur im Auto verbracht. Keines der Mietfahrzeuge hatte eine Klimaanlage gehabt. Am besten war es im VW-Bus auszuhalten gewesen. Dagegen war er sich in dem kleinen Honda mit den riesigen Scheiben wie im Brutkasten vorgekommen, obwohl die hohen Bäume der Elbchaussee Schatten spendeten.

»Ich find' keine.«
»Die müssen da liegen.«
»Wo?«
»Auf dem Schreibtisch.«
»Nichts.«
»Dann in einer der Schubladen. Müßte noch 'ne volle Stange sein.« Hier herrschte das gleiche Durcheinander wie auf dem Schreibtisch. Notizzettel, rausgerissene Zeitungsausschnitte, lose Manuskriptseiten, Fotos.

Gadds Fotoausbeute war nicht der Rede wert. Louise Harenberg im Garten, beim Frühstück, beim shopping. Ein Tag wie der andere. Gadd hatte gewartet, gewartet und gewartet. Nichts Auffälliges. Keine besonderen Kontakte. Und je länger er sie beobachtete, verfolgte, ihren Tagesablauf in- und auswendig kennenlernte, desto mehr befürchtete er, daß es ein sehr zeitaufwendiges, völlig nutzloses Unterfangen werden würde. Nur der Zufall konnte ihm rasch auf die Sprünge helfen. Oder dem Zufall mußte geholfen werden.

Wie Claasen sich in diesem Chaos zurechtfand, war sein Geheimnis, und Sandras Weigerung, seine Wohnung zum wöchentlichen Beischlaf zu betreten, war ihr Beitrag, ihn zu Zucht und Ordnung zu zwingen. Vergeblich.

Gadd reichte Claasen die Stange, die der sofort aufriß, um sich eine Camel anzustecken. »Danke.« Er inhalierte tief und stieß den Rauch pfeifend aus. »Aber dies gilt nicht nur für uns Journalisten. Nein. Denk nur an den wahnwitzigen Ausbau des Apparates. Mir nichts dir nichts wurden unzählige Stellen für unsere martialischen Helden der inneren Sicherheit - und zwar von heut' auf morgen - bewilligt. Keine Rede mehr vom Stellenstop, vom Sparhaushalt kein Sterbenswörtchen. Und all das nur, weil jede piefige Bürgermeisterfrau in ihrem gottverlassenen Nest den Göttergatten plötzlich auf der Hitliste glaubte.« Der nächste Zug.

Wieder das verächtliche Schnauben. »Zum neuen Statussymbol in Politik und Wirtschaft avancierte die Zahl der Leibwächter, die Vollpanzerung des Dienstfahrzeuges ... dagegen war das große Bundesverdienstkreuz am Bande einfach für 'n Arsch!«

»Aber Curd, du bist ja verbittert, richtig verbittert. Nach all den Jahren immer noch? Warum nur? Du wolltest das Verdienstkreuz doch nicht? Oder täusch' ich mich etwa?« Die Luft stand. Hitzeflimmern zwischen den Häuserfronten. Ein Tag zum Eierausbrüten. Louise Harenberg war bei Gernot. Das verschaffte ihm eine Verschnaufpause. Gadd spürte kleine Schweißbäche fließen. Sein Hemd klebte bereits auf der Haut, und er hätte am liebsten augenblicklich kalt geduscht. Statt dessen mixte er sich den ersten Drink. Ein Drittel Gin, zwei Drittel Tonic. Keine Zitrone, kein Eis, bedauerte er.

»Vor 'n Arsch, Gadd, total vor 'n Arsch.« Claasen griff ebenfalls zu den Getränken und schenkte blindlings sein Glas in der gewünschten Mischung voll. Zwei Drittel Gin, ein Drittel Tonic. »Aber wenn es nur das gewesen wäre ... Prost!« Er stürzte den Drink in einem Zug herunter. »Weg mit Schaden! Weißt du, sie haben unser Denken und Handeln beherrscht, total! Tag und Nacht! Ja, so war's, genau so. Scheiße und nochmals Scheiße! Und verdammte Kacke! Mußten wir denn täglich erneut Bekenntnis ablegen?« Er richtete sich auf und hob seine rechte Hand zum Schwur, in der Linken sein leeres Glas und die Zigarette. Die Asche fast drei Zentimeter lang, kurz vorm Absturz. »Ich steh' auf dem Boden der freiheitlich demokratischen Grundordnung, so wahr mir...«

Die Asche fiel, bestäubte seinen Bademantel.

»Das nimmst du ihnen übel?« Über den Rand seines Glases beobachte Gadd, wie Claasen mit fahrigen Bewegungen über seinen Mantel wischte und die Asche gleichmäßig verteilte.

»Übel? Was für ein Wort, was für ein Wort! Übel. Nein,

nicht übel. Aber verdammt noch mal, ihnen hab' ich's zu verdanken, daß diese Scheißkontrollen nachts stattfanden, daß diese milchgesichtigen Jünglinge mit ihren frischgeölten MPs und dem Finger am Abzug einem an die Seitenscheibe klopften. Und mit flattrigem Gefühl im Magen und zittrigen Fingern hast du dann versucht, deine Papiere, deinen Führerschein aus dem Handschuhfach oder aus der Brieftasche zu fischen, ohne die Jungs fickrig zu machen.« In hohem Bogen flog seine Kippe über die Balustrade. Nachdenklich schaute er ihr hinterher. »Ich hab 's sogar geschafft. Aber anschließend war er weg. Knapp zwei Promille. Was sagst du nun?«

»Ich wußte gar nicht, daß du jemals 'nen Führerschein hattest.«

»Ja, damals hatte ich einen«, sagte Claasen und legte sich flach hin. Der Bademantel lappte über die Liege, seine Enden berührten den Boden, Claasens knochige, bleiche und spärlich behaarte Beine bekamen die ersten Sonnenstrahlen seit langem ab.

»Das ist der Grund?«

»Nein, du Blödmann, natürlich nicht ... Sie haben so viel kaputtgemacht, so viel. Sie haben genau das Gegenteil von dem erreicht, was wir wollten. Sie haben der Reaktion das Futter geliefert. Ihre Strategie ging auf. Noske war kein bedauerlicher Betriebsunfall der sozialdemokratischen Geschichte. Das wollten sie beweisen.« Claasen drehte sich auf die Seite, zog die Knie an und versteckte seine Beine wieder unter dem Mantel. »Glaub mir, sie wußten, was sie taten. Und wir, wir hatten fortan die Schere im Kopf. Die Worte waren besetzt, verbrannt. Revolutionärer Kampf, Kapitalismus ... Sie entlarvten dich. Du mußtest dir schon genau überlegen, ob du dich lauthals über die Sondergesetze, die von heut auf morgen durch's Parlament gepeitscht wurden, kritisch äußern solltest, ob du in der Vergangenheit derjenigen unserer Wirtschaftsgrößen, die einst Wehrwirtschaftsführer waren, wühlen wolltest. Da haben viele, auch viele von meinen Kollegen, den Schwanz eingezogen. Es war eine beschissene, hysterische Zeit! Weiß Gott!«

»Ihr habt gelitten? Hör auf, Curd! Ihr einigt euch doch sonst auf den gängigen Sprachcode. Bitte jetzt nicht die Arie, daß Journalisten so zartbesaitet, so sensibel sind.«

»Gadd, du verstehst mich nicht, willst mich nicht verstehen. Meine Kollegen sind mir scheißegal. Die Afterredner, die Schreiberlinge, die Betbrüder. Aber das ist allein deren Problem. Nicht meins. Auch, wenn ich nie angetreten bin, um für einen reinen, nur der Wahrheit verpflichteten, unbestechlichen Journalismus zu kämpfen ... Die Zeiten waren eh vorbei, bevor sie begonnen hatten. Aus und vorbei. Gadd, verstehst du? Verdammt noch mal, es ist mein Problem, mein verdammtes Problem! In dem Augenblick, in dem ich nur darüber nachdenke, ob ich die Schere im Kopf habe, hab' ich bereits die Schere im Kopf! Und ich muß mir keine Gedanken mehr machen, was der Ressortleiter streicht, was dem Chefredakteur oder dem Verleger mißfallen könnte. Ich schreibe ja schon anders, nehme ihnen ihre verfluchte Arbeit ab.

Es gibt Tabus, die nicht gebrochen werden dürfen. Und das wissen wir alle. Den heimlichen Lehrplan müssen wir artig wie die Musterschüler befolgen, wir haben ihn internalisiert. Und eins dieser Tabus heißt: Terrorismus. Wobei wir wieder bei den kleinen, grünen Männchen sind. Sie gehören nicht zu uns, sie haben nichts Menschliches, sie stehen außerhalb der Gesellschaft, mit ihnen ist der Antichrist auferstanden, und sie müssen mit Feuer und Schwert bekämpft werden.«

»Aber du möchtest das Schwert nicht führen?«

»Nein, Gadd, nein. Es geht nicht darum, daß ich das Schwert nicht führen will. Es geht darum, daß Terrorismus zu unserer Gesellschaft gehört wie das Amen in die Kirche. Sie sind unsere Kinder, auch wenn wir es nicht wahrhaben wollen, auch wenn wir sie verstoßen. Ihre Gewalt ist unsere Gewalt. Und solange wir das nicht akzeptieren, werden wir hilflos sein. Aber was soll 's, Gadd, diese Diskussion haben wir doch schon vor Jahren geführt.«

»Und wo war... ist dein Problem, Curd?«

»Mein Problem? Diesen Arschlöchern hab' ich zu verdanken, daß die Geschichte mit dem Sender schieflief, daß die Sache mit Hanna in die Binsen ging, daß ich mir dieses Scheißgegröle hier anhören muß. Ich hätt' den Job beim NDR kriegen können. Ich hatte den Vertrag so gut wie in der Tasche. Und dann meine Artikel. Waren nicht ganz auf der Linie, nicht stromlinienförmig, weißt du. Mein Problem ... Auch mein Problem. McCarthy ließ grüßen. Und dein Problem, Gadd, deins? Jetzt bist du am Zug. Laß endlich die Hosen runter!«

Nein, mein Lieber, das hab' ich absolut nicht vor. Gadd dachte ums Verrecken nicht daran, irgend etwas über seinen Fall, seinen Auftraggeber und über den wahren Stand der Dinge verlauten zu lassen. Auch wenn Claasen so vollgedröhnt wie eine Strandhaubitze wirkte, so war er doch immer noch in erster Linie Journalist, scharf auf die Story, die ihn wieder nach oben bringen würde. Und Gadd sollte sich sehr täuschen, wenn Claasen nicht alle Register ziehen, wenn er nicht den kleinsten Zipfel ergreifen würde, nur um aus dem Abseits rauszukommen, in das er sich mit nachtwandlerischer Sicherheit manövriert hatte.

Gib ihm diesmal bloß eine bessere Geschichte! Er muß was zum Knabbern haben. Halb Wahrheit, halb Lüge. Glaub am besten selbst dran, dann wird auch Claasen die Kröte schlucken. Verkauf ihm den Märchenprinzen als Froschkönig.

»Gut, du willst den schönsten Arsch westlich der Alster sehen? Kannst du haben.«

»Aber nackt.«

»Deine Vermutung war richtig«, räumte Gadd ein, »es geht nicht um so was wie Brandanschläge, um Rote Zellen.

Es ist der PanAm-Absturz. Die Airline und amerikanische Versicherungsgesellschaften sind der Meinung, daß sowohl das BKA als auch die Company Mist gebaut haben.«

»Weiß ich«, sagte Claasen.

»Die ersten Spuren führen nach Frankfurt, neuere nach Hamburg.«

»Ich denk', da steckt 'n Drogengeschäft hinter.«

»Ja, es war 'n Drogenclipper, aber hauptsächlich ging 's um die Beiruter CIA-Sektion an Bord, die man so elegant wegbomben konnte. Die Cowboys von Langley wußten nicht nur, daß mit dem Flieger Stoff transportiert wurde, sie haben sogar den Deal logistisch tatkräftig unterstützt, um ihre Contra-Aktionen finanzieren zu können. Das wiederum haben sich ein paar schlaue Mekka-Anbeter im Nahen Osten zunutze gemacht. Denen war klar, daß deshalb das Gepäck nicht hundertprozentig gecheckt werden würde. Ergo: Verfrachte in diesen speziellen Jumbo den Radiorecorder mit Zünder. Und nun kommt es: Da man keinen Heiligen Kämpfer auf der Boardlist haben wollte, hat man notwendigerweise am Schalter in Frankfurt 'nen hellhäutigen Krautfresser oder 'ne nette Blondine gebraucht. Und um sicher zu sein, daß der Anschlag klappt, ist man nach dem Motto verfahren: Es bleibt am besten alles in Familienhand. Das hat sich im Libanon bewährt, warum sollte es sich nicht auch hier bewähren?«

»Ich komm' nicht ganz mit, was dein Job ist, Gadd.«

»Nicht schwer zu erraten. Ich such' jemanden, der einen Bruder oder eine Schwester in Beirut hat.«

Claasen packte die Stange zur Seite und schnappte sich dafür die Ginflasche. Das Tonicwater blieb unter der Liege. »Wenn das so ist, Gadd, dann steckst du bald in der Scheiße. Bis zum Hals tief in der Scheiße. Und je mehr du mit den Armen ruderst, desto tiefer wirst du abtauchen. So tief, bis von dir nur noch stinkende, braungelbe Blasen hochblubbern.«

»Es wäre nicht das erste Mal.«

»Diesmal ist es anders. Erzähl mir nichts. Das weißt du genau. Und was springt für dich raus?«

»Eine nicht unerhebliche Summe, wenn die amerikanische Versicherung für die Opfer nicht zahlen muß, sondern das der Regierung aufs Auge drücken kann. Dann kann ich mich zur Ruhe setzen.«

»Du wirst dich zur Ruhe setzen. Aber anders, als du dir das gedacht hast. Diese Leute machen kein Hully-Gully. Wie willst du an die rankommen? Die sind so abgeschottet, dagegen ist die päpstliche Enklave ein öffentliches Freudenhaus. Du solltest nicht so geldgierig sein. Was willst du mit dem ganzen Zaster? Der Mensch kann nicht mehr als gut essen und gut trinken. Übrigens: Dummheit frißt, Intelligenz säuft.«

»Reg dich nicht künstlich auf. Noch ist es ja nicht soweit. Hältst du nichts von meiner Theorie, daß unter Umständen Brüderchen und Schwesterchen gemeinsame Sache bei einem Anschlag machen?«

»Theorie? Praxis, Gadd, Praxis! Das ist nicht das Ding. Klar kann ich dir Beispiele nennen, wo Geschwister, wo Ehepaare zusammen ... Du kennst die Fälle genauso. Aber nur, weil sich hier und da irgendwelche Milizen aus der gesamten Sippschaft eines Bergstammes zusammensetzen? Nein, das ist wenig, sehr wenig.«

»Was würdest du sagen, wenn ich konkrete Hinweise habe. So zum Beispiel, daß die Schwester von einem, der am Anschlag beteiligt gewesen sein soll, verschwunden ist?«

»Ist das alles?« Claasen schüttelte den Kopf. »Hat nichts zu bedeuten, nichts. Macht vielleicht Urlaub, sitzt irgendwo am Strand, läßt sich die Sonne auf den Bauch scheinen oder besorgt 's dem guten Mann.«

»Bist du dir da so sicher?«

»Kinder und Säufer sagen die Wahrheit. Glaub mir, Gadd, du verrennst dich. Es sei denn, du hast noch was anderes - mit ein bißchen mehr Zündstoff - in der Hinterhand. Und wie ich dich kenne, hast du was in der Hinterhand. Was ist es?«

Tobias Harenberg, Claasen! Tobias, der kleine Bruder, ist von der Bildfläche verschwunden, wie vom Erdboden verschluckt. Gadd wollte ihn sich vorknöpfen, ausquetschen wie eine reife Zitrone, glaubte, mit ihm ein leichtes Spiel zu haben, sich Klarheit verschaffen, warum Gernot ihn abschotten wollte, aber Pustekuchen, nichts.

»Nichts«, sagte Gadd.

»Und ich soll 'ne Kleinanzeige aufgeben, daß sie sich bitte melden möge?«

»So ungefähr.«

Claasen lachte dröhnend, wollte nicht aufhören, und das Echo im engen Hinterhof klang wie ein Kanon. »Das ist nicht dein Ernst«, prustete er.

»Doch.«

»Nein, Gadd, so naiv bist du nicht. Sag mir, was ich tun soll und hör endlich auf, um den heißen Brei herumzureden.«

»Hilfreicher wäre natürlich für mich, wenn du einen netten, kleinen Artikel schreiben würdest. Redaktionsschluß ist übermorgen. Das kannst du lässig schaffen. Nur vorsichtige, vage Andeutungen. Die passenden Stichworte könnte ich dir geben. Vielleicht weiß ich ja doch mehr als nichts?«

»Gadd, ich liebe dich. Du bist so abgewichst, daß es einfach Spaß macht, mit dir zusammenzuarbeiten.«

»Eine Hand wäscht die andere.«

»Und dann krieg' ich die richtige Story?«

»Aber immer«, log Gadd, »ich lieb' dich doch auch.«

31

Eine Woche hochsommerliche Temperaturen, und es wird unerträglich schwül in Hamburg. Wir saßen auf den Steinbänken vor dem Kunsthaus und starrten beide auf das Stückchen Alster, das man von dort aus sehen konnte. Mir lief der Schweiß den Rücken herab, und obwohl ich die Haare hochgesteckt hatte, fühlte sich die Haut in meinem Nacken klebrig an.

Uns gegenüber sonnte sich ein Pärchen. Sie trug Jeans und ein Bikinioberteil und streckte ihr Gesicht der Sonne entgegen, er lag, den Kopf in ihren Schoß gebettet, der Länge nach auf der Bank. Seine nackte Brust hob und senkte sich in regelmäßigen Atemzügen. Der Anblick rührte mich. Es war so ein harmonisches, friedvolles Bild.

Wir saßen auch harmonisch beisammen, die Knie einander zugewandt, eine alte und eine nicht mehr junge Frau.

»Wir können nicht noch mal ganz von vorn beginnen.« Es schien ihr sehr wichtig zu sein, das zu betonen, so oft, wie sie es wiederholte. »Wir sind nicht mehr jung genug. Du kannst nicht dein halbes Leben ad acta legen und dir vormachen, du fängst wieder neu an. Doch, du kannst das vermutlich. Aber ich nicht. Ich mach' jetzt weiter wie gehabt oder ... na, eben vorbei.«

Ich hielt die Scheißpistole und suchte nach Argumenten.

»Was hast du für letzte Auswege im Kopf, Geli? Klar Schiff, Preis bezahlen, Neuanfang? Oder vielleicht sogar Geständnis, Buße, Läuterung? Nee, du, da sind keine Heiligen, denen ich abschwören könnte.« Und dann diese schreckliche Geste, ihre Hände auf meinen, darunter die Waffe! »Das oder du.« Wir haben gelacht, alle beide, und gleich darauf bin ich eingeschlafen.

Als ich wieder aufwachte, das war, als sei ich nur für ein paar Minuten weggenusselt, weil sie immer noch auf der Bettkante saß.

»Du machst komische Geräusche im Schlaf«, sagte sie zärtlich. »Komm langsam zu dir, die Pflicht ruft.«

Die Pistole war verschwunden.

»Ich habe Angst«, sagte ich leise.

Sie hielt die Handtasche auf den Knien, starrte unverwandt auf einen entfernten Punkt. Ihre Hände blieben bewegungslos, als sie im Flüsterton antwortete. »Ich hatte immer Angst, vor allem und um alles. Man muß daran arbeiten. Oh, ich habe mich bemüht. Wenn man Kinder hat, versucht man, alles richtig zu machen. Aber mein Mann, Gernot, Resi besonders, sie waren immer so ... effektiv, sogar Tobias, auf seine Weise.« Sie wandte mir ihr Gesicht zu und sprach mit festerer Stimme weiter. »Wissen Sie, sie haben immer versucht, mich zu schonen. Mein Mann hat es vorgemacht, Gernot und Resi haben es übernommen. Ich war ..., ich habe mich ausgeschlossen. Man sollte eben nicht fühlen lassen, daß man furchtsam ist. So wie Sie. Sie wirken sehr beherzt.«

Dem Himmel sei Dank! Ich hätte sie gern umgefaßt. Es war tröstlich, mit jemandem zu reden, der nicht dauernd vorgab, diszipliniert und stark zu sein, Anerkennung zu erfahren, die nicht so gallebitter schmeckte wie Teddys seltene Lobhäppchen.

Ich atmete tief. »Sie hat auch Angst, sie kann es bloß nicht zugeben.«

Der rasche Augenaufschlag, wie sie mich ansah! Zum ersten Mal erkannte ich eine Ähnlichkeit zwischen ihr und Teddy. »Ist sie immer noch hier?« Ihre Unterlippe zitterte. »Nein, ich sollte es gar nicht wissen.«

»Warum bist du denn nicht längst weg?« hatte ich Teddy gefragt. »Ich hab' doch immer wieder versucht, dir klarzumachen, wie riskant das hier für dich ist. Ich weiß, du willst es nicht hören, aber es ist schon was im Gange! Und mit dem Ding beweist du, wie ernst du das nimmst! Aber bevor du an sowas denkst ..., warum hast du nicht gleich das nächste Flugzeug genommen und bist abgehauen, läßt mich das hier allein machen? Wieso sitzt du zum Teufel immer noch in meiner Bude und bewahrst eine Pistole als letzten Ausweg auf?«

»Meinst du wirklich, du hättest das allein durchgestanden? Ohne meine seelische Unterstützung und Planungsarbeit? Oder ist das Wort Strategie besser? Ist zwar 'n bißchen stark, aber du hast ja eine Vorliebe fürs Dramatische.«

Es tat mir leid, daß ich sie beunruhigt hatte. Warum konnte ich den Mund nicht halten? Sie machte schon genug durch. Mußte ich meine Rolle dazu benutzen, ihr noch mehr Sorgen in den Kopf zu pflanzen, mir ausgerechnet bei ihr den Druck von der Seele reden? Teddy würde durchdrehen. »Wir dürfen ihr nicht so viel Zeit zum Nachdenken lassen, lange hält sie das nicht durch.« Nee, bestimmt nicht, wenn ich sie noch zusätzlich verrückt machte.

Sie hatte sich wieder unter Kontrolle. Ich zerfloß langsam, aber sie saß mit geradem Rücken auf der unbequemen Bank, immer noch wie aus dem Ei gepellt. »Das wird schlimm für sie. Es kann ein Glück sein, sich nicht zu fürchten vor der eigenen Angst. Ihr Vater konnte sie auch nicht zulassen.« Es hörte sich an, als hustete sie, aber es war Lachen. »Ich habe immer versucht, mich für die Augenblikke zu wappnen, wo man mir mitteilen würde, daß mein Mann mit einem Herzinfarkt an seinem Schreibtisch zusammengebrochen oder meine Tochter erschossen worden sei. Ist es nicht ein schrecklicher Witz, daß beide zuletzt auf meine Hilfe angewiesen waren?« Sie redete von ihr, als sei Teddy auch schon tot.

»Sie wird es schaffen. Das verspreche ich.«

»Ich habe es auch versprechen müssen. Mein Mann hat Gernot nicht getraut und wohl nicht geglaubt, daß ich von mir aus den Mut aufbringen würde. Ich verstehe das alles nicht. Verstehen Sie es?«

Ich wußte nicht, was sie meinte. Mir wurde unbehaglich zumute. Wir saßen schon viel zu lange hier. Teddy würde mir wieder Vorwürfe machen, auch wenn ich heute das Geld in einem schlichten Bündel in meine Brieftasche gestopft hatte.

Sie schien meine Gedanken erraten zu haben. »Mögen Sie Ballett? Ich habe zwei Karten für übernächsten Freitag. Es ist wirklich ein Zufall. Ich sollte mit meiner Schwiegertochter gehen, aber sie muß Gernot begleiten.«

Wie schnell sie sich zurechtfand! Alles war ein schrecklicher Witz. Ich mußte daran denken, daß beide, Teddy und diese alte Frau, ihre sterbenden Männer umsorgt hatten. Keiner hätte man es zugetraut, aus unterschiedlichen Gründen. In einer plötzlichen Aufwallung stellte ich mir vor, wie sie ihre Erfahrungen austauschten und durch den erlittenen Kummer wieder verbunden wurden. Aber ich hörte auch gleich Teddy: »Du mit deinem sentimentalen Harmoniestreben!«

Auf dem Weg zum Hauptbahnhof hielt ich nach weißen Golfs Ausschau. Es waren so viele, und ich konnte die Nummern nicht schnell genug erkennen. Meine Augen brannten von der Sonne, meine Füße schmerzten und ich verpaßte beinahe den Ausstieg, weil ich in der S-Bahn einen Schuh ausgezogen hatte.

32

Zufrieden mit der Qualität der Abzüge verließ Gadd die Dunkelkammer und breitete - so als wolle er eine Patience legen - die Ausbeute seiner nachmittäglichen Beschattung auf dem Fußboden des Wohnzimmers aus.

Das erste Foto: Die Villa im Hintergrund, Louise Harenberg ins Taxi einsteigend, der junge Fahrer mit dem Ohr-Sticker hält ihr die hintere Wagentür auf. Das nächste: Vor der Hamburger Kunsthalle; zwischen den auf dem Seitenstreifen geparkten Fahrzeugen bewegt sich Theresas Mutter auf den Eingang zu, schaut in Richtung Hauptbahnhof und damit direkt in Gadds Teleobjektiv.

Zwei, drei Minuten unschlüssiges Warten, dann war sie im Gebäude verschwunden. Im selben Moment hatte sich Gadd die Canon gegriffen und seinen Audi verlassen, war ihr eilig, aber nicht überstürzt nachgegangen. Als er mit seinem Presseausweis die Kasse passierte, betrachtete sie gerade Marino Marinis Plastik neben dem breiten Treppenaufgang mit der gleichen Faszination wie ein fünfjähriges Kind, dessen sehnlichster Wunsch ist, das Metallpferd zu erklettern.

Eine andere Aufnahme: Louise Harenberg vor einem Spitzweg.

Sie hatte flüchtig in einem Ausstellungskatalog geblättert und mehrmals auf die Uhr gesehen. 16.13 Uhr war auf dem Foto vermerkt. In diesem Augenblick hatte er zum ersten Mal das Gefühl gehabt, auf einer heißen Spur zu sein. Zum Glück waren mehrere Personen, zumeist Touristen, im Saal, so daß seine kurze Anwesenheit nicht besonders auffallen konnte. Er war dann in die benachbarten Räume geschlendert, konnte die Frau aber dank der breiten Wanddurchbrüche im Blick behalten.

16.32 Uhr: Zweiter Stock, Skandinavische Moderne, das Foto, das die entscheidende Serie von Aufnahmen einleitete. Louise Harenberg im Gepräch mit einer etwa vierzigjährigen Frau. Hübsches Allerweltsgesicht, kaum geschminkt, kleine Nase, dunkle Augen, breiter Mund mit vollen Lippen, die Haare dunkel, hochgesteckt; ihre Figur konnte sich sehen lassen, nicht zu dürr, die Rundungen an den richtigen Stellen und schlanke Beine, ungefähr einssiebzig groß; gepflegtes Äußeres, kein Sekretärinnen-Look, dezent ohne bieder zu wirken.

Eine unverfängliche Situation: Zwei Frauen, die sich kennen und auf einer Ausstellung getroffen haben. Interesse an zeitgenössischen skandinavischen Malern und Bildhauern wird bekundet, Sachverstand zelebriert. Sprechblasen. Seite an Seite, Schritt für Schritt gemeinsames Betrachten der Objekte. Vor jedem Bild, vor jeder Plastik aufmerksames Verharren. Bei unverstandenen Werken Kopfschütteln, kurzes Achselzucken. Nicken, Verweise auf den Katalog. Aufgeklärtes, kunstbeflissenes Bildungsbürgertum wird aufgeführt.

Er besaß genug Erfahrung, war zu lange im Geschäft des Versteckens, Täuschens, Observierens, beherrschte seine Kunst, sein Metier zu perfekt; Gadd hatte gleich gewußt: Hier ist was faul, oberfaul! Und gedacht: Hab' ich dich, mein Täubchen!

Gadd schnippte mit den Fingern und tänzelte zwischen den Fotos zur HiFi- Anlage. Zur Zeit lief fast alles nach seiner Mütze. Er wählte Dizzy Gillespie. Sein helles Horn triumphierte, so wie Gadd es vom letzten Konzert in der FABRIK erinnerte. Und auch er konnte triumphieren, seine Pressepartie schien aufgegangen zu sein.

Claasens Artikel - eine Bestandsaufnahme und Analyse des Terrorismus des letzten Jahrzehnts und eine Prognose für die nahe Zukunft - war gestern in der RUNDSCHAU erschienen. Verbindungen der international operierenden Gruppen des linken und rechten Spektrums zur Organisierten Kriminalität wurden detailliert aufgelistet, politische Motive weitgehend verworfen, Waffenhandel und Drogenschmuggel als eigentliche Betätigungsfelder genannt. Die mögliche Verstrickung deutscher und anderer europäischer Behörden, so diejenigen Spaniens und Frankreichs, mit den Aktivitäten von Top-Terroristen, die mit Diplomatenpaß und -gepäck im Schutze ihrer Immunität reisten und der Logistik des Terrors dienten, war nicht nur zwischen den Zeilen zu lesen. Claasen hatte sich ziemlich weit aus dem Fenster gehängt.

Das sich anschließende Interview mit dem Ex-Verfassungsschutzpräsidenten drehte sich hauptsächlich um die sogenannte Kronzeugenregelung, die zum Bedauern der Justiz - trotz ihrer großzügigen Angebote - bis jetzt noch in keiner Weise wahrgenommen worden war. Kein ausstiegswilliger Terrorist hatte sich bei der angegebenen Kölner Telefonnummer gemeldet. Der Apparat war Tag und Nacht besetzt. Diskretion wurde garantiert.

Als er diese Passagen las, mußte Gadd an die Telefonseelsorge und die Anonymen Alkoholiker denken. Ob das gerade das Gelbe vom Ei war und Ansatz für ein erfolgversprechendes Konzept, wagte er zu bezweifeln.

Aber der Abdruck des Interviews an dieser Stelle war ja auch nur als Teil des Experimentes gedacht, Bewegung in seinen Fall zu bringen. Er machte sich zwar keine Illusionen, daß so Theresa Harenberg beeinflußt werden konnte, aber vielleicht schreckte es andere Mitglieder der Familie auf, provozierte unbedachte Handlungen? Erst recht im Zusammenhang mit zwei weiteren Artikeln, die in der gleichen Ausgabe zu lesen waren!

Auf der dritten Seite des Wochenblattes war das Nußknackergesicht von Dr. Neuhaus neben den Konterfeis der Angeklagten im sogenannten »Doppel-Lesben-Mord« zu sehen. Neuhaus' Fähigkeiten wurden in den höchsten Tönen gelobt, der Mut, mit dem er sich geradezu selbstlos für seine Mandantinnen einsetzte und sie trotz schlechter Presse, trotz Vorverurteilung durch die öffentliche Meinung mit Klauen und Zähnen verteidigte, herausgestellt. Auch der Staranwalt war Tag und Nacht erreichbar. Sauber, Claasen, beglückwünschte Gadd ihn im stillen.

Der ausführliche Report der RUNDSCHAU über die geplante Neugestaltung der Speicherstadt war Gadds vierter Streich. Erste zaghafte Andeutungen über den Bauskandal waren schon früher in der Tagespresse aufgetaucht. Und als Gernot Harenbergs Name fiel, hatte es in Gadds Kopf sofort wie ein Haufen Billardkugeln bei der ersten Karambolage geklickt.

Ein Glücksfall, die dubiose Rolle, die Gernots smarter Studienfreund, Staatsrat a. D. und Unternehmensberater, spielte! Seine und Gernots Dementis, die enge Verflechtung von Wirtschaft und Politik betreffend, nahmen breiten Raum ein, hatten aber im Schatten der Vergangenheit Hamburger Skandale soviel Glaubwürdigkeit wie der Verweis auf die unbefleckte Empfängnis in einer Abtreibungsklinik. Und noch mal: Gratulation, Claasen! Ob das heutige Treffen in der Kunsthalle als Folge der RUNDSCHAU-Artikel zu werten war, blieb dahingestellt. Aber auf jeden Fall hatte Harenberg ein zusätzliches Problem am Hals.

Gadd wechselte die LP. Diesmal Charlie Parker. Eine der letzten Aufnahmen von Bird. Konzert in Stockholm.

Bird.

Clint Eastwoods Film.

Skandinavische Ausstellung.

Gadds Film.

Kleine Plauderei in der Sonne. Artig saßen sie auf den Bänken. Die Ältere hatte erst ein Taschentuch ausgebreitet, bevor sie sich niederließ. Um 18.12 Uhr Verabschiedung vor dem Hauptbahnhof. Louise Harenberg nahm wieder ein Taxi, die andere die S-Bahn in Richtung Elbgaustraße.

Gadd war ihr gefolgt, hatte das benachbarte Abteil des Zuges genommen. Erste Station: Dammtor. Kurz bevor der Zug wieder anfuhr, war sie schnell ausgestiegen. Gadd auch. Am Ausgang: Fahrkartenkontrolle. Ende für Gadd.

Jetzt, vier Stunden später, war Gadd wieder besser gelaunt, schmunzelte über die eigene Blödheit. Schwarzfahren und -sehen kommt teuer zu stehen!

Er besaß die Fotos, konnte nun in aller Ruhe die nächsten Schritte überlegen.

Gadd griff zum Telefon. »Ich muß dich sprechen.«

»Warum, muß ich wohl nicht fragen?«

»Ich hab' 'n Überraschungsei für dich.«

»Im Sommer kann man keine kaufen, da schmilzt die Schokolade«, nörgelte Bertram.

»Dann kann man aber den Inhalt besser sehen.«

»Ist bloß keine Überraschung mehr.«

»Wir werden sehen.«

»Wir sehen uns.«

Mit einem Satz Fotos unter dem Arm ließ Gadd diesen Abend Leihwagen Leihwagen sein, setzte sich in seinen Porsche und steuerte das INTERCONTI an. Auf seiner Wunschliste für eine nachrichtendienstliche Überprüfung stand auch noch der Name Tobias Harenberg.

33

Phasen gebremster Euphorie, ausgelöst durch seine Erwartung, aufgrund der Fotos einen entscheidenden Schritt bei seiner Suche nach Theresa weiterzukommen, waren von solchen der Depression abgelöst worden. Schließlich wäre eine harmlose Erklärung für das beobachtete Treffen viel wahrscheinlicher als die vage Möglichkeit, Zeuge eines konspirativen Tête-à-Tête gewesen zu sein. Aber solche Zweifel befielen Gadd jedesmal, wenn er Licht am Ende des Tunnels sah, ohne zu wissen, wie lange es scheinen würde.

Endlich, am Montag gegen 18.00 Uhr, hatte Bertram ihn angerufen. »Nichts.«

Zappenduster.

»Nichts?«

»Absolut nichts. Ich hab' alles gecheckt.«

»Die Fotos?«

»Kannst du 'ner Modelagentur anbieten.«

Bis in die siebte Generation - wegen seines blöden Fehlers am Dammtor-Bahnhof - hatte er sich daraufhin verflucht.

»Und der Künstler?«

»Erkenntnisstand gleich Null.«

Daß die hübsche Vierzigjährige ein unbeschriebenes Blatt in den Karteien der Dienste war, besagte nicht, daß sie wirklich die Unschuld vom Lande sein mußte. Sie konnte es faustdick hinter den Ohren haben, beruhigte er, der ihr die Anstandsdame einer einsamen, vermögenden Witwe nicht abnehmen wollte, sich immer wieder. Und in der Rolle des braven Spätsemesters - Kunst- und Kulturgeschichte - hielt er sie auch für eine glatte Fehlbesetzung. Auf jeden Fall war seit fünf Tagen ein neuer Name in Bertrams Computer gespeichert: Tobias Harenberg.

Seit zwei Stunden hatte Gadd nicht nur den Eingang des sechsstöckigen Altbaus in der Hartungstraße im Auge, sondern auch den weißen Golf, der schräg gegenüber in der Parkbucht stand. Er hätte ihm keine besondere Aufmerksamkeit geschenkt, aber nur Spanner oder schmachtende Liebhaber, die - unendlich geduldig - bereit waren, eine kleine Verspätung der Angebeteten in Kauf zu nehmen, harrten ebenso wie er aus. Und nur erklärte Fußballgegner ließen sich an diesem Abend das allesentscheidende Weltmeisterschaftsqualifikationsspiel der Nationalmanschaft auf dem Fernsehschirm entgehen.

Er prägte sich die Autonummer des Golfs, dessen rechter hinterer Kotflügel zerbeult und dessen eines Rücklicht kaputt waren, ein.

Den Park des Harenbergschen Anwesens als Garten zu bezeichnen, würde zum ortsüblichen Understatement gehören, so, wie hier Vier-Tonnen-Hochsee-Jachten *Boote* hießen, wo *von leichtem Nieselregen* die Rede war, wenn es junge Hunde schüttete.

Kurzgeschnittene, weite Rasenflächen und sanfte Hügel erlaubten Gernot, hier - anstatt im benachbarten Club von Wentorf - eine Runde Golf zu spielen. Doch er hatte vor dem Pavillon am Seeufer gesessen und war im doppelten Sinne des Wortes verschnupft gewesen. Gadds Diagnose: Das Dutzend Zeitungen und Magazine jeder Couleur auf dem Beistelltisch hatte ihm gehörige Kopfschmerzen bereitet.

»Sie haben eine Spur, sagten Sie?«

»Ja.«

In der nächsten Viertelstunde hatte er zunächst in allen Einzelheiten berichtet, Zeiten, Örtlichkeiten genannt, den lückenlosen Tagesablauf von Gernots Mutter wiedergegeben, seinem Auftraggeber gezeigt, daß er sein Geld wert war, und die letzte Panne runtergespielt. »Eine unverdächtige Verfolgung in dieser speziellen Situation hätte ein Observationsteam von mindestens vier, wenn nicht sogar bis zu acht Fahndern erfordert. Das sagt die Erfahrung. Da wir uns aber entschlossen hatten, den Kreis der Eingeweihten so klein wie möglich zu halten, war ich machtlos und wollte das Risiko, enttarnt zu werden, nicht auf mich nehmen.«

Bei dem Wort »enttarnt« war Gernot kaum merklich zusammengezuckt.

»Richtig«, hatte er zugestimmt, »völlig richtig!«

Fast beiläufig hatte Gadd dann gefragt: »Neuigkeiten?« und auf die Zeitschriften gezeigt.

»Nein, das Übliche. Nichts Aufregendes.«

»Ich hab' am Wochenende die RUNDSCHAU gelesen. Aber nichts ist ja so alt wie Zeitungen von gestern. Den Artikel über die Speicherstadt. Kennen Sie ihn?«

Nach einem kurzem Räuspern hatte Harenberg geantwortet: »Meine Sekretärin hat mich darauf aufmerksam gemacht, denn im allgemeinen pflege ich diese Art von Presse nicht zur Kenntnis zu nehmen. Zu Recht, völlig zu Recht. Jeder, der diesen Erguß gelesen hat, wird mir zustimmen.«

»Ja.«

»Das berühmte Sommerloch eben. Wenn diese Schmierfinken nichts haben, wird die kleinste Kleinigkeit aufgebauscht, damit sie ihr Blättchen füllen können. Man kennt das. Aber Neuhaus hat schon beim Chefredakteur interveniert.« Sein Gesichtsausdruck spiegelte in schnellem Wechsel Verärgerung, Rachegelüste, Genugtuung und Schadenfreude. »Wir haben eine einstweilige Verfügung erwirkt und eine Gegendarstellung in der nächsten Ausgabe. Der zuständige Redakteur wird sein blaues Wunder erleben.«

Das erlebt der liebe Claasen jeden Tag, sinnierte Gadd. Die Seitenscheibe des Golfs wurde geöffnet, eine Kippe flog raus.

»Der Alte hat mir ganz schön eingeheizt. Aber was er genau von mir wollte, hab' ich nicht verstanden.«

Gadd hatte gelacht.

»Aber Curd, was soll's ? Wie hast du unser kleines Spiel - seligen Angedenkens an Tricky Dicky und Watergate - genannt?«

»Rattenficken.«

»Schön, Curd, schön. Sehen wir zu, daß sie aus ihren Löchern kommen.«

Die Nationalelf geriet just vor dem Halbzeitpfiff in Rückstand. Gadd schaltete das Autoradio ab und ruschte unruhig auf dem Fahrersitz hin und her, fand keine bequemere Lage. Er spürte sein Kreuz, war total verspannt und sehnte sich nach einer Ganzkörpermassage.

Der Mann im Golf winkelte seinen Arm aus dem Fenster.

»Welche konkreten Beweise haben Sie denn nun? Sie sind doch hoffentlich nicht mit leeren Händen gekommen!«

»Nein, natürlich nicht.« Gadd hatte die Abzüge aus seiner Collegemappe gezogen und sie Gernot gereicht. »Kommt Ihnen diese Frau bekannt vor?«

Stumm und konzentriert hatte Gernot die Fotos betrachtet, sorgfältig eins aufs andere gelegt, zweimal zurückgeblättert, kurz verweilt und sich über das weiche Kinn gestrichen. »Nein, nein.«

»Nein?«

»Zunächst habe ich ... aber nein.« Kopfschütteln.

»Eine flüchtige Bekannte?«

Achselzucken.

»Nicht vielleicht doch eine Freundin Ihrer Mutter?«

»Das kann ich zwar nicht mit absoluter Gewißheit sagen, aber ... nein, ich glaube nicht. Nein, nicht, daß ich wüßte. Ich meine, alle sind mir natürlich nicht bekannt, aber...«

»Ihre Mutter kennt sie. Da gibt es keinen Zweifel.«

»Ja, aber ich kann sie ja wohl schlecht fragen, oder?«

»Ihren Bruder auch nicht.«

»Wieso, warum?«

»Weil Sie ihn doch mit dieser Sache nicht belasten wollen.«

»Ach so, ja.«

»Oder weil er verschwunden ist?«

Wie ging das Puzzle zusammen? Die Information, daß Tobias nicht aufzufinden war, hatte Gernot weggesteckt wie ein angeschlagener Fighter kurz vorm Gong. Der Schlag, der ihn getroffen hatte, war nicht die Tatsache des Verschwindens, sondern daß Gadd es wußte. Hatte er in der nächsten Runde seine Deckung aufgemacht?

»Mein Bruder ist verreist.«

»Wie darf ich das verstehen, Herr Harenberg?«

»So, wie ich es gesagt habe. Verreist.«

»Kennen Sie seinen Aufenthaltsort?«

»Ich weiß zwar nicht, was das zur Sache tut, aber ... ja.«

»Und Sie würden ihn mir sagen?«

»Warum nicht?«

Gadd hatte die Fotos eingesammelt und solange demonstrativ geschwiegen, bis Gernot sich bequemte: »Wenn Sie es unbedingt wissen wollen. Er ist in den Staaten.«

»Ziemlich weit weg vom Schuß.«

»Wenn Sie es so ausdrücken wollen, Herr Gadd, bitte.«

Auch jetzt, am Sonnabend, blieb das Gefühl, daß Tobias' Entschluß zur Fernreise auf Gernots Mist gewachsen war, daß Harenbergs Hände immer mit im Spiel waren, daß er die Fäden nach einem wohlüberlegten Plan zog. Aber warum? Was steckte dahinter? Angenommen, grübelte Gadd, Tobias ist wirklich der harmlose Tunichtgut, der unbedarfte Lebenskünstler, was hätte Tobias dann ausplaudern können? Wollte Gernot nur vermeiden, daß er ihn ausfragen konnte oder...?

Ungeduldig trommelte Gadd mit den Fingerspitzen auf dem Lenkrad. Am liebsten wäre er ausgestiegen und ein paar Schritte gelaufen. Sein linker Fuß war eingeschlafen. Und es kribbelte ihm auch sonst in Armen und Beinen.

Die Seitenscheibe des Golfs wurde hochgekurbelt.

Wollte der große Bruder, daß seine beiden Geschwister keinen Kontakt aufnahmen, oder wollte er bereits bestehende Verbindungen unterbrechen?

Spekulationen. Nichts als Spekulationen. Du brauchst Beweise. Aber bringen die dich weiter?

»Er macht Urlaub, Herr Gadd. In L.A.«

Wer 's glaubt, wird selig, sagte sich Gadd, und schob eine Kassette in den Recorder. Coleman Hawkins' Body and Soul. Die Nationalkicker konnten ihm gestohlen bleiben. Und auf die hysterische Stimme des Sportreporters in der zweiten Halbzeit konnte er auch gut und gern verzichten.

Den Fall Holzner konnte er am Mittwoch endgültig zu den Akten legen. Sein Scheck von der AGORA war mit der Post eingetrudelt. Er hatte Kahl noch zweimal sanft gemahnt und war dann massiv geworden. Die Drohung, in Zukunft keine Aufträge mehr zu übernehmen, hatte offenbar Wirkung gezeigt.

Gernots Anruf war unmittelbar nach seinem zweiten Frühstück gekommen, als Gadd sich gerade auf den Weg zur Bank machen wollte.

»Ich glaub', ich kann Ihnen ... uns weiterhelfen. Die Frau ... ich meine, es ist einen Versuch wert. Ich bin mir nicht hundertprozentig sicher, aber ... ich habe lange überlegt. Immer wieder«, hatte Gernot verlegen und ungewohnt unsicher gestottert. »Ich habe sämtliche Freundinnen meiner Mutter Revue passieren lassen. Nichts. Dann die meiner Schwester. Ich meine die, die ich kannte. Das sind ja nicht viele, und es ist reichlich Zeit vergangen. Gut, um es kurz zu machen: Angelika Petersen könnte es sein.«

»Angelika Petersen?«

Pause.

»Ja, Angelika Petersen.«

»Der Name allein sagt mir nichts, Herr Harenberg.«

»Eine Schulfreundin von Theresa. Sie waren in einer Klasse, haben zusammen Abitur gemacht. Also, ich bin mir nicht sicher. Aber die Chance, daß sie es ist, besteht.«

»Und das ist Ihnen gestern abend nicht eingefallen?«

Schweigen.

»Herr Harenberg?«

»Zwanzig Jahre sind eine lange Zeit. Ich habe die ganze Nacht gegrübelt und immer das Gefühl gehabt, das Gesicht kommt dir irgendwie bekannt vor. Nur konnte ich es nicht unterbringen. Kennen Sie das?«

»Ja.«

»Meine Frau erwähnte heute morgen so nebenbei, daß sie beabsichtige, zu einem Klassentreffen zu gehen. Ich hatte nur mit halbem Ohr zugehört, weil ich es eilig hatte, da mein Terminkalender reichlich vollgepackt war. Und auf dem Weg ins Büro ... Es fiel mir nicht gerade wie Schuppen von den Augen, aber ... es dämmerte. Und je länger ich während der Fahrt darüber nachdachte, desto klarer wurde das Bild. Und dann fiel mir plötzlich auch der Name ein.«

»Was wissen Sie über Angelika Petersen?«

»Nichts. So gut wie nichts. Nur soviel: Die beiden, Theresa und sie, haben mal eine Zeitlang ziemlich viel zusammengegluckt. Aber ob das nun nur während ihrer Schulzeit oder auch noch im Studium so war? Ich glaube, da bin ich überfragt. Nein, um es vorwegzunehmen, genauere Angaben kann ich Ihnen nicht liefern, beim besten Willen nicht.«

Im zweiten Stock des Altbaus blieben die Fenster dunkel, obwohl in den Nachbarwohnungen bereits Licht gemacht worden war. Nur ein älteres Ehepaar und ein junges Mädchen hatten in den letzten zwei Stunden das Haus verlassen. Auch auf der Straße war es weiterhin ruhig. Spaziergänger, die ihre kleinen Pinscher jeden Baum, jeden Strauch und jede Mauerecke beschnuppern und anpissen ließen, verschwanden seltsamerweise alle in Richtung der Tennisplätze vom Rothenbaum.

Im Rückspiegel beobachtete Gadd jetzt, daß einige Theaterbesucher der nahen KAMMERSPIELE, die in der Pause frische Luft geschnappt hatten, ins Gebäude zurückströmten. Der zweite Akt begann.

Gadds zweiter Akt hatte undramatisch begonnen.

Gleich nach Gernots Anruf hatte Gadd sich an die Arbeit gemacht. Reine Routine: Das Hamburger Telefonbuch gewälzt. Sechs Petersen mit dem Kürzel A. als Vornamen, eine Angelika, Doppelnamen fehlten. Was aber, wenn sie verheiratet oder geschieden war, nicht in Hamburg wohnte oder einfach kein Telefon hatte? Bertram verständigen, das Melderegister und alle anderen Datenbanken abgleichen lassen? Gadd hatte gezögert. Wie weit konnte er Bertram einbeziehen? Sich lieber selbst auf die Socken machen, die Klinken putzen? Er brauchte ein lückenloses Bild. Schnell.

Der Mann stieg aus dem weißen Golf. Schlank, ungefähr einsachtzig groß, nicht älter als fünfundzwanzig, mit hellem Blouson und Jeans bekleidet, registrierte Gadd, bevor er seine Kamera hinter dem Beifahrersitz hervorkramte. Blouson und Jeans bewegten sich über die Straße. Der junge Mann klebte einen Tesastreifen auf das linke Rücklicht eines Daimler Benz. Sieh an, sagte sich Gadd und schoß die ersten Fotos.

Bertram hatte ihm einen Haufen Arbeit erspart. Freitag, kurz nach 17.00 Uhr, war das Zwinkern des kleinen Männchens an der Hotelbar Gadd nicht so verkniffen wie sonst vorgekommen. Bertram wirkte zufrieden.

»Neunddreißig Jahre. Ledig. Keine Vorstrafen. In den Siebzigern kurzfristig Mitglied der KPD/ML. Keine Kaderfunktion. Ihre politischen Aktivitäten beschränkten sich vornehmlich auf die Betreuung von Büchertischen im Foyer des Philo-Turms der Uni, ihr Name steht auf diversen Unterschriftenlisten. Freiheit für ..., du kennst das. Nichts Besonderes. Wäre schon interessanter gewesen, wenn sie sich dort nicht verewigt hätte. Bei Demonstrationen ist sie nie geblitzt worden. Entweder ist sie nicht mitgelatscht oder sie war nicht in den ersten Reihen. Oder hat kein Transparent mit sich rumgeschleppt.«

»Deshalb seid ihr mit den Fotos nicht weitergekommen?«

»Ja, du sagst es.«

»Studium der Germanistik, dann Höheres Lehramt. Wurde in Hamburg nicht eingestellt. Nichts von wegen Berufsverbot. War keine politische Entscheidung, sondern hing schlicht und einfach mit dem Stellenstopp im Öffentlichen Dienst zusammen. Arbeitet seit knapp zehn Jahren in einem linken Kleinverlag als Lektorin. LIBERACIÒN, wenn dir das was sagt. War aber weder in der Gefangenenbetreuung noch sonst in irgendeiner Weise im Umfeld für die RAF tätig. Im Grunde genommen: Ein unbeschriebenes Blatt.«

»Wirklich?«

»Ja. Eine Biographie wie tausend andere. Glaub' mir, die wilde Zeit liegt hinter ihnen. Uninteressant für uns. Sind heute brave Familienväter oder treusorgende späte Mütter, die ihre kleinen, tyrannischen Teufel bis zum Gehtnichtmehr verhätscheln.«

»So verständnisvoll heute?«

»Du zahlst die Zeche, Gadd«, hatte Bertram gesagt, war gegangen und hatte Gadd mit den Edelnutten der Hotelbar allein gelassen.

Würde er die Zeche zahlen? Bertram hatte zu sehr abgewiegelt. Was wußte der alte Fuchs, welche Katze hatte er nicht aus dem Sack gelassen? Ein Doppelspiel hielt Gadd jetzt für durchaus möglich. Und der weiße Golf paßte für diese Vermutung wie die Faust aufs Auge. Sollte Bertram Angelika Petersen einen Schatten auf den Hals gehetzt haben?

Zuzutrauen wäre es ihm. Zuzutrauen wäre ihm noch viel mehr. Für Gadds Geschmack war Bertram reichlich kooperativ gewesen. Irgendwo liegt der Hund begraben. Nur wo? Gadd beschloß, Bertram nicht weiter anzuzapfen.

Um 22.45 Uhr erschien Angelika Petersen in der Tür der Hartungstraße 20 in Begleitung eines gleichaltrigen Mannes. Vor seinem dunklen Daimler wechselten sie ein paar Worte, bevor sie sich voneinander verabschiedeten. Schnell notierte sich Gadd das Kennzeichen und schoß mehrere Fotos von den beiden.

Die schwere Limousine wurde aus der Parklücke manövriert und verschwand mit zweimaligem Hupen um die Ecke. Mit ein paar Sekunden Verzögerung hängte sich der weiße Golf an. Angelika Petersen verharrte einen Augenblick am Bordstein, ging dann zu einem Opel Corsa und startete den Wagen.

Mit Leichtigkeit folgte Gadd ihrem Fahrzeug durch die sommerliche Stadt.

34

Ich hab' von dem Film, über den sich Christian und Mo halb totlachten, nichts mitgekriegt. Sie hatten mich in ihre Mitte genommen und stießen mir abwechselnd von rechts und links in die Seiten, machten mich dauernd auf irgendwas aufmerksam oder drückten mir Weingummi in die Hand. Es war wie eine Verschwörung, und so ging es auch weiter. Kaum wurde es wieder hell im Kino, sagte Christian mit hoher, völlig fremdklingender Stimme: »So, nun gehen wir alle einen trinken. Ich kenn' da was. Is' nich' weit. Du kannst deinen Wagen stehenlassen«, und Mo stimmte sofort begeistert zu: »Klar, toll! Ich bin ganz trocken im Hals vor lauter Lachen.«

Ich hatte schon in den vergangenen Tagen mein ganzes Repertoire an Entschuldigungen und Vertröstungen verbraucht und war einfach zu müde, um irgendwelche Einwände zu machen. Christian hatte sich in den Kopf gesetzt, mich aus meinem - wie er annahm - seelischen Tief herauszureißen, und seine Freundin zog am selben Strang. Als sie heute mit den drei Karten für die Spätvorstellung ankam, konnte ich nicht mehr ablehnen. Beide schienen ernsthaft in Sorge um mich zu sein. Wahrscheinlich lenkte es sie von den Schwierigkeiten ab, die sie selbst miteinander hatten.

Eigentlich mochte ich Monika ganz gern. Sie war ein paar Jahre älter als Christian und in allem das genaue Gegenteil von ihm: unbekümmert, zupackend, ein bißchen schlusig und immer mit einer schnellen Lösung für alle Probleme bei der Hand. Aber heute ging mir ihr aufmunterndes Geplapper unsagbar auf die Nerven. Ich wollte endlich allein sein. Ich spielte die umsichtige Kontaktperson, die verständnisvolle Freundin, die leidenschaftliche Geliebte. Immer war jemand da, der mich beobachtete. Teddy. Ralf. Jetzt die beiden. Und zu Hause wieder Teddy. Mein Gesicht tat mir weh, in meinem Kopf waren nur noch Fetzen. Ich mußte sie zusammensetzen, ich mußte nachdenken können!

»Angelika, du weinst ja!«

Mo unterbrauch ihren Redeschwall und starrte mich erschrocken an. Wir standen unten den grellen Neonlampen im Foyer.

»Es ist das Licht. Ich hab' Kopfschmerzen. Ich will nach Hause.« Andere Kinobesucher sahen sich nach mir um.

Christian zog mich am Arm nach draußen auf die Straße. »War wohl keine so tolle Idee mit dem Kino, was?«

»Christian, du mußt sie nach Hause bringen. So kannst du sie nicht fahren lassen. Hier«, Mo kramte ein zerfasertes Tempotaschentuch aus ihrer Jackentasche und tupfte an meinem Gesicht herum. »Mach dir 'nen heißen Tee und dusch', oder leg dich am besten gleich hin. Aber rauch' nicht mehr, hörst du!«

»Ja«, antwortete ich. »Nein, ich kann allein fahren. Ihr seid lieb, aber es ist nichts. Ich brauch' bloß Schlaf.« Ja, den brauchte ich wirklich, aber mit Teddy kam man vor zwei, halb drei nie ins Bett, frühestens.

»Du brauchst Urlaub«, sagte Christian. »Wenigstens mal 'n paar Tage.«

Urlaub! Da war es wieder. Ich kriegte plötzlich kaum noch Luft.

»Ich hab' schon gedacht, ich mach' mal 'n verlängertes Wochenende. Fahr' einfach irgendwo hin.« Ein gequältes Flüstern, ich konnte keinen lauteren Ton rausbringen.

»Gut«, lobte Christian. »Aber denk' nicht nur drüber nach, tu es auch!«

»Bestimmt«, versprach ich, und dann waren wir bei meinem Auto. Mir zitterten die Hände, aber ich kam gut aus der Lücke, und da Mo wie verrückt mit den Armen wedelte, merkte ich auch, daß ich kein Licht eingeschaltet hatte.

Ich heulte während der ganzen Fahrt. Ein Wunder, daß ich keinen Unfall gebaut habe; schließlich sah ich fast nichts von der Straße. Ich heulte, weil Christian und Mo so nett zu mir waren, heulte, weil ich Ralf nicht liebte und ihn trotzdem nicht zum Teufel jagen konnte, weil ich nie allein war und bald wieder ganz allein sein würde, weil ich so ein kleinmütiger Versager war, der im Auto saß und weinte, statt seinen Grips zusammenzuhalten und etwas zu tun. Als mir alle Gründe eingefallen waren, weswegen ich mich so mies fühlte, ging es mir besser. Ich parkte zwei Querstraßen vor meiner Wohnung, rotzte auf den Fußweg, denn das Taschentuch von Mo war nicht mehr zu gebrauchen, und ging langsam nach Hause.

»Himmel, wie siehst du denn aus!« Natürlich erwischte Teddy mich, bevor ich es geschafft hatte, die Badezimmertür zu schließen. »Krach mit ihm gehabt?«

»Ich war noch mit Freunden im Kino.« Ich ließ kaltes Wasser ins Waschbecken laufen.

»Muß aber 'n trauriger Film gewesen sein. Willst du was trinken?«

»Teddy, bitte, ich will mich waschen und ich muß aufs Klo. Laß mich mal 'n paar Minuten in Ruhe. Ich komm' gleich.«

»Oh, aber bitte.« Sie schnalzte verärgert mit der Zunge und warf die Tür hinter sich zu.

Lieber Gott, nicht das! Nicht auch noch eine Auseinandersetzung mit ihr! Ich spülte mir schnell das Gesicht ab und ging zu ihr ins Wohnzimmer. Auf dem Fußboden vor dem Fernseher standen eine Flasche Wein und zwei gefüllte Gläser.

»Hier«, sagte sie, »trink!«

Ich goß das Glas ohne abzusetzen herunter. Sie schenkte mir sofort nach.

»Und das gleich hinterher. Für Nervenzusammenbrüche ist jetzt nämlich der falsche Zeitpunkt.«

»Ich hab' keinen Nervenzusammenbruch, ich bin bloß kaputt.« Ihr Gesicht war dem meinen ganz nah. »Ja, guck mich ruhig genau an, ich seh' völlig fertig aus.«

Ihre Mundwinkel zuckten spöttisch. »Was machst du dir auch solchen Streß. Erst dein Liebster und dann noch Kino. Zwei Verabredungen am Abend, das hältst du nicht durch. Nun trink schon!«

Mir stiegen schon wieder die Tränen in die Augen. Ich hockte mich auf den Teppich und trank das zweite Glas leer.

»Ich benehm' mich albern. Ich versteh' auch nicht, warum ich so bin. Den einen Tag denk' ich, ich kann das alles ganz souverän hinkriegen, ich fühl' mich richtig überlegen, so wie sonst noch nie. Und zufrieden. Aber dann hab' ich wieder solche Scheißangst.«

Ich schloß die Augen, wollte sie nicht ansehen, nicht ihrem abschätzenden Blick begegnen.

»Ich weiß, was du meinst«, sagte sie nach einer langen Pause weich. »Laß dir von einer Expertin sagen, du benimmst dich ganz normal.« Ihr Glas klirrte gegen meines. »Ich hab' mir auch immer vor Angst beinahe in die Hosen geschissen. Aber nie wieder hab' ich so toll gebumst wie damals. Prost!«

Als wir mit der Flasche fertig waren, hatte ich einen ausgewachsenen Schwips. Teddy sorgte für Nachschub.

»Du mußt bedenken, ich bin eben Anfänger, und du bist kein einfacher Partner.« Ich lächelte sie an, ein wenig schief noch, aber immerhin ein Lächeln.

»Oh, du lernst schnell, und ich werde mich bessern, Ehrenwort«, ging sie auf meinen Ton ein. »Sollst mal sehen, zum Schluß sind wir richtig gut.«

Schluß! Mein Magen oder was auch immer krampfte sich zusammen. »Ja, zum Schluß bist du weg, und was mach' ich dann mit meinen neu erworbenen Kenntnissen und Fähigkeiten?«

»Geli, du willst doch nicht gleich wieder in die nächste Depression fallen! Vielleicht komm' ich ja mal zu Besuch. Oder ich empfehl' dich weiter als Anlaufadresse.«

»Du wirst mir fehlen, Teddy.«
»Du mir auch, Liebchen, du mir auch.«

Wir sahen uns die Prospekte an. Die Schrift verschwamm vor meinen Augen, aber mir reichten heute auch die Bilder. Berge in der Sonne, ein Fluß in der Sonne, Häuser in der Sonne, schöne Häuser, gepflegte Hotelhallen, lächelnde, teuer gekleidete Menschen. Wirklich kein Grund zum Fürchten. Schließlich erwartete man nicht von mir, daß ich bei irgendwelchen finsteren Gestalten ihren Familienschmuck verscherbelte. Ich mußte bloß ein Konto eröffnen.

»Übrigens, ich hab' Christian gegenüber schon mal angedeutet, daß ich demnächst 'nen Kurztrip vorhabe. Er fand das 'ne gute Sache.«

»Aha«, sagte sie vorsichtig.

»Keine Angst, Teddy, ich hab' nicht gesagt, wohin. Nur so allgemein. Wir kamen auf Urlaub zu sprechen. Ich dachte, es ist gut, wenn das dann nicht so plötzlich kommt.«

»Ja, sicher.« Es klang immer noch sehr zweifelnd. »Ich sag's ja, du lernst schnell. Aber paß bloß auf, was du so erzählst. Wir wollen lieber nichts deiner Intuition überlassen, sondern alle Schritte absprechen.«

Ich hatte eigentlich ein Lob, wenigstens ein ganz kleines, für meine Eigeninitiative erwartet. Ich beobachtete Teddy von der Seite, ob sie verärgert war. Heute mochte ich zwar ziemlich mitgenommen aussehen, aber bei ihr war das ein Dauerzustand. Dabei hatte ich ein halbes Vermögen für Kosmetika für sie ausgegeben. Wie ein zerrupfter Vogel!

»Antoinette Vliet«, sagte ich, »wir müssen noch was tun, damit du deinem Paßfoto wieder ähnlich siehst.«

»Ich begebe mich vertrauensvoll in deine Hände.« Nein, sie war nicht böse, nur mit den Gedanken ganz woanders. Und ich merkte auf einmal wieder, wie müde ich war. Aber eben bloß müde, nicht mehr so verzagt.

»Mein Brüderchen ist in Schwierigkeiten«, sagte sie plötzlich.

»Was? Wie kommst du darauf, ich mein', woher weißt du das?«

»Hab' ich gelesen. Warte, ich zeig's dir.« Sie sprang leichtfüßig auf, lief aus dem Zimmer und kam gleich darauf mit einer zusammengeknüllten Zeitung zurück. »Hier, muß irgendwo weiter hinten sein.«

Das war auch so eine Sache, daß sie nie eine Zeitung ordentlich lesen konnte, so daß auch noch andere etwas davon hatten. Ich blätterte uninteressiert, und da stieß ich auf den Artikel! Es war wieder so wie vorhin vor dem Kino; ich konnte nur flüstern.

»Teddy, es geht wieder los!«

»Was geht los?«

»Die Hetzerei, die Verleumdungen, die ... das ist kein Zufall! Ich hab' dir doch gesagt, da ist was im Gange! Ich hab' es geahnt, ach was, gewußt, aber du wolltest ja nicht hören. Und ich hab' dich immer gewarnt, da ist jemand, der ... Und du wußtest es auch! Natürlich, du hast es gewußt und dich vorbereitet. O Gott, jetzt versteh' ich endlich, deine Pistole ... Von wann ist das?«

Sie riß mir die Zeitung aus der Hand. »Nun krieg dich mal wieder ein! Was ist denn überhaupt los? Da«, sie zog ein Blatt aus dem Papierhaufen, »das da solltest du lesen!«

Ich fegte die Seite mit einer Handbewegung weg. »Was interessiert mich dein Bruder! Von wann ist die Zeitung?«

Sie zuckte mit den Achseln. »Paar Tage alt, ich weiß nicht genau, guck doch selber nach. Mensch, was regst du dich so auf, solche Artikel erscheinen immer mal wieder, wenn die nicht mehr wissen, worüber sie sonst schreiben sollen. Willst du nicht wissen, welchen Dreck dein früherer Schwarm am Stecken hat? Ich wußte ja schon immer, daß er für jede Schweinerei gut ist, aber ich hab' ihn für schlau genug gehalten, das aus der Presse zu halten. Sieh an, sieh an, wir werden alle alt und unvorsichtig!«

Ich nahm mich zusammen. »Es beunruhigt dich überhaupt nicht?«

»Kein bißchen.« Sie trank den Wein aus der Flasche.

»Du nimmst das nicht als ... als Warnung?«

»Nein, nein und nochmals nein! Geli, du bist eine Nervensäge! Wenn ich geahnt hätte, daß dich das so aufregt, hätte ich den Mist weggeschmissen. Aber wenn du denn unbedingt eine tiefere Bedeutung darin sehen willst, nimm 's als Bestätigung für die Wichtigkeit deiner Rolle.«

Bevor ich einschlief, grübelte ich, warum sie den Artikel nicht wirklich vernichtet, sondern mir sogar noch in die Hand gedrückt hatte.

35

»Aber Herr Gadd, es war eine Selbstverständlichkeit, daß ich Ihnen behilflich war. Dafür müssen Sie sich nicht bedanken. Nein, wirklich nicht. Im Grunde genommen war ich sogar froh, Ihnen endlich mal einen Gefallen erweisen zu dürfen. Nein, keine Ursache. Ich hoffe, daß Sie zu Ihrem Recht kommen. Andernfalls rufen Sie mich ruhig wieder an. Auch unsere Rechtsabteilung steht zu Ihren Diensten.«

Kahls ölige Stimme verklang und Gadd schaute befriedigt auf seine Notizen. Fahrzeughalter: Mathias Zorn, Griesstr. 71, 2000 Hamburg 76, geb. 10.05.63. Telefon privat 20 13 44, dienstlich 5 11 22-1.

»Danke, Herr Kahl. Wenn es sein muß, komme ich gern auf Ihr Angebot zurück. Es handelt sich also um die HUK? Und im Versicherungsantrag standen als Dienstbezeichnung Polizeimeister und als Dienstelle Direktion Ost, Revierwache 32? Hab' ich das richtig mitbekommen?«

»Ja, ja, das haben mir meine Kollegen von der HUK-Coburg so gesagt. VW Golf Typ II, 75 PS. Versicherungsschein Nr. 511/ 243039-X , Beginn des Vertrages 24.10.83, jetzt SF 5, Teilkasko ohne Selbstbeteiligung. Das is'n Ding, was? Also nein, karrt Sie an und haut dann ab. Und das als Polizist! Ich muß schon sagen. Gut, daß Sie das Kennzeichen haben. Fahrerflucht! Wissen Sie, Fahrerflucht wird von Amts wegen verfolgt. Und mit 'nem Disziplinarverfahren muß er auch rechnen. In dessen Haut möchte ich nicht stecken. Gut, daß Sie diesen Mercedes-Fahrer als Zeugen haben.«

»Ja, das ist gut.«

»Die Daten von dem haben Sie auch? Wenn Sie die beiden Kennzeichen nicht gehabt hätten...«

»Ich weiß, Herr Kahl, ich weiß«, sagte Gadd, »nochmals danke«, und legte auf.

Obwohl Kahl in der AGORA der Ruf anhaftete, er sei Schweinchen Dick und Schweinchen Schlau in Personalunion, hatte er das Lügenmärchen von der Fahrerflucht für bare Münze genommen. Warum auch nicht, schließlich war es das erste Mal, daß Gadd ihn auf diese Weise anzapfte. Und sein vorgeschobener Zeuge hieß also Dr. Ralf Beckmann. Seines Zeichens Mercedes-Fahrer und gut bekannt mit Angelika Petersen. Architekt von Beruf. Die Adresse: Lütjensee, Strandweg 12. So weit, so gut.

Gadd ließ sich in seinen Schreibtischsessel fallen, wippelte vor und zurück, vollführte eine halbe Drehung, um schließlich seine Füße gewohnheitsmäßig auf dem Tisch zu kreuzen. Mit geschlossenen Augen versuchte er, Kahls Angaben einzuordnen. Sie paßten noch in keine Schublade.

Zorn war Beckmann und nicht der Frau gefolgt!

Ohne seine bequeme Position aufgeben zu wollen, hangelte Gadd nach den Abzügen auf dem Schreibtisch. Sein Arm wurde immer länger. Pensionsarm nannte man das in Schweden, wie er bei seinem letzten Aufenthalt in Skandinavien erfahren hatte.

Der Architekt gehörte offensichtlich zu der smarteren Sorte des männlichen Geschlechts. Er war - wie es so schön heißt - in den besten Jahren. Groß und schlank. Feine Gesichtszüge, kaum Falten, graue Schläfen. Ob Natur oder die Arbeit gutbezahlter Visagisten und Coiffeure, blieb dahingestellt. Etwa vorhandenen leichten Bauchansatz oder hosenbundüberlappende Speckröllchen an den Hüften kaschierte sicher der Anzug, was bei dieser Preisklasse schließlich erwartet werden konnte. Beckmann stank nach Geld. Gadd konnte nicht genau sagen, woran das zu erkennen war; er hatte eine Nase dafür.

Beckmanns Fotos landeten auf dem Fußboden, und Gadd schnappte sich die von Zorn. Keine besonderen Kennzeichen. Durchschnittsgesicht und Durchschnittskleidung. So wie junge Leute zu Tausenden herumliefen. Jeans, Blouson, Turnschuhe. Voller Haarwuchs, kein Bart. Gesamteindruck: artig, lieb, der ideale Schwiegersohn, der zusieht, daß er Schritt für Schritt seinen programmierten Lebensweg ohne

Schlenker über die Runden bringt. Die Aufnahmen hättest du dir schenken können, sagte sich Gadd.

Aber welches Interesse hatten die Bullen an Beckmann? Oder doch an Angelika Petersen? Noch mal: Zorn hatte den Architekten verfolgt. Ergo galt sein Interesse nicht Angelika Petersen! Soviel stand fest. Wenn das so war, hatte er Bertram zu Unrecht verdächtigt. Nein, das nun auch wieder nicht! Der Alte hatte so viele linke Winkelzüge auf Lager, daß man immer nur das Hinterhältigste vermuten sollte. Schon aus Selbstschutz. Immerhin bestand die Möglichkeit, daß Bertram sich die Sisyphosarbeit machte, sämtliche Kontaktpersonen von der Petersen zu überprüfen. Aber würde er dazu den kleinen Zorn hinter Beckmann herjagen? Ausgerechnet einen Polizisten, der sich so amateurhaft benahm? Bertram hatte sich hingegen immer schon eigenartige Helfershelfer gesucht. Wenn jedoch Angelikas Kontakte dokumentiert werden sollten, warum war man dann nicht ihr gefolgt, so wie Gadd es getan hatte?

Den Weg von ihrer Wohnung zum ABATON-KINO hätte sie besser zu Fuß zurückgelegt, anstatt die mühsame Suche nach einem freien Parkplatz auf sich zu nehmen. Am Grindelhof waren vor den Restaurants und Kneipen alle Tische im Freien besetzt gewesen. Es schien, als würde bei den südlichen Temperaturen ganz Hamburg das Leben auf die Straße verlagern. Entsprechend wenig Andrang hatte in der Spätvorstellung geherrscht, so daß Gadd ohne Schwierigkeiten einen Platz vier Reihen hinter Angelika und dem Pärchen, von dem sie an der Kasse erwartet worden war, bekam und den Marx-Brothers-Film genießen konnte.

36

Am Dienstag wußte Gadd definitiv, daß Zorn nicht nur für das Revier 32 Streife fuhr.

Der junge Mann saß auf dem Rücksitz des Einsatzfahrzeuges und notierte die Personalien eines Frührentners. Vor zwei Minuten war dieser von ihm und seinem älteren Kollegen durch das Spalier der gaffenden Hausfrauen aus dem PENNY-Markt geführt worden.

Zorn machte das wichtige Gesicht eines subalternen Beamten, der sich seiner Bedeutung für die Aufrechterhaltung von Recht und Ordnung in den Supermärkten bewußt war. Hoffentlich hatte der Invalide eine bessere Ausrede, als daß er sich gar nicht erklären könne, wie die zwei Dosen Luxus-Gänseleberpastete in seine Jackettasche und nicht in den Einkaufswagen gelangt seien. Vier rotznäsige Dreikäsehochs drückten sich am Peterwagen die Nasen platt, bevor sie von dem älteren Polizisten verscheucht wurden. Sie zogen Eis leckend ab.

Gadd startete seinen Wagen.

An der nächsten Telefonzelle hielt er an und wählte Zorns Privatnummer.

»Bärbel Zorn«, meldete sich eine fest und selbstbewußt klingende Stimme.

»Neuhaus«, sagte Gadd, »Kann ich bitte Ihren Gatten sprechen?«

Der Versuchsballon war gestartet.

Frau Zorn bedauerte und fragte, worum es sich handele.

»Mein Auftraggeber möchte mit Ihrem Mann rasch zu einem Agreement kommen. Deshalb soll ich mich diesbezüglich mit ihm ins Benehmen setzen. Wir sind der Meinung, dieses könnte von beiderseitigem Vorteil sein.«

»Von beiderseitigem Vorteil?«

Ja, nur schade, zu schade, daß ihr Mann nicht präsent sei, denn die heikle Angelegenheit solle so bald als möglich vom Tisch. Aber dann müßten die Dinge eben ihren Lauf nehmen.

Bärbel Zorn biß an.

Nein, nein, wenn das so eilig sei, dann könne sie ihm bestimmt weiterhelfen, denn für die geschäftlichen Belange sei sie ebenso wie ihr Mann zuständig. Eigentlich sei es sogar in erster Linie ihre Detektei, erklärte sie. Ab und zu stünde ihr Mann mit Rat und Tat zur Seite, aber die Ermittlungen würden letztendlich unter ihrer Regie erfolgen.

Gestern abend, als in seinem Kopf die Idee von Zorns Nebenjob als Privatermittler Konturen angenommen hatte, war Gadd keineswegs optimistisch gewesen, aufgrund einer so billigen Methode eine Bestätigung zu erhalten.

Und er war bereit, seinen letzten Hosenknopf darauf zu verwetten, daß die Innenbehörde nichts von Zorns Nebentätigkeit wußte, geschweige denn sie genehmigt hatte. Peanuts! Es sollte ihn sehr wundern, wenn der Polizist mehr als einen Fall zur Zeit am Hals hatte. Vielleicht war es sogar sein erster außerdienstlicher Einsatz? So wie Postboten fleißig in ihrer Freizeit Briefwurfsendungen oder lokale Anzeigenblättchen verteilten, so wie Finanzbeamte oder Zollfahnder unter dem Siegel der Verschwiegenheit ihre Dienste dubiosen Abschreibungsgesellschaften oder Subventionsschwindlern zur Verfügung stellten, so war es gang und gäbe, daß Justizvollzugsbeamte oder Streifenbullen in privaten Wachdienstunternehmen oder in eigenen Detekteien ihr Gehalt aufbesserten. Das Heimchen am Herd bekleidete dafür immer die Alibifunktion.

Gadd kannte seine drittklassige Konkurrenz.

»Aber ich verstehe Sie nicht ganz, Herr Neuhaus. Können Sie nicht deutlicher werden?« fragte Bärbel Zorn nach.

»Gnädige Frau, bitte bringen Sie dafür Verständnis auf, daß ich weder den Namen meines Auftraggebers nennen noch Details fernmündlich mit Ihnen besprechen kann.

Nur soviel: Es geht um den Fall in der Hartungstraße. Alles Weitere sollten wir besser noch heute unter vier Augen klären.«

»Hartungstraße?«

»Ja.« Gadd genoß das Spiel. Er konnte sich ausmalen, wie Bärbel Zorn abzuwägen versuchte, wieviel sie von ihren Geschäftsgeheimnissen ohne Rücksprache mit ihrem Mann ausplaudern durfte. Oder: Wieviel sie selbst preisgeben wollte. »Ich dachte, Sie seien informiert.«

»Das bin ich, Herr Neuhaus. Aber haben auch Sie bitte Verständnis, daß ich mich am Telefon lieber nicht äußern möchte.«

Bloße Retourkutsche oder hatte sie ihn kalt ablaufen lassen? Gadd war sich nicht sicher. »Selbstverständlich, gnädige Frau«, sagte er deshalb betont höflich. »Selbstverständlich! Vielleicht sollten wir so verbleiben, daß ich Ihren Gatten heute abend in der REICHSHOF-BAR erwarte. So gegen neun Uhr, wenn 's ihm genehm ist? Das kann er gut schaffen. Dienstschluß hat er um sieben, nicht wahr?«

Vor dem Termin mit Zorn wollte sich Gadd in Ruhe stärken und entspannen. Das eine gelang, das andere nicht.

Im SALIBA, seinem neuen Lieblingsrestaurant, wählte er Mazza und als Hauptgericht die Taube in Honigglasur. Auf den verlockenden syrischen Nachtisch mit der treffenden Bezeichnung »Süße Sünde des Orients« verzichtete er schweren Herzens.

Mit dem Telefonat konnte er im Grunde vollauf zufrieden sein. Zumindest ein potentieller Auftraggeber von Zorn schied jetzt mit hoher Wahrscheinlichkeit aus: Dr. Neuhaus. Bärbel Zorns Reaktion wäre sicherlich anders ausgefallen, wenn der Starwanwalt ihre Detektei in Anspruch genommen hätte. Mit ziemlicher Sicherheit wenigstens. Blieben für Gadd immer noch zwei Namen: Harenberg und Bertram.

Nicht nur Bertram, auch Harenberg war mit allen Wassern gewaschen! Harenberg könnte mich verschaukelt haben, überlegte Gadd, während er das rote Fleisch der Taube genoß. Wenn Gernot die Petersen auf meinen Aufnahmen sofort identifiziert hat, dann könnte er einen zweiten Detektiv, nämlich Zorn, auf die gleiche Fährte geschickt haben! Und hinter Neuhaus' Rücken!

Doch warum sollte er?

Geld, Gadd, viel Geld! Denk' nur an seine geplanten Investitionen in der Speicherstadt! Das Projekt würde er - trotz Presserummel - nicht aufgeben. Aber einen Skandal konnte er jetzt bestimmt nicht gebrauchen. Und John Rainer Harenberg mußte ein beträchtliches Vermögen hinterlassen haben. Unter Umständen hatte Gernot ein starkes Interesse, daß seine Schwester nicht zum Zuge kam. Wenn Theresa ihr Erbe in den Wind schreiben mußte, könnte ihr Bruder umso mehr kassieren. Aber ausgerechnet so einen wie Zorn? Andererseits hatte Zorns auffällige Observation vielleicht Methode. Verschreckt und vertrieben! Die kleine Schwester sollte zurück in die Versenkung!

Warum hinter Neuhaus' Rücken? Der alte Neuhaus, als John Rainers Busenfreund und Testamentsvollstrecker, könnte auf Theresas Seite sein. Aber konnte sie überhaupt was von ihrem Erbe einstreichen? Wie tritt man als Topterroristin sein Millionenerbe an?

Gadd betrachtete die gefledderte Taube.

Sie kassiert schon, Gadd. Von Louise! Aber vielleicht ist das nur der berühmte Spatz in der Hand, und sie will die Taube auf dem Dach!

Gadd wusch seine Hände im Zitronenwasser und schob den Teller mit den abgenagten Knochen zur Seite.

Kurz nach halb neun betrat Gadd die Bar mit dem nostalgischen Charme der Wirtschaftswunderzeit und wählte einen Platz fünf Schritte entfernt von dem Pianospieler, der versuchte, in einem endlosen Potpourri sämtliche Evergreens von Old Blue Eye unterzubringen. Als Zorn zum verabredeten Zeitpunkt auftauchte und sich suchend umsah, wurde auf den Tasten *Strangers in the night* geklimpert.

Gadd hob die Hand, und Zorn näherte sich unsicher. »Herr Neuhaus?«

»Setzen wir uns«, sagte Gadd.

»Meine Frau hat mir berichtet, daß Sie mich dringend sprechen möchten. Worum geht's?«

»Ja, das stimmt«, ließ Gadd ihn zappeln, »aber wir wollen doch nicht sofort mit der Tür ins Haus fallen. Darf ich Sie vorher auf ein Bier oder ein anderes Getränk einladen?«

»Sehr zum Wohl, Herr Mevius«, sagte der Ober, als er die beiden Gin-Fizz brachte, »sehr zum Wohl, der Herr!« Mathias Zorn sah Gadd, der sein Glas erhob und ihm zuprostete, verständnislos an.

»Ich glaub', ich bin Ihnen eine Erklärung schuldig! Ich muß gestehen, ich war zu Ihrer Frau nicht ganz ehrlich. Eine kleine Notlüge.«

»Sie sind nicht Neuhaus?«

»Nein.«

Zorn war sichtlich verwirrt. »Ich dachte ... Meine Frau hat mir doch gesagt ... Und Sie wollten mit mir was arrangieren. Stimmt das auch nicht?«

»Das ist wiederum richtig«, sagte Gadd und schaute den Nebenerwerbsdetektiv strahlend an, so, als hätte der just mit großem Glück einen Trostpreis aus einem Topf mit lauter Nieten ergattert. Gadd ließ ihm etwas Zeit, seine Fassung wiederzugewinnen, bevor er loslegte.

»Ein Geschäft zu unserem beiderseitigen Vorteil. Wir sollten - ich möchte das mal so formulieren - konstruktiv ein paar Gedanken austauschen. Sie wissen etwas, was ich gerne wüßte. Und ich weiß eine Menge, was Sie wissen sollten.«

»Ich versteh' nur Bahnhof«, sagte Zorn und machte das gleiche Gesicht wie vor drei Minuten.

»Das versteh' ich nun nicht. Ich will Ihnen auf die Sprünge helfen. Seit wann beobachten Sie Frau Petersen und Herrn Beckmann?«

»Ich wüßte nicht...«

»Doch!« unterbrach Gadd scharf. »Doch, Herr Zorn, es geht mich was an! Und zwar eine ganze Menge! Wir sollten mit offenen Karten spielen. Es geht hier um viel mehr, als um...«

»Hat Herr Beckmann Sie geschickt? Wer sind Sie?«

»Wir sind gewissermaßen Kollegen, Herr Zorn. Nur, daß ich für eine große Versicherungsgesellschaft legal arbeite, während Sie ...« Gadd breitete die Arme aus und ließ den Satz in der Luft hängen, dann fuhr er fort: »... aber das sollte nicht unser Thema sein. Gut, ich will den Anfang machen. Frau Petersen ist unter Umständen in einen schweren Fall von Versicherungsbetrug verwickelt. Deshalb recherchiere ich im Auftrage unseres Unternehmens.«

Zorn schluckte trocken, machte große, ungläubige Kinderaugen und griff nach seinem Glas.

»Ich mußte natürlich am Telefon sehr zurückhaltend sein. Sie wissen selbst, wie äußerst vorsichtig solche Fälle gehandhabt werden müssen, wenn nur ein Verdacht besteht, die konkreten Beweise ausstehen beziehungsweise noch zu beschaffen sind. Keine leichte Aufgabe, das können Sie mir glauben.« Gadd sah jetzt bekümmert aus. Der junge Mann nickte zur Bestätigung und schaufelte mechanisch Salznüsse, eine kostenlose Gabe des Hauses, in sich hinein. »Aber was erzähl' ich Ihnen! Das wissen Sie so gut wie ich. Ihre Arbeit ist auch nicht einfach. Tritt man zu früh in Erscheinung, kommen sie mit ihren cleveren Anwälten, und die ganze Mühe war for nothing! Wie oft mußte man schon Verbrecher laufen lassen!«

Der Pianist hatte jetzt in einer sehr eigenwilligen und gewagten Interpretation *It's my way* am Wickel.

»Woher wissen Sie, daß ich...«

»Nehmen Sie es als Tatsache. Und als weiteren Beweis

meines Vertrauens will ich Ihnen unsere bisherigen Ermittlungsergebnisse nicht vorenthalten. Sie werden sehen, Sie sind da in eine Sache reingeraten, die bestimmte, ja, bestimmte Dimensionen annehmen könnte.« Gadd beugte sich vor und senkte seine Stimme. »Frau Petersen ist Begünstigte in einem Versicherungsvertrag. Eine Risikolebensversicherung unseres Hauses. Die Police war kein Vierteljahr alt, da ist bereits das Schadensereignis eingetreten, und zwar unter sehr, sehr bedenklichen Umständen. Und ich kann Ihnen verraten, daß es sich um eine siebenstellige Summe handelt. Wir sind natürlich nicht darauf erpicht, für etwas zu zahlen, wofür wir nicht zur Kasse gebeten werden sollten.«

»Sie meinen ...?«

Gadd hob seine Hände. »Das muß reichen!« Aber anschließend erzählte er doch noch das Blaue vom Himmel. Dabei kamen ihm seine Erfahrungen zugute, die er mit Hochstaplern und Heiratsschwindlern gemacht hatte. Ihr Trick bestand darin: je unwahrscheinlicher die Legende ausfiel, desto bereitwilliger glaubten sie ihre Opfer.

Zorn blieb mißtrauisch. »Also diese Geschichte ...«

»Keine Geschichte, Herr Zorn! Fakten, harte Fakten! Verzeihen Sie mir, daß ich Ihrer Frau gegenüber nicht die Wahrheit gesagt habe, aber ich war... ich konnte mir nicht sicher sein, inwieweit ich Sie ins Vertrauen ziehen durfte. Jetzt, wo Sie vor mir sitzen, weiß ich, daß diese Vorsichtsmaßnahme überflüssig gewesen ist. Ich hatte in Erwägung gezogen, Sie würden für die Familie des Verstorbenen, die als Nebenkläger auftritt, arbeiten. Aber der Name Hardenberg sagt Ihnen nichts?«

Mathias Zorn schüttelte den Kopf.

»Gut«, murmelte Gadd, »das dürfte uns dann keine Sorgen mehr bereiten«, und zog einen Stapel Fotos aus der Tasche, um sie dem Polizisten zu reichen. »Arcachon. Das Feuer war Brandstiftung! Die Aufnahmen sind über vier Wochen alt. Sie haben bestimmt davon in den Nachrichten gehört. Unser Versicherungsnehmer ist ein bedauerliches Opfer der Flammen geworden. Eine besonders perfide Art der...«

»...aber ich hatte ja keine Ahnung«, stammelte Zorn.

»Sie wissen gar nicht, wozu solche Leute fähig sind. Die versenken ganze Schiffe mit Mann und Maus, nur um ...«

»Ralf Beckmann war vor vier Wochen in Urlaub!«

»Sehen Sie!« schaltete Gadd schnell, der glaubte, mehr Schwein als Verstand zu haben. »Sehen Sie! Das Bild rundet sich!«

»Aber ich versteh' das nicht. Ich sollte Herrn Beckmann doch nur.... weil er was mit der Petersen hat!«

»Das paßt! Das paßt doch genau! Dacht' ich's mir. Dann hat Frau Beckmann Sie losgeschickt?«

»Ja, ja, natürlich. Ich sollte Beweismaterial sammeln.«

»Für die übliche kleine, schmutzige Scheidungsgeschichte?« hakte Gadd nach und sammelte die Fotos wieder ein. »Nein, Herr Zorn, glauben Sie mir, da steckt mehr dahinter!«

»Aber ich hab' den Auftrag schon vor, ich weiß gar nicht mehr genau, jedenfalls mehr als acht Wochen bekommen«, wandte Zorn ein. »Wie konnte Frau Beckmann denn wissen, daß ...«

»Nein, nein, Herr Zorn, nicht Frau Beckmann! Da können Sie ganz beruhigt sein. Frau Petersen ist unsere Zielperson! Darf ich Ihnen noch einen Drink spendieren? Noch mal dasselbe? Ich will Ihnen noch was gestehen. Als ich auf dem Weg zu unserem Treff war, hatte ich gedacht, ich könnt' Ihnen Ihr Material abkaufen. Sie haben doch Aufzeichnungen, Fotos? Aber im Laufe unseres Gespräches ist mir bewußt geworden, wir sollten in diesem Fall besser eng kooperieren.« Gadd zauberte eine Visitenkarte hervor und schob sie über den Tisch. »Das wäre für Sie erstens wesentlich lukrativer und zweitens befriedigender. Sie würden - ohne Frage - angemessen an meinem Honorar beteiligt werden. Ich arbeite auf Erfolgsbasis. Zehn Prozent der

Versicherungssumme, wenn es uns gelingt, Frau Petersen zu überführen.«

Der Polizist überschlug seinen Anteil an der siebenstelligen Summe. Dann verdunkelten sich seine Gesichtszüge, und er druckste: »Mit dem Material ... ich meine, daß ist so 'ne Sache. Ich wollt' sagen, ich hab' alles Frau Beckmann ...«

»Alles? Sie haben nichts gebunkert?«

»Gebunkert?«

»So für schlechte Zeiten?«

Zorn verstand ihn wirklich nicht. Gadds Einschätzung hinsichtlich seiner Person bestätigte sich. Er war harmlos, völlig harmlos. Es wäre Perlen vor die Säue werfen und der falsche Moment dazu, ihm klarzumachen, daß sich immer eine Gelegenheit ergeben konnte, erneut abzukassieren.

»Sie haben keine Kopien Ihrer Aufzeichnungen?«

»Doch. Ja. Sicher. Bei meiner Frau im Büro. Ich mein' nur, ich hab' keine Fotos, keine eindeutigen. Sie wissen schon.«

»Gut, Sie sollten mir aber jetzt berichten, was Sie in Erfahrung bringen konnten.« Beiläufig zog Gadd sein Scheckbuch und füllte bis auf die Summe den Scheck aus. »Ich darf Ihnen einen kleinen Vorschuß anbieten? Damit alles seine Ordnung hat. Sagen Sie eine Zahl.«

»Ich weiß nicht. Ich hab' noch gar nicht zugestimmt«, protestierte Zorn schwach und lugte auf Gadds Kugelschreiber, der neben dem aufgeklappten Etui lag. »Komm' ich da nicht mit Frau Beckmann...? Ich arbeite doch für sie.«

»Aber nein, Herr Zorn, wo denken Sie hin. Sie sollten keine unnützen Skrupel haben.« Gadd schrieb tausend und schob den Scheck über den Tisch. »Wir ziehen an einem Strang.« Und der ist die Schlinge um deinen Hals, fügte er im stillen hinzu. So was nennt man unfein Bestechung!

Mathias Zorn begann zu berichten.

Als Gadd um Mitternacht nach Hause fuhr, sinnierte er über das Phänomen der selektiven Wahrnehmung. Von der Affäre zwischen Ralf Beckmann und Angelika Petersen hatte Zorn zwar etwas mitbekommen, aber kein Sterbenswörtchen über Theresa Harenberg verloren. Entweder war Gadd auf einer kalten Spur oder Zorn schlicht und einfach ein Trottel.

»Sie haben jetzt einen Platz in meinem Orchester«, hatte Gadd zum Abschied gesagt. »Und wer bezahlt, bestimmt, welche Musik gespielt wird.«

37

Das Telefon klingelte, aber ich blieb sitzen. Der Anrufbeantworter war nicht eingeschaltet, und ich fühlte mich, als hätte ich Blei in den Beinen.

»Gott, wer ruft mich denn um diese Zeit an?«

»Der einfachste Weg, das rauszukriegen, ist immer, man geht ran.«

Wir saßen beim Frühstück, Teddy ausnahmsweise schon geduscht und angezogen. Sie biß von ihrem Toast ab, kaute aber nicht, sondern sah mich mit ausdruckslosem Gesicht an. Schließlich stand ich auf und hob ab.

Es war meine Mutter. Seit sie Witwe ist, redet sie nur noch mit schwacher, leidender Stimme, so daß man automatisch ein schlechtes Gewissen bekommt, wenn man sie nur hört. Und damit nicht genug. Neunzig Prozent dessen, was sie sagt, bestehen aus Vorwürfen und Klagen. Wie jetzt.

»Mama, sprich lauter! Ich versteh' dich kaum.« Auch so eine Masche! Als fehle ihr die Kraft, nur einen Satz in normaler Lautstärke herauszubringen. Besonders dann, wenn sie sich mal wieder vernachlässigt fühlte. Gewiß, ich hatte sie wochenlang nicht besucht. Aber Sabine sah sie noch viel seltener. Die war vor ihren Telefonanrufen sicher. Ferngespräche!

»Nein, Mama, ich bin nicht krank. Ich hab' bloß im Moment enorm viel zu tun.« Ich wußte schon, was jetzt kam. *Wenn dir die Arbeit wichtiger ist ...* Falsch, nicht Arbeit: *deine Schreiber*. Es war ja keine richtige Arbeit, Bücher herauszugeben, wenn man nicht schwerreich damit wurde. Mit meinem Einkommen sollte man besser heiraten.

Und diese idiotischen Gespräche über das Wetter. Es war immer entweder zu trocken oder zu regnerisch, zu windig oder zu drückend. »Wir haben Sommer. Da ist es eben manchmal warm. Laß doch den Garten. Es kann sowieso niemand den ganzen Kram aufessen.« Der Garten war kein Vergnügen, sondern Quelle dauernder Jammertiraden. *Als dein Vater noch lebte! Jetzt steh' ich allein vor allem!* Warum gestaltete sie ihr Dasein bloß so verdammt freudlos? Andere Frauen kamen auch ohne ihren Ehemann ganz gut klar. Und hatten dabei andere Probleme zu bewältigen als das Wässern von Johannisbeeren.

Als ich zurückkam, hatte Teddy den ganzen Camembert aufgegessen. Sie schob mir das Marmeladenglas hin. »Hier, stärk' dich erst mal.« Ich hasse Marmelade. »War 's schlimm?«

Mir war der Appetit vergangen. »Ach, sie beschwert sich, daß sie so allein ist. Das Übliche, du kennst das ja.«

»Nein, kenn' ich nicht.«

Natürlich nicht. Wieso war ich so taktlos? Vielleicht war es immer noch besser, 'ne Mutter zu haben, die einen nervte, als völlig abgeschnitten von der Familie zu sein. Gernot konnte man sicher vergessen, aber die alte Frau Harenberg, die hatte eine Stärke, eine Haltung. So paradox es klang, ich freute mich fast darauf, sie wieder zu treffen. Meine Mutter hätte das nie und nimmer für mich getan. Sich so einfach hinwegzusetzen über das, was sie als Recht und Unrecht empfand. Ich glaube nicht, daß sie verstand, was Teddy hatte tun müssen, aber danach fragte sie gar nicht. Sie stand bloß für sie ein. Wenn Teddy erst weg war, würde ich auch sie nicht mehr sehen können.

»Vielleicht ist sie wirklich einsam.«

»Was?«

»Deine Mutter. Vielleicht hat sie niemanden außer dir.«

»Sie hätte sich rechtzeitig 'nen Freundeskreis aufbauen müssen.«

»Welch' originelle Bemerkung! Hast du das denn?«

Ich trat an's offene Küchenfenster. Er war wieder da, natürlich. Aber zum ersten Mal schon am Morgen. Ich würde mich hüten, sie darauf aufmerksam zu machen. »Ich muß los«, sagte ich.

Teddy lehnte sich gegen meinen Rücken und kuschelte ihren Kopf in meinen Nacken.

»Wenn ich das letzte Geld geholt habe und das mit dem Konto klar ist ... wie willst du eigentlich weg? Ich mein', du hast nie darüber gesprochen, aber ...«

»Dann wollen wir 's auch dabei belassen.«

»Traust du mir nicht?«

»Geli, wenn ich dir nicht trauen würde, könnt' ich mich gleich erschießen.«

Sie hatte immer noch ihr Gesicht in meinen Haaren, und darum konnte sie es nicht sehen. Aber ich sah es! Ein blaues Auto fuhr langsam die Straße herunter. Aus dem Seitenfenster des Golfs langte eine Hand und winkte oder vielmehr, machte ein Zeichen. So eine Geste, die *alles okay* oder auch *Arschloch* bedeuten kann.

Sie legte von hinten ihre Arme um meine Brust.

»Ist jemand über dein Grab gelaufen oder bin ich es, die dich zum Zittern bringt? Dein Herz, wie bei einem gefangenen Häschen! Sag mal, Geli, du machst dir doch nicht immer noch Sorgen wegen dieses Artikels?«

Hasenherz. Du hast ja ein Hasenherz. Das hatte Sabine immer gesagt. Dabei war sie diejenige, die sich nichts traute, die bei jedem kleinsten Kratzer gleich losbrüllte. Aber Christian schien auch zu glauben, daß ich keine Schläge vertragen konnte, so behutsam, wie er mich einweihte. Trotzdem hatte ich kotzen müssen. So wie sie.

Ich glaube, ich war das letzte Mal in einem Ballett mit sechzehn oder siebzehn. Feuervogel. Ich erinnere mich an viel Händegeflatter und eine wirre, irgendwie traurige Handlung. Die Karte hatte ich über den Jugendkulturring bekommen. Vierter Rang. Mein Opernglas war ein Konfirmationsgeschenk und mir damals schon peinlich. Für Mädchen. Weiß mit silbernen Sternchen.

Dieses Mal saß ich im ersten Rang, erste Reihe und konnte auch so alles gut sehen. Unten im Parkett viel Prominenz. Ich hatte mir ein Kleid kaufen müssen. »Das buchen wir lässig als außerordentliche Aufwendung von der Gesamtsumme ab. Wie du aussiehst! Ich bin stolz auf dich.« Wegen Teddy war ich viel zu spät losgekommen und parkte jetzt im Halteverbot. Aber vielleicht war die Polizei heute großzügig, wo sich so viele Honoratioren unter dem Premierenpublikum befanden. Wenn jetzt jemand die Staatsoper hochgehen ließe, hätte er mit einem Schlag nicht nur den halben Hamburger Senat und alle, die schön und reich waren, ausradiert, sondern auch die Komplizin einer Terroristin. Und alles angesichts des liederlichen Lebens der Kameliendame.

Ich hatte nicht nur falsch geparkt, ich war außerdem angetrunken. Wer weiß, ob die Bewegungen der Tänzer wirklich so schwerelos waren, wie sie mir erschienen, ich jedenfalls fühlte mich wie in Watte verpackt. Ganz sanft gingen das Gemurmel der Zuschauer und der Einsatz des Orchesters ineinander über, die Musik klang gedämpft, ich saß weich und warm in meinem Sessel. In fünf Tagen wurde ich vierzig und war letztendlich doch da angekommen, wo ich immer hatte hinwollen. Worüber sollte ich mich beklagen?

Wenn Teddy gewußt hätte, wieviel Sekt ich getrunken hatte, sie wäre ausgerastet. Standhaft lehnte ich das Glas, das sie mir hinhielt, ab, aber unten im Auto nahm ich einen tiefen Schluck aus der Flasche. Bißchen schal und warm. Was soll's? Na also, mein Schatten war auch da. Ja, sieh nur, ich trinke! Auf dich, auf euch, auf euch alle!

Wir standen uns gegenüber, die Sektgläser in der Hand. Ich sah mich um, ob ich noch irgend jemanden Berühmtes entdecken konnte. Sie sagte, sie wolle in den Waschraum. »Ladies Powder Room«, kicherte ich. Mein Gott, wie habe ich mich benommen! Ich muß völlig durchgedreht gewirkt haben, als ich mit meinem Glas hinter ihr ins Klo ging. Ist wohl niemandem aufgefallen. Drinnen herrschte ein Betrieb wie im Ausverkauf.

Unsere Blicke begegneten sich im Spiegel. »Es wird schwieriger«, sagte sie. »In der Bank ist man sehr irritiert.«

Ich war froh, sie beruhigen zu können. »Es ist das letzte Mal. Es ist zu Ende.«

Ihre Züge verfielen plötzlich. »Sagen Sie ihr, sie soll vorsichtig sein.« Wir bekamen zwei Klokabinen nebeneinander, und ich hörte, wie sie sich übergab.

Hatten wir denn geglaubt, es würde keine Aufmerksamkeit erregen, wenn sie in kurzen Abständen solche Unmengen Geld abhob? Ich hatte nie nachgeschaut oder nachgezählt, aber es mußte viel sein. Was brauchte man, wenn man irgendwo neu anfangen wollte?

Mir war erst im Auto deutlich geworden, was sie da gesagt hatte. Ich fühlte mich wie in einem Netz, das sich langsam zusammenzog. Aber ich saß gar nicht drin, es war Teddy. War da ein blauer Wagen hinter mir? Sie würde nicht vorsichtig sein. »Du wirst mich nie im Gefängnis besuchen müssen.«

Wir haben nur Belangloses geredet. Das Wochenende schleppte sich hin. Sonnabend vormittag fuhr ich in die Stadt und kaufte ein, was Teddy mir aufgeschrieben hatte. Unterwäsche, T-Shirts, Hemden. Sie rüstete zum Aufbruch. Mittags stand der Golf wieder vor der Tür. Verlassen. Von wo hatte er mich jetzt im Auge? Sie warf alles, was ich gekauft hatte, in die Waschmaschine. Wir sahen fern. Sonntag lief ich einmal um die Alster. Es half nicht, ich konnte nachts trotzdem nicht schlafen. Um vier Uhr stand ich auf und trank eine Flasche Wein. Kein Golf. Der kam wenigstens mal zur Ruhe. Oder stand jetzt seine Ablösung auf dem Posten?

Christian kam am Montag später. Ich hatte mich mit Kamran in eine fruchtlose Debatte über die Herausgabe einer Anthologie Erzählungen kurdischer Frauen verstrickt, die vor allem deswegen zu keiner Entscheidung führte, weil ich nur mit halbem Herzen dabei war. Christian strich um meinen Schreibtisch herum.

»Wollen wir essen gehen?«

»Was, jetzt? Du bist eben erst gekommen, und es ist noch nicht mal halb eins.«

»Ich dachte ja bloß. War 's Freitag nett?«

»Ja, schon. Aber, na ja, eben Ballett. Nicht so ganz mein Fall. Ich versteh' zuwenig davon.«

»Warum bist du dann hingegangen?«

Die Frage war, warum hatte ich ihm bloß davon erzählt? Sicher ein Fehler, aber irgendwie hatte ich mein frühes Verschwinden am Nachmittag erklären müssen. »War 'ne Einladung von 'ner Freundin.«

Er fummelte an meinen Unterlagen herum. »Und das Wochenende. Gut erholt?«

»Christian, du hast doch was. Ist irgendwas los?«

»Angelika, du weißt, daß du dich auf mich verlassen kannst, wenn du in Schwierigkeiten bist?«

Ich hörte plötzlich das Blut in meinen Ohren rauschen. »Ja, natürlich.«

Er griff nach meinen Händen. Seine waren ganz warm, meine kalt. »Ich hätte mir gar nichts dabei gedacht, wenn du nicht so ... Wir haben schon darüber gesprochen. Du bist nicht gut drauf im Moment. Das sieht 'n Blinder. Hast du irgendwelche ... Probleme? Bist du in was reingeraten? Ich will dich gar nicht ausfragen. Aber vielleicht kann ich dir helfen.«

»Ich weiß überhaupt nicht, was du willst!« Hysterisch, dachte ich, richtig hysterisch hörte es sich an.

Christian zog seine Hände zurück. »Du warst gerade weg, da kam so 'n Typ, der tat erst so, als wolle er dich sprechen. Aber ich glaube, er war ganz froh, daß du nicht da warst. Und dann fing er an, mich zu löchern. Ob ich dich schon lange kennen würde, ob wir näher befreundet seien. Ist blöde, aber zuerst hab' ich geglaubt, das wär' 'n eifersüchtiger Freund von dir, obwohl er dafür - entschuldige - viel zu jung war. Und zu blöde. Ich wollt' ihn schon rausschmeißen ...«

»Das hättest du auch tun sollen«, sagte ich heftig.

»Hab' ich dann.«

Du mußt nach Hause, dachte ich, du mußt ihr Bescheid sagen. Du nimmst das Geld und fährst gleich heute los. Nein, vorher muß sie verschwinden. Freitag! Heute war Montag. Vielleicht war es schon zu spät. Es hätte alles viel schneller gehen müssen. Du hast durch dein ewiges Zaudern und Zagen die ganze Sache verschleppt.

»Was hat er noch gewollt?« fragte ich dumpf.

»Ob du 'nen aufwendigen Lebensstil hast. Ob du viel Geld ausgibst. Angelika, ich kann 's mir zwar nicht vorstellen, aber hast du finanzielle Schwierigkeiten?«

Mir lief der Speichel im Mund zusammen. Ich schaffte es gerade bis zur Toilette.

39

»Angelika, so kann das nicht weitergehen mit dir!«

Nein, Christian, Lieber, es geht auch nicht weiter. Es ist vorbei. Was ich zu einem guten Ende bringen wollte, entgleitet mir.

Ich kümmerte mich nicht um Christians besorgtes Gesicht, packte meine Sachen zusammen und hatte das Gefühl, dabei einer fremden Frau zuzuschauen.

Die drückende Mittagshitze draußen empfand ich als angenehm, so kalt war mir. Von Osten her zogen dunkle Wolken auf. Es würde ein Gewitter geben, und danach wäre es erst mal vorbei mit dem Sommerwetter. So war das immer in Hamburg. Wie passend!

Mein Auto war ein Backofen, aber ich zitterte immer noch wie im Schüttelfrost. Zu Hause rannte ich die Treppen hoch - am liebsten hätte ich schon von unten gerufen -, fummelte schier endlos an dem Schloß herum, stürzte schließlich in die Wohnung, ließ meine Handtasche fallen, sah in allen Räumen nach. Stille und ein leichter Geruch nach Wasserstoffsuperoxid. War es Erleichterung oder weil ich mich so verlassen fühlte? Als ich mich am Küchentisch niederließ, wurde mir plötzlich schwarz vor Augen. Keine richtige Ohnmacht, ich fiel nicht hin, legte nur meinen Kopf auf den Tisch.

Ich muß lange so gesessen haben, kann mich nicht darauf besinnen, irgend etwas empfunden oder gedacht zu haben. Als es draußen zu grummeln anfing, kam ich wieder zu mir. Mein Rücken und Nacken waren verspannt; mit dem Schmerz kamen meine Gedanken zurück.

Sie war gegangen, und es war nicht mal die Zeit geblieben, uns zu verabschieden. Sie hatte die einzig richtige Konsequenz aus der Gefahr gezogen, die sich über ihr zusammenbraute. Ganz kurz zuckte in mir die Befürchtung auf, sie sei nicht freiwillig gegangen, sondern geholt worden. Aber dann sähe meine Wohnung anders aus. Nein, einfach ohne Aufsehen verschwunden. Wie konnte mir das nur so weh tun? Hatte ich denn erwartet, sie würde mir einen Abschiedsbrief hinterlassen?

Erst jetzt fiel mir ein, ihr Zimmer genauer anzusehen. Es sah nicht anders aus als sonst. Der kleine Koffer, mit dem sie angekommen war, stand aufgeklappt auf dem Fußboden und enthielt einen unordentlichen Haufen verschiedenster Kleidungsstücke. Die meisten hatte sie im Laufe der Zeit von mir bekommen. Auf dem Tisch Zeitungen, Bücher, zwei überquellende Aschenbecher, die Luxemburg-Prospekte, eine Packung Fisherman's Halspastillen, ein Becher, in dem der Kaffee zu einer braunen Kruste eingetrocknet war. Sie hatte sich immer dagegen verwahrt, daß ich hier saubermachte.

Ich setzte mich auf das Bett, zog die Beine an und umschlang die Knie mit meinem Armen. *Geli in ihrer Embryonalhaltung,* hörte ich sie sagen.

Sie mußte die Wohnung überstürzt verlassen haben. Aber vielleicht war es gar nicht endgültig, und ich hatte wieder mal völlig übertrieben reagiert? Ich zögerte lange, bis ich begann, das Zimmer gründlich zu durchsuchen.

Sie hatte sich keine Mühe gegeben, etwas zu verstecken. Im Schrank lagen die Sachen, die ich Sonnabend für sie gekauft hatte. Unter ihren zusammengeknüllten Jeans auf dem Schrankboden fand ich die Pistole und eine Schachtel mit Patronen. In der einen Jeanstasche steckte ein Zettel mit einer langen Zahlenreihe. Eine Telefonnummer?

Ich kletterte auf den Sessel und sah oben auf dem Schrank nach, aber da war nur Dreck, genauso wie unter dem Bett.

Irgendwie beruhigte mich die Sucherei. Ich entleerte ihren Koffer auf dem Bett. Nur muffig riechende Wäsche. Im Seitenfach steckte das Geld, noch in den Umschlägen verpackt, wie ich sie von ihrer Mutter bekommen hatte. Teddy, es ist Wahnsinn! Du bewahrst ein Vermögen einfach im Koffer auf.

Nach einer guten Stunde war ich sicher, jeden Quadratzentimeter des Zimmers abgesucht zu haben. Warum hatte ich das eigentlich gemacht, was hatte ich zu finden gehofft? Oder gefürchtet, nicht zu finden? Hier gab es nichts, das Aufschluß über sie geben konnte. Kein einziges persönliches Stück, keine Fotos, keine Briefe, keine Erinnerungsstücke. Alles, was ich jemals bei ihr gesehen hatte, war noch da. Bloß ihr Paß nicht. Ich rannte in den Flur. Nein, und mein zweiter Hausschlüssel, den sie immer benutzte, der fehlte auch.

Ich machte Kaffee, und meine Durchsuchungsaktion kam mir plötzlich sehr kindisch vor. Natürlich war sie nicht wirklich gegangen. Kein Mensch läßt so viel Geld zurück. Wegen des Geldes hatten wir die ganzen Wochen durchgestanden.

Den Kaffee hätte ich nicht trinken sollen. Das Zittern kam wieder. Wie konnte ich so froh sein? Weil ich nicht mehr annehmen mußte, daß sie mich sang- und klanglos verlassen hatte, wo ich doch wußte, daß es das einzig Richtige gewesen wäre, sofort abzuhauen? Das hatte ich ihr immer wieder gesagt. Darum war ich wie eine Verrückte nach Hause gehetzt. Und wenn ich das wußte, war ihr das schon lange klar. Also doch? Was erwartete sie jetzt von mir?

Ich holte das Geld aus dem Koffer und stopfte es in meine Handtasche. Dann rannte ich wieder zurück in ihr Zimmer, griff die Reiseprospekte, zerriß sie in kleine Schnipsel und spülte sie im Klo runter. Ich mußte oft ziehen; es machte mich fast irrsinnig, daß immer wieder Fetzen auf dem Wasser hochwirbelten. Ihr ganzer Kosmetikkram war noch da.

Das Gewitter zog ab, ohne daß ein Tropfen Regen gefallen wäre. Ich wanderte durch die Wohnung und fühlte mich elend.

Um fünf klingelte das Telefon. Es war Christian, der sich nach meinem Befinden erkundigen wollte. Ich war so enttäuscht, daß mir die Knie weich wurden und ich mich auf den Boden setzen mußte. Klar, seit Stunden hatte ich nichts gegessen. Genauer gesagt, seit gestern abend, denn das Frühstück war in der Toilette gelandet. Vielleicht würde ich mich besser fühlen, wenn ich etwas aß. Und kam Teddy zurück, hatte sie sicher Hunger. Was Tolles war nicht im Haus, aber für Spaghetti reichte es allemal.

Das Kochen lenkte mich ab. Als die Soße fertig war, wurde mir jedoch schon von dem Geruch schlecht. Nicht mal auf Wein hatte ich Appetit.

Endgültig wurde mir klar, daß sie nicht wiederkommen würde, als es draußen dämmerte. Ich setzte mich in ihr Zimmer und ... nahm Abschied von ihr. Es war viel schmerzlicher als alles, was ich vorher je empfunden hatte, doch ich wurde auch ruhiger. Ich konnte meine Gefühle zulassen. Es war nicht mehr zu ändern; ich hatte alles für sie tun wollen, aber zum Schluß, da hatte sie auf meine Hilfe lieber verzichtet. Immerhin, ein Stück durfte ich sie begleiten. Und das Geld würde ich für sie verwahren.

Irgendwann stand ich auf und ging in die Küche. Es war stockdunkel. Ich sah aus dem Fenster und wußte, was ich für sie tun konnte.

Er ließ mich ohne Umstände einsteigen und fuhr gleich los, so, wie ich es ihm sagte. Es hatte doch noch angefangen zu regnen; er starrte angestrengt auf die Straße.

»Weiter geradeaus«, sagte ich, als er das Tempo verlangsamte. Ich konnte riechen, daß er schwitzte.

Wenige Autos waren unterwegs und kaum Fußgänger. Er räusperte sich mehrmals. Rechts und links sah ich jetzt verlassene Bürogebäude. Kein Mensch weit und breit.

»Hier«, sagte ich. Der Wagen stoppte. Ich mußte die Pistole nur anheben und schoß ihm in die Schläfe.

(Z W I S C H E N D U R C H :)

Angelika erlebt den Verlust von Teddy. Ihre Spannung ist so groß, daß sie regelrechten Abscheu vor kräftigem Essen hat. Kennen wir nicht auch diese spannungsgeladenen Momente?
Dann empfiehlt sich etwas Leichtes, Heißes für zwischendurch, das den Magen wohltuend beruhigt. Etwas wie der …

40

Die Aussichten seien nicht so schlecht. Eine sich jahrelang hinziehende Beziehung, starkes gefühlsmäßiges Engagement meinerseits, Hoffnungen, uneingestanden vielleicht, plötzlich aufkommende Panik angesichts der Bedrohung, Verlustängste in der Lebensmitte, so könne man es aufbauen. Daß ich nicht angeben wolle, woher ich die Waffe gehabt habe, sei ein Faktor, der nicht zu meinem Vorteil ..., aber ich solle mir keine Sorgen machen.

Sorgen hatte mir bereitet, wie ich ihn aus dem Wagen rausbekommen sollte. Es ging jedoch ganz leicht. Ein Fliegengewicht. Mit dem Golf kam ich gut zurecht. Die Seitenscheibe war eingesaut, aber vorn war alles ziemlich frei. Ich ließ das Auto vor dem Völkerkundemuseum stehen und ging das kurze Stück nach Hause.

Im Treppenhauslicht sah ich meine Hände, meine Arme, alles. Ich begann zu rennen. Stolperte, keuchte. Als würde es mir die Lungen zerreißen. Die Tür ging auf, und ich fiel ihr in die Arme. Sie schleifte mich ein Stück in den Flur und gab der Tür einen Tritt.

»Verdammt, hör' auf zu schreien!«

Mein Kopf flog hin und her, so sehr schüttelte sie mich.

»Geli, um Gottes willen, was ist passiert? Wie siehst du aus?«

»Du bist noch da! Du bist da!«

»Natürlich bin ich da. Was denn sonst. Erzähl' endlich!«

»Du hast dir die Haare gebleicht, du ...«

Sie schlug mich. Es tat weh. Ich hob die Hände und hielt sie schützend vor mein Gesicht.

»Hast du 'nen Unfall gehabt? Du siehst aus, als hättest du ein Schwein geschlachtet.«

Nein, das war übertrieben. So schlimm war es nicht. Ich lachte. Ich hätte grölen mögen, so komisch war das. Ein Schwein! »Du bist sicher, Teddy! Vorsicht, nicht für lange.

Den einen hab' ich geschafft«, ich dämpfte meine Stimme, »aber da ist noch jemand. Vor dem mußt du dich in acht nehmen!«

»Was?«

»Ich hab' ihn erschossen. Er war uns dicht auf den Fersen.«

Plötzlich war sie wieder die alte. So muß sie gewesen sein, damals!

»Wo?« Ganz beherrscht, kühl. Professionell!

»City Nord. Die Pistole hab' ich in den Isekanal geworfen.«

»Wie bist du zurückgekommen?«

»In seinem Auto.«

Ihre Augen weiteten sich.

»Keine Angst, ich hab' alles abgewischt. Es steht an der Rothenbaumchaussee.«

Sie senkte den Kopf. »Ich muß verrückt gewesen sein«, murmelte sie, »komplett verrückt. Komm!«

Gehorsam folgte ich ihr ins Wohnzimmer. Auf dem Tisch stand eine angebrochene Flasche Wein.

»Laß das stehen!« fuhr sie mich an.

»Wann bist du wiedergekommen?«

»Kurz vor dir.«

»Ich muß dir was sagen.« Es war mir peinlich. »Ich hab' deine Sachen durchsucht.«

»Schon gut.«

»Verstehst du, nur weil ich nicht wußte, ob du endgültig weg bist. Es tut mir leid. Das Geld ist in meiner Handtasche. Ich wollte es für dich aufbewahren.«

»Ich hab' doch gesagt, schon gut.«

»Mensch, bin ich froh, daß du nicht böse bist. Gott sei Dank! Bist du nicht, oder? Ich wollte nicht schnüffeln. Das war so ein Gedanke von mir, daß ich vielleicht einen Hinweis finden würde oder eine Nachricht. Warum hast du dir bloß die Haare so hell gefärbt? Ah, ich weiß. Du hast 'nen anderen Paß. Klar. Du kannst übrigens 'ne Reisetasche von mir kriegen. Deinen alten Koffer willst du bestimmt nicht nehmen.«

»Geli, ich bitte dich, halt die Schnauze! Wenn du nicht mit dem Gequatsche aufhörst, geh' ich auf der Stelle.«

»Das mußt du auch! Jetzt hast du einen Vorsprung.«

»Was hab' ich?«

»Einen Vorsprung!« Warum war sie so schwerfällig. »Er ist tot! Bis sie ihn finden, dauert mit Sicherheit Stunden. Na, und dann müssen sie die Spur erst zurückverfolgen. Da kannst du längst über alle Berge sein.«

Sie stöhnte. »Ich halt' es nicht aus. Sag mal, Geli, bist du so blöde oder stehst du noch unter Schock? Hast du keine Angst? Sie werden dich schnappen.«

»Nein«, antwortete ich wahrheitsgemäß. »Ich war in Angst um dich, nicht um mich. Ich hab' es für dich getan.«

»Niemand hat dich darum gebeten!«

Ich streckte meine Hand aus und streichelte ihren Arm. »Nein, hast du nicht. Aber du warst in Gefahr. Da mußtest du mich nicht erst um Hilfe bitten.«

Sie zog den Arm zurück und sah mich mit wäßrigen Augen an. »Kapierst du überhaupt, warum ich noch hier bin? Hast du eine Ahnung, wieso ich nicht im selben Moment abgehauen bin, wie du über die Schwelle getaumelt bist? Weil du es meinetwegen gemacht hast. O shit, ich hätte wissen müssen, daß du so einen hirnverbrannten, ganz und gar beschissenen, kindischen Schwachsinn unternimmst. Schließlich kenne ich dich. Ich hab' es dir eingebrockt, ich sollte dir helfen. Aber dir ist nicht zu helfen.«

»Wieso machst du mich so runter? Gern hab' ich's nicht gemacht. Lieber Gott, ich werd' das nie im Leben wieder loswerden! Aber es war notwendig. Sonst wär' doch die ganze Zeit umsonst gewesen. Nicht nur jetzt, auch die früher!« Was mußte noch geschehen, daß sie mich akzeptierte?

Sie kam zu mir, ging in die Hocke und stützte sich auf

meinen Knien ab. »Geli, du wolltest immer, daß ich dich ernst nehme. Hab' ich gemacht. So, wie du eben bist. Denk dran, mit mir kam Glanz und Abenteuer in dein beschissen langweiliges Leben. Die Chance! Und du konntest eine Schuld abtragen. *Du* dachtest das, nicht ich! Ich war nicht der Meinung, daß du mir was schuldig warst. Wenn du es jedoch gern so empfinden wolltest, warum nicht? Ich hab' deine Hilfe gebraucht. Jemanden, zu dem meine Mutter Zutrauen fassen konnte. Eine Person ihres Schlags. Lieb, unsicher, opferbereit. Und dazu ein Verbindungsglied zu früher, zu schöneren Zeiten. Nur so hatte das Unternehmen Aussicht auf Erfolg. Es war sowieso Irrsinn!«

Sie wandte ihr Gesicht ab. Das Färben war ihr nicht gelungen, oder die Haare waren schon zu kaputt. So schöne, lange Haare hatte sie damals gehabt. Sie fielen ihr immer weit ins Gesicht. Ich sehe noch die Handbewegung, wenn sie die Strähnen zurückstrich.

»Irrsinn!« Leise. Heiser. »Daß solche Bindungen so stark sind! Vielleicht hab' ich mir was vorgemacht, war das Geld nur ein Vorwand. Na ja, auch eine Möglichkeit, aus der Scheiße rauszukommen. Heimweh, nicht? Ob wohl noch jemand 'nen Finger krumm macht für mich. Oder bloß endlich nicht mehr diese kehlige Sprache hören und Nicos Kauderwelsch. Aber das war ohnehin vorbei. Komisch, nicht, wenn Nico am Leben geblieben wäre, hätte ich vermutlich gar nichts vom Tod meines Vaters erfahren. Zu uns nach oben kamen nie ausländische Zeitungen. Steine und 'n bißchen Gras. Du wolltest doch so gern wissen, warum ich mit ihm zusammengeblieben bin. Nico war der einzige, der nie Forderungen an mich gestellt hat.«

»Das hab' ich auch nicht!«

»O doch, mein Schatz, unablässig.«

»Ich hab' dich lieb.«

»Das ist nicht dasselbe.«

Ich begann zu weinen. Die ganze Zeit hatte ich es unterdrückt. Immer kamen wir an diesen Punkt.

»Ein heulendes Kind«, sagte sie. »Ich gehe jetzt, Geli. Hör mir zu, damit du nachher nicht aus allen Wolken fällst. Weißt du, wen du da erschossen hast? Es war ein kleiner, mieser Schnüffler, engagiert von der betrogenen Ehefrau. Deine heroische Tat war überflüssig.«

Mir wurde weder schwindelig noch schlecht. Plötzlich setzten sich all die Steinchen zu einem Bild zusammen. Trotzdem sagte ich: »Das glaube ich nicht.«

»Dann eben nicht.«

Sie ging aus dem Zimmer und kam gleich darauf mit einer neuen Jacke bekleidet wieder. »Hab Dank für alles!« Ein kurzes Auflachen oder Husten. »Eins interessiert mich noch. Hast du wirklich angenommen, ich würde diesen Typ hier die ganze Zeit rumspionieren lassen ohne zu wissen, worauf er es abgesehen hat?«

»Und woher wußtest du es?«

»Routine, Kindchen. Es führt zu nichts, das jetzt zu erörtern.«

Ich sprang so heftig auf, daß sie erschrocken einen Schritt zurückwich.

»Warum hast du mir nichts gesagt?«

»Setz dich hin! Du wirst deine Kräfte noch brauchen. Ach, Geli, warum? Hättest du mir denn geglaubt? Du warst doch so versessen auf die Gefahr. Eine Drohung, die uns zusammenschweißt! Unter dem Aspekt hast du dich bereitgefunden, alles zu riskieren. Ich mußte dich gar nicht drängen. Ohne das? Ob du dann auch so bedingungslos zu mir gehalten hättest? Schuldkomplexe und Liebe allein sind keine sehr verläßlichen Komplizen.«

Ich setzte mich hin. »Du hast mich immer nur benutzt, nur benutzt.«

»Sicher. Aber du auch mich, Geli. Wir haben beide gekriegt, was wir wollten.«

Sie wird wohl die Tür nicht zugeklappt haben. Viel später

stand dieser Mann plötzlich vor mir. Ich hatte ihn nie gesehen, aber er schien mich zu kennen.

»Hab'n Sie auch noch 'nen Schluck für mich?« fragte er und wies auf die Weinflasche.

Er war sehr nett. Er legte mir eine Decke um die Schultern.

»Ich dachte, Sie würden die Sache selbst in die Hand nehmen.«

»Ah ja?« Neuhaus runzelte die Stirn. »Hielten Sie das für opportun? Nachdem es Ihnen in so bewundernswerter Weise gelungen ist, die ... Familie aus der bedauerlichen Entwicklung, die diese Angelegenheit nun einmal genommen hat, herauszuhalten?«

Er hob die ausgebreiteten Arme und ließ sie in scheinbar völliger Ratlosigkeit wieder fallen. »Wer hätte das ahnen sollen? Sehen Sie, das sind Unwägbarkeiten. Jedoch, der Fall liegt in guten Händen, in den besten. Seien Sie versichert, ich kenne den jungen Kollegen. Er wird - wie sagt man - mit Klauen und Zähnen für seine Mandantin kämpfen. Frau Petersen hat sich selbst den Ermittlungsbehörden gestellt«, er schenkte Gadd einen langen, bedeutungsschweren Augenaufschlag, »das ist immer günstig, und ihre Einlassungen erscheinen plausibel, psychologisch gesehen. Nein, ich bin ganz sicher, wir können durchaus optimistisch sein.«

Zur Bekräftigung glättete Neuhaus sein kummervoll gefurchtes Gesicht. »Nochmals, meine Anerkennung, Herr Gadd. Das soll ich Ihnen übrigens auch von Herrn Harenberg ausrichten. Zusammen mit dem größten Bedauern, heute nicht selbst anwesend sein zu können, um Ihnen Dank auszusprechen. Tiefempfundenen Dank!« Er vergewisserte sich durch einen raschen Blick, daß Gadd ihm kein Wort glaubte, und fuhr fort: »Er ist in die Staaten geflogen. Tja, ich würde auch gern Urlaub machen. Man könnte neidisch werden. Aber die Pflicht ...«, er besann sich, ging zum Schreibtisch, »das hier ist mir eine angenehme Pflicht«, und händigte Gadd den Scheck aus.

»Eine Frage noch«, sagte Gadd. »Was tun Sie, wenn Angelika Petersen eines schönen Tages die Rolle der verschwiegenen Geheimnisträgerin satt hat und ihr Wissen meistbietend verhökert. Etwa: *Am Ende des Weges - Meine Tage mit Theresa*?«

Neuhaus lehnte entspannt an der Schreibtischkante. »Diese Frau? Sehr unwahrscheinlich. Und wenn, wer würde ihr glauben? So ohne Beweise. Oder wollten Sie als Zeuge auftreten?«